一位杰出超声医学专家的成才之路

李泉水

陈光富 著

山西出版传媒集团
山西人民出版社

图书在版编目（CIP）数据

一位杰出超声医学专家的成才之路 / 陈光富著.
太原：山西人民出版社，2025. 1. -- ISBN 978-7-203-
13729-0

Ⅰ. I25

中国国家版本馆CIP数据核字第2024AN1138号

一位杰出超声医学专家的成才之路

著　　者：陈光富
责任编辑：魏　红
复　　审：刘小玲
终　　审：李　颖
装帧设计：李　颖

出 版 者：山西出版传媒集团·山西人民出版社
地　　址：太原市建设南路21号
邮　　编：030012
发行营销：0351—4922220　4955996　4956039　4922127（传真）
天猫官网：https：//sxrmcbs.tmall.com　电话：0351—4922159
E - m a i l：sxskcb@163.com　发行部
　　　　　　sxskcb@126.com　总编室
网　　址：www.sxskcb.com

经 销 者：山西出版传媒集团·山西人民出版社
承 印 厂：山西省教育学院印刷厂

开　　本：787mm×1092mm　1/16
印　　张：17
字　　数：240千字
版　　次：2025年1月　第1版
印　　次：2025年1月　第1次印刷
书　　号：ISBN 978-7-203-13729-0
定　　价：79.00元

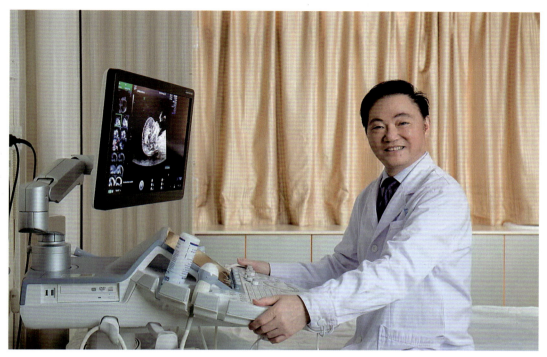

李泉水工作照

李泉水和爱人

一家三口

幸福家园

　　四代同堂，幸福家庭。岳母1926 年出生，今年 98 岁，身体健康，爱人、儿子、儿媳都在医院工作，任副主任医师，孙子孙女天真、活泼、可爱。

征 程

荣誉室：奖状、奖杯类

1.李泉水从江西医学院第二附属院至深圳江西二附院、 深圳市第二人民医院、深圳罗湖医院所获奖状、奖杯38件。

江西二附院先进工作者

江西省卫生厅特殊津贴

江西省高等学校骨干教师

江西省医学院科技新星

江西省教委学科带头人

国务院特殊津贴

江西医学院优秀共产党员

江西医学院优秀导师

江西省高校学科带头人

中华医学会第四届委员会贡献奖

中华医学会超声影像杂志贡献奖

深圳市第二人民医院优秀共产党员

深圳市卫生局委员会优秀共产党员

深圳市第二人民医院2004年度十佳医务工作者

深圳市卫生局委员会优秀共产党员

深圳市第二人民医院超声科先进集体奖

深圳市卫生工作委员会 优秀共产党员

深圳市委卫生工作委员会优秀共产党员

深圳市委医德医风先进个人十佳

中国超声工程学会优秀超声专家证书

广东省医师协会贡献证书

中国超声医学工程学会第一二届主任委员杰出贡献

深圳罗湖医院优秀本科生导师

江西省超声医学事业卓越贡献奖

罗湖区卫生健康系统荣誉好医生　　第七届浅表器官及外周血管超声医学　广东省医师学会杰出贡献奖
　　　　　　　　　　　　　　　　　学会协会突出贡献奖

中国超声医学工程学会优
秀专家

深圳大学好老师证　　　　深圳市医德医风先进个人

罗湖好医生奖　　　　深圳大学好老师　　　第七届浅表器官及外周　江西省超声医学事业卓越
　　　　　　　　　　　　　　　　　　　血管超声医学学会协　贡献
　　　　　　　　　　　　　　　　　　　会突出贡献奖

广东省医师协会贡献奖
(2016.10.22)

中国工程学会突出贡献奖
（2017.12.01）

罗湖区中国医师节
表彰大会荣誉好医
生（2019.12.01）

抗疫先锋（2021.01.02）

　　这些奖杯、奖牌、证书是对李泉水从医几十年追求卓越，用热血和汗水在医学战线上所做工作的肯定，是一名医务工作者的荣耀。

2.主要著作187篇、主编6部专著出版，共686.7万字。

1994年，在江西科学技术出版社出版《新编超声显像诊断学》

2000年，在江西科学技术出版社出版《现代超声显像鉴别诊断学》

2005年，在江西科学技术出版社出版《心脏超声显像鉴别诊断图谱》

2014年，在科学技术文献出版社出版《现代超声显像诊断学》

2017年，在科学出版社出版《浅表器官超声医学》

2009年，在人民军医出版社出版《浅表超声医学》

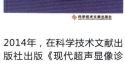

2014年，在人民军医出版社出版《浅表器官超声医学》

3.带出硕士研究生有熊奕、许晓华、熊华花、李建辉、董常峰、方凡、陈胜华、邹霞、姜健、童红玉、邓水平、郭国强、李振洲、李征毅、王晶、李清山、刘倩、罗长锐、徐细洁等，博士研究生熊华花、李振洲，以下是研究生答辩时的合影。

1995届研究生答辩　徐翔

1999届研究生答辩　许晓华

1997届研究生答辩　熊奕

1999届硕士研究生答辩　熊华花

2000届研究生答辩　李建辉

2001届研究生答辩　董常峰

2001届研究生答辩　方凡

2004届研究生答辩　陈胜华

2006届研究生答辩　邹霞

2007届研究生答辩　姜健

2008届研究生答辩　童红玉

2008届研究生答辩　邓水平

2009届研究生答辩　李征毅

2008届研究生答辩　郭国强

2009届研究生答辩　李振洲

2009届研究生答辩　王晶

2010届研究生答辩　李青山

2010届研究生答辩　刘倩

2010届研究生答辩　罗长锐

2017届研究生答辩　徐细洁

2003届博士答辩　熊华花

2008届博士答辩　李振洲

4.饮水思源，为家乡的医疗卫生事业作贡献

（1）在玉山县黄家驷医院设立名师工作室。

回馈家乡，在黄家驷医院（玉山县人民医院）建立李泉水教授名医工作室。

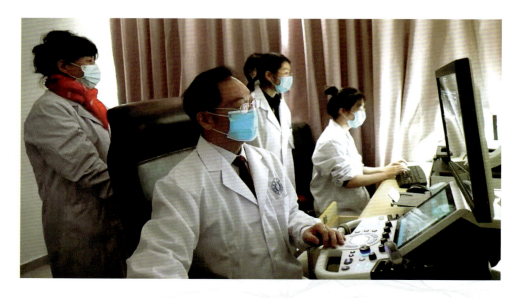

　　李泉水说："2020年11月6日，上午玉山县政府下红头文件，县委书记 胡剑飞在全县局级干部大会上给我授名师工作室的，我带了5名博士研究生组成的团队参加会议，在黄家驷医院进行了一天的义诊，检查了200多个病人，每个月还安排人到黄家驷医院轮流坐诊。"

在玉山组织举办了一期赣东北地区超声诊断新技术学习班

　　2021年5月30日，为了扩大影响，在玉山组织举办了一期赣东北地区超声诊断新技术学习班，参会人员170人，江西省各地超声学会主任委员参会，授课老师除了江西省超声医学工程学会会长章春泉教授外，其余授课老师均为工作室团队人员。开幕式上，黄家驷医院与李泉水超声名师工作室及深圳市开立生物医疗科技股份有限公司形成了战略合作，三方代表参加战略合作授牌仪式。

学习班讲课会场

（2）李泉水博士超声诊断工作室在玉山县中医院揭牌并开展义诊。

玉山县组织部部长与李泉水进行工作室揭牌仪式

揭牌仪式上与名师工作室成员及中医院领导合影

　　李泉水博士表示，作为一名从玉山走出去的学子，非常感谢家乡为柔性人才引进搭建的平台，能够有机会为家乡医疗卫生事业作贡献，倍感荣幸和自豪。名师工作室是服务家乡的一个载体，也将成为其带领团队成员成长道路上的一个新平台。他将带领团队聚集更多医学资源，为患者提供优良的超声服务，同时培育家乡超声人才，把名师工作室建设好，提高玉山县中医院超声人员的业务水平，更好地服务于家乡发展。

医院中层干部参加揭牌仪式

　　据了解，这是李泉水博士继在黄家驷医院建立名医工作室后的第二个工作室。除李泉水博士外，还有5名副高以上医学专家定期到玉山县中医院坐诊指导工作。李泉水博士超声诊断工作室成立后，专家们就立即在诊疗室为群众开展义诊服务，深受群众好评。

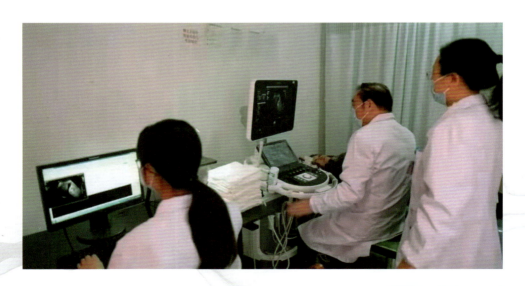

5.举办江西省超声学术会议

1998年9月20日，获江西超声医学工程学会突出贡献奖

6.举办全国超声学术会议

2007年11月8日，参加中国超声工程学会第一届全国浅表器官及外周血管超声学术会议

2015年11月1日，参加中国超声医学工程学会第五次浅表器官及外周血管学会

7.举办学习班

2013年7月，参加全国浅表器官及腹部超声诊断进展学习班

2019年，参加浅表器官及产前诊断超声进展学习班

国际会议

1991年9月9日，在美国西雅图学习

1993年，参加第四届亚洲生物学联合会学术大会

1997年6月2日，在泰国曼谷参加亚洲超声年会

2006年6月5日，参加美国巴尔的摩国际学术会议

目录

CONTENTS

引子　精彩的路

　　我们说路的精彩，不是把路雕刻成艺术品，也不是把艺术品堆在路上让大家看到路的精彩。而是说路的质量，看它能否有足够的承载力，让行人或车辆安全通行，达到终极目的。如果是这样，这路是精彩的。

　　怎样看待路的概念和生活理念至关重要。现实生活中，有人把有形的路和无形的路混为一谈，鱼目混珠，把自己搞糊涂了。唯物主义者排除一切唯心的、虚拟的、空洞无物的神话。有形的路是唯物主义的特征，无形的路是人们的主观臆想，带着个人色彩，尽管对社会并无大害，但可能把人们带入宿命论的邪路上去，使其斗志松懈，滋生侥幸心理。于是埋怨自己命运不好，关系不顺，认为条件优越的就能出业绩，就能光辉耀眼，相反的则不然。

　　殊不知，现实生活中有好些人工作环境并不好，甚至说是恶劣，条件也不好，其职业被人们瞧不起，但就是这样，有些人不信邪，只信党，只信真理，只信实践出真知，仅凭自己的智慧和毅力干出一番事业来，闯出了一片新天地。你能说这样的人生路不精彩吗？

　　有位小青年，怀着满腔热血，把村里的路都看成很精彩，不论大队分配给他多么繁杂的工作，条件多么差，都做得很精彩，从而顶起了一片天。

　　1970年2月15日，就在大队（村）党支部书记刘元生刚刚宣布了他为后垅小学赤脚老师的第三天晚上，又被生产队长周宝元叫去动员男女社员上夜校。他欣喜若狂，蹦蹦跳跳地跟在队长后面。不巧的是，刚走到村前一条田坎上，被一滩烂泥拦着，差点跌下水田。周宝元听见声音，猛回头转身拉他时，他已一个箭步跳到他的右边。周宝元不好意思地说："这些人（指出工的农民）不知吃什么饭，把这烂泥铲在田坎中间，把路堵住了，好在你会跳。"小青年说："没什么，小意思。"周宝元谦逊而又不好意思地说："真是，村里这几条路搞得这么差，坑坑洼洼不好走。"小青年说："队长，你不要自责，这几条路都是你们生产队干部发动群众修起来的，人们都说这些路修得好。如还会出现坑洼不平，再修修补补就好了。"

他知道周宝元说话谦逊，但不同意他的说法。在他看来，村里这几条路再熟悉不过了：村口出去到公社的这条路，是自己去杨宅完小读小学高年级天天走过的路，路宽而平整，不会坑坑洼洼，从家中紧密的小弄出来，呈现出一片屋连屋的风景，他每每走出去回转头，都能看到后垅的气象。

另一条是老屋后面通往河边的路，有高大的树木遮天蔽日，是极美的林荫大道，路向外延伸，又被落下的新树叶覆盖着，老树叶已成为腐植酸，泥土变黑，吱吱叫的蟋蟀在树叶中穿梭，村里的妇女、小孩常拿罐子挖蚯蚓喂鸭子。这是村中的一条沙子路，路虽比较窄，路边长有杂草，但坚实无积水，通行方便。再蹚过河上岸，步行二十里，就到了我读书的妣姆初中。

再就是他脚下走的这条路。是通往后垅水田的小机耕道，路虽只有一米宽，但路边长满青草，一眼望去，是青青的绿化带，太阳出来，照得露珠闪闪发亮，成为一串串彩珠带，覆盖在路的两边。朝田园望去，辛勤的蜜蜂在采蜜，斑斓的蝴蝶在游耍；到了秋天，蜻蜓坐着小飞机来观赏庄稼，三五成群的小鸟在庄稼枝头上捕捉害虫。他说，这条路通往北直达信江河，跨过玉山大桥，到三清山脚下的玉山中学（今一中），是他读高中时走过的精彩的路。

如今，这几条路，他不厌其烦地走着，思念着，感到格外亲切，似有许多深情的话语藏在心头。

他对周宝元说："队长啊，你们大家很辛苦，把我们的路修得这么好，将来后垅肯定会成为文化村的。"

周宝元说："嗨！你说得好！自古以来人们都说：'后垅一条弄，没有秀才种！'后垅多少代来都没有读书人，你是天上赐下来的，是唯一的高中毕业生！"

是的，自从有了后垅这个地方后，几百年来历史上都是穷得出名，没有一户是富裕户，所以也没有读书的人。

可在中国共产党的领导下，经过短短几十年，后垅竟涌现出许多文化人。当时的这位小青年已成了一位全国著名的超声巨匠，他就是中国当代超声医学浅表器官领域知名专家、学者、博士生导师李泉水教授。

第一章　踏上新程望故乡

李泉水从求学走出家乡后，一直念着家乡，常常做着家乡梦。正当他做着家乡梦的时候，就迎来了家乡的春天。

2020年11月，李泉水高兴地接受邀请，从深圳匆匆赶回家乡参加玉山县人才工作周启动仪式。

1. 黄家驷医院

坐落在国家5A级旅游景区三清山脚下的玉山县，是全国闻名的博士县。著名的中国胸外科鼻祖黄家驷院士就诞生于江西省玉山县冰溪镇。现在玉山县有博士800多名，硕士8000多名，遍布国内外，被称为我国的"才子之乡"。

为了纪念首任中国医学科学院院长黄家驷院士，通过国家相关部门和亲属同意，经上级批准，玉山县准备新建一所具有现代气息的黄家驷医院，前身是玉山县人民医院。

接到批复，中共玉山县委、县政府领导非常重视，于2017年4月动工兴建玉山县黄家驷医院，决心把医院办成一座具有现代超前意识、充满活力的、成为全国县级标杆式的三级甲等医院。

黄家驷是第一届中国医学科学院院长，是中国心胸外科的创始人和开拓者，是在国内外具有重大影响的医学科学院院士。把玉山县人民医院命名为黄家驷医院，是为了更好地挖掘玉山科技人才资源，擦亮金色名片，弘扬黄家驷院士的革命精神，更快地发展玉山医疗卫生事业，使子孙后代热爱医学科学。

现在，玉山县冰溪镇已建成黄家驷博物馆、黄家驷公园、黄家驷路，现把公园相邻南边的玉山县医院建成黄家驷医院，使冰溪镇成为玉山县黄家驷系列的文化名城。

黄家驷医院建设规模宏大，占地面积85300平方米，建筑面积32000平方米，是一所集医疗、保健、教学、科研为一体的综合性医院，设有黄家驷院士学生工作室骨科、胸外科等30多个科室。2019年10月28日，黄家驷医院建成竣工，举行隆重的揭牌仪式，开业运转。

为了招纳人才，发展玉山县医疗卫生事业，县委、县政府领导早有计划安排。早在2019年10月，原玉山县人民医院院长严建平为快速提高医院医疗水平，使黄家驷医院这张金色名片更加闪亮，便动员玉山籍在国内外大城市的医学专家到黄家驷医院设立名师工作室。

严建平院长首先找到博导李泉水畅谈黄家驷医院发展思路，邀请李泉水在黄家驷医院设立名师工作室。李泉水教授听后非常高兴，认为玉山县重视人才开发，积极响应，要利用名师工作室这个平台为玉山人民的健康服务。

2. 名师工作室

2020年11月6日，玉山县举行人才工作周启动仪式。

中共玉山县委、县政府为了招纳人才，于2020年11月6日启动人才工作周，在行政中心一楼会议室举行了隆重的启动仪式。时任县委书记的胡剑飞，上饶市委组织部人才科科长、市委人才办专职副主任孔祥楠，县委副书记、人才工作领导小组组长罗来水，县委常委、组织部部长、人才工作领导小组副组长吴斌，县委常委、副县长、人才工作领导小组副组长陈晓春参加了启动仪式。参加启动仪式的还有人才工作领导小组其他成员，16个乡镇（街道）党委书记、名师（大师）工作室主办人及团队成员、名师（大师）工作室建设基金捐赠企业家、玉山县百名优秀人才等180人。

县长徐树斌宣布人才工作周启动，县委书记胡剑飞为名师工作室授牌，李泉水教授第一个上台接受县委胡书记的授牌，并代表名师工作室第一个发言。

上午启动仪式结束后，李泉水组织5位博士研究生在黄家驷名师工作室进行了一天半义诊，共检查了200多病人，检查出早期癌症病人2人。

李泉水向大家介绍了黄家驷医院"李泉水名师工作室"，共组织5位博士，其中3位主任医师、两位副主任医师。每个月安排两位名师到工作室坐诊1~2天。

这些名医的专业特长有：心血管超声专业，浅表器官超声专业，腹部超声专业，超声介入专业，妇产科胎心筛查专业。整个团队技术全面，实力雄厚，都是李泉水的优秀研究生。

（1）熊奕，男，博士，主任医师，博士研究生导师，深圳市罗湖医院集团超声中心主任，罗湖人民医院副院长。国内产科胎儿畸形筛查的顶级专家。熊奕先后在国家卫生和计划生育委员会超声学科、中华医学会超声学会生殖健康和妇产专业学会、中国医师协会、中国医师协会超声分会妇产科超声专委、海峡两岸卫生交流协会、中国医药协会超声分会、广东省泌尿生殖学会、广东医师协会超声分会、深圳市医学会超声分会、深圳市超声医学工程学会等14个专业学会任职，是李泉水教授的得意门生。

（2）熊华花，女，深圳市第二人民医院超声科副主任、主任医师、医学博士，硕士生导师，美国杰斐逊医院访问学者。擅长心脏、血管、浅表器官超声诊断。现任中国超声医学工程学会第三届浅表器官与外周血管超声专业委员会副主任委员，在国家卫生和计划生育委员会脑卒中防治专家血管超声专业委员会、深圳市超声医学工程学会、国际血管联盟（IUA）中国分部专家委员会、深圳市超声医学会、深圳市卒中学会等6个学会任职。2018~2019年成为美国杰斐逊医院访问学者，并先后在宣武医院、阜外心血管病医院、解放军总医院、广东省人民医院心血管研究所学习心脏、血管超声诊断，且作为编委参与

4部超声医学专著的编写，另外，主持科研项目4项，参与多项课题研究，并以第一作者或通讯作者发表学术论文30余篇，其中SCI收录9篇。（主持举办过5届脑卒中颈部动脉及四肢血管超声规范化检查学习班，培训学员1000余名，主持了一次中国超声医学工程学会浅表器官及外周血管超声专业委员会旗下的百千万工程血管超声会议。）

（3）李振洲，男，医学博士、主任医师、副教授、硕士研究生导师。深圳市第二人民医院超声科副主任。擅长肌骨、浅表器官、心血管疾病超声诊断。2009年12月至2011年1月在美国费城Drexel大学附属医院学习，2016年7月至10月在德国奥格斯堡医院学习。近年来，以主要负责人立项4项广东省及深圳市科研课题，总经费230万元。以第一作者发表专业学术论文21篇，其中SCI收录7篇，最高影响因子6.85，参编/翻译著作4部。在中国超声医学工程学会肌骨超声专业委员会、中国超声医学工程学会超声心动图专业委员会、中国民族卫生协会、深圳市卒中学会等专业委员会等8个学会担任学术相关职务。

（4）李征毅，男，深圳市第二人民医院超声科主任，医学博士，主任医师，硕士研究生导师，学术专长：腹部、浅表等领域超声诊断和介入诊治。在中国超声医学工程学会介入超声专业委员会、中国超声医学工程学会浅表器官与外周血管超声专业委员会、中国医师协会微无创专业委员会、广东省医师协会超声分会、广东省、深圳市医学会乳腺疾病专业委员会等8个学会担任常委及委员职务。还在深圳市医学会乳腺疾病专业委员会和深圳市医师协会介入医师分会分别担任副主任委员。

（5）郭国强，男，深圳市第二人民医院腹部浅表超声组组长，医学博士，副主任医师。自2003年以来一直从事临床超声诊断工作，擅长甲状腺、乳腺、淋巴结、阴囊及肌骨神经等浅表器官疾病的超声诊断。他于2003年毕业于江西医学院医学影像专业本科；毕业后，分别在浙江省温州医科大学附属第一医院工作，在南昌大学攻读医学影像专业硕士学位，深圳市第二人民医院工作，参加过北医三院肌肉骨骼超声诊断培训，并于2016年参加援疆义诊活动，2017年获安徽医科大学医学博士学位，2018~2019年在北京安贞医院进修学习。在国家级核心期刊发表16篇论文，发表SCI论文5篇。在中国超声医学工程学会浅表器官及外周血管超声专业委员会、深圳市超声医学工程学会肌肉骨骼超声专业委员会、深圳市医学会心血管外科专业肺动脉高压专业委员会等3个学会担任委员职务。

3. 走向赣东北

李泉水在黄家驷医院设立名师工作室就想到自己是江西省培养出来的，应设法为江西省卫生事业做点什么事。之后，每次从深圳到玉山的途中，脑子里尽想着这个问题：我是江西省的学子，不能忘记江西的父老乡亲，我热爱家乡，要趁赶赴黄家驷医院名师工作室工作之机，尽自己的能力，为江西省超声医学专业疑难杂症诊断助一臂之力，也算为江西省超声医学事业进一步发展做点贡献。

他经过考虑，做了以下几件事：

一是着手准备举办赣东北超声技术新进展学习班。事先与江西省超声医学工程学会章春泉会长取得联系，他脑子里一揽子的想法，很快得到章春泉会长的重视、认可和支持。接着，又联系上饶市医学超声学会和黄家驷医院等相关方面，决定召开一次规模较大的学术会议（即赣东北地区超声新技术交流会）。

二是超声新技术交流会于2021年5月30日在玉山举办，由上饶市医学超声专业委员会主办、黄家驷医院承办、深圳开立生物医疗科技股份有限公司协办，在玉山县维也纳酒店隆重举行，黄家驷医院院长付国文主持会议，县卫健委书记、主任邱厚跃和医院党委书记肖贤富分别致辞。李泉水教授、章春泉会长都作了重要讲话。

李泉水教授在热情洋溢的致辞中表示：作为一位从玉山走出去的学子，心里有一种回馈及报恩家乡的情怀，决心为玉山医疗卫生事业贡献一份力量。玉山县政府采取柔性引进人才政策，积极吸引在外工作的专家回家乡设立工作室，这种做法非常值得赞扬，是先进的发展理念，是开拓进取的重要决策，县政府为我在黄家驷医院设立了名师工作室，我组织了5名博士研究生团队，每月来黄家驷医院坐诊，使玉山人民在县城就能享受到超声专业各研究方向专家的亲自检查。

李泉水教授说，这次学术会议在玉山举办，是为了推动上饶地区超声事业的跨越性发展，相信通过此次会议，能进一步提升超声医生的业务水平，促进超声诊断规范化、标准化。希望参加会议的超声同道互相学习，融洽发展，相互启发，共同提高，进一步开阔视野，收获友谊。

章春泉会长代表江西省超声医学工程学会热烈祝贺超声新技术学术会议胜利召开！他认为：这是江西省超声医学界的一件盛事，有利于推动江西省超声事业蓬勃发展，特别对赣东北超声人员技术提高起到积极作用，在家门口学到了国内外新技术，相信通过黄家驷医院李泉水教授名师工作团队，会不断地为江西省超声人员业务水平提高作出贡献。这是一项有利于卫生事业发展的举措，解决了人民群众看病难的问题。江西人民应该感谢他们，玉山人民更应该感谢他们无私奉献。

玉山县卫健委党委书记邱厚跃指出，李泉水超声诊断名师工作室，是玉山首届10个名师（大师）工作室之首，其团队成员都是我国享有盛誉的超声专家。他说，此次学术交流会，李泉水博士团队成员将分享和交流各自的学术成果。今天来参会的也都是各兄弟县市超声界的精英和骨干力量，相信通过这次学术交流会，必将推动我县以及赣东北地区超声诊断向更高方向发展，为赣东北卫生健康事业发展作出积极的贡献。

肖贤富书记代表玉山县黄家驷医院向莅临本次会议的专家、领导、来宾表示热烈的欢迎！对长期以来关心支持黄家驷医院建设与发展的各位专家、领导、同仁，表示最衷心的感谢！他表示，此次超声新技术交流会为赣东北地区超声前沿技术的专业交流搭建了平台。作为会议承办单位，黄家驷医院将竭诚做好服务会议、服务来宾的工作，并以此次学术交流会为契机，向兄弟县市的专家同仁们学习，增进交流，分享经验，共享知识盛宴，提升我院超声诊疗水平，为玉山卫生事业发展做出积极贡献。

江西省超声医学工程学会章春泉会长亲自带领常务理事光临会议，为办好这次会议出谋划策。江西省各地市超声医学会主任委员、省级各医院超声科主任，各县、市级部分医院超声科人员参加了这次学术会议，到会人员250多人，会期一天。

开幕式之后，李泉水教授、章春泉会长、黄家驷医院名师工作室熊奕、熊华花、李征毅、李振洲、郭国强等都进行了授课，讲课内容丰富，气氛热烈，与会人员都说这次学术会议授课老师水平高，问题深入浅出，讲得透彻，通俗易懂。

2021年5月30日，在开幕式上，李泉水名师工作室、黄家驷医院、深圳市开立生物医疗科技股份有限公司成为战略合作伙伴，还进行了三家战略合作揭牌仪式。

李泉水在黄家驷医院名师工作室挂牌前了解到医院因经费紧张，彩超仪器紧缺，根本不够用，心想作为玉山出来的学子，应该想办法为黄家驷医院解决这个当务之急的问题。故他找到深圳市生物医疗科技股份有限公司主要领导，他俩是好朋友，请开立公司帮助解决两台彩超仪器：一台中档彩超仪器以出厂价卖给医院，先给医院使用，等医院有钱再付款；另一台高档彩超仪器200万元，经过反复商量，公司领导同意以李泉水名义作为战略合作伙伴赠送给黄家驷医院使用。并同时商量好于2020年11月6日前要运到医院。结果，提前20天就运到医院安装好了。

三是建联络群。这次赣东北地区超声技术交流会（又称学术会议），因为参会人员来自全省各地市，县级医院超声科主任和省级医院超声科主任，为方便病人看病，提供信息，建了一个群。这个群建了以后，深受家乡人的欢迎，尤其是病人。他说："我每次来黄家驷医院坐诊提前半个月在群里发布，这样我们名师工作室的工作很快辐射到江西全省各地。以前，不少医院超声科主任把遇到的难以解决的病人，介绍到深圳大学第一附属医院李泉水名师工作室来做检查，费用高，花钱大。现在，黄家驷医院设了李泉水名师工作室，患者可在江西直接到玉山黄家驷医院李教授名师工作室做检查，就大大地方便了患者。

建群以后，更方便病人直接找名师。从2021年5月30日后，只要李泉水在黄家驷医院名师工作室坐诊，就有不少医院超声科主任介绍复杂疑难疾病的患者直接找他。李泉水说："仅南昌市就有7个病人来玉山找我做检查，周边县城医院超声科主任介绍就更多了。上饶市有一位女性病人40多岁，发现乳腺有一个肿块，有点怀疑是恶性肿瘤，准备到上海找专家做超声检查，后来知道我要到玉山黄家驷医院坐诊，退了订好的车票到玉山找我检查。我检查后告诉她是良性的乳腺纤维腺瘤，可以不做手术，只要半年复查一次，病人高兴地含着热泪说，太感谢李教授了。她说，自从检查怀疑乳腺癌，三天吃不下睡不着，好像天都要塌下来一样，这一下全身轻松了，紧握着我的手不断地说感谢。"

4. 名师又一室

玉山县是我国的"才子之乡"，不仅博士、硕士遍布全国，而且医学资源也很丰富。除闻名全国的黄家驷医院外，玉山县中医院不仅历史悠久，而且具有一定实力，是江西省第二家县级三甲医院，在全省有很大影响力。

随着国家新时代发展的趋势，玉山县中医院也多方寻求提升和发展，以改变超声人员紧缺的状况，不断提高医院的诊疗水平，积极响应健康中国战略，促进玉山人民大众的身体健康。

中医院陈斌书记日夜操劳，思考如何执行人才战略，多方了解玉山籍在外工作的专家，千方百计动员他们到玉山中医院设名师工作室。

经陈斌书记反复做工作，李泉水认为玉山县中医院是一家在江西省县级医院中有一定规模和影响力的标杆式的三级甲等医院。为了使玉山中医院得到跨越性发展，应该设立名师工作室。

2021年10月29日，李泉水超声工作室在玉山中医院揭牌。这天上午，著名玉山籍医学专家、李泉水教授和中共玉山县委常委、组织部部长管宜生，共同为名师工作室揭牌，副部长张晓琴、深圳市罗湖区人民医院袁榕副主任医师、深圳市第二人民医院邓水平副主任医师、深圳市第三人民医院董常峰主任医师等出席揭牌仪式。玉山县中医院主要领导班子成员及相关科室医护人员参加了揭牌仪式。

之后，李泉水教授作了热情洋溢的讲话，他说："在这充满无限生机活力的季节里，我们怀着一份责任和使命，相聚在玉山县中医院，隆重举行名师工作室挂牌仪式。"

他说："我有机会为家乡的医疗卫生事业做点工作，倍感荣幸和自豪，感谢玉山县领导、县卫健委领导及中医院领导对我的信任和厚望。"

他表示："我们的名师工作室团队，将挥洒汗水，用辛勤的双手浇灌家乡热土，有信心，有勇气，有能力战胜困难，把名师工作室建好，为快速提高中医院超声人员业务水平努力奋斗，为玉山县卫生事业的美好未来做出自己应有的贡献。

陈斌书记在讲话中向远道而来的各位专家表示欢迎和由衷的感谢，他指出："此次名师工作室落户我院，必将有利于我院超声学科的持续向前发展。希望此名师工作室的成立能成为玉山'两院'共享资源、增进友谊、携手共写崭新的篇章。"

揭牌仪式结束后进行了两天义诊，共检查病人300多人，上饶市领导、玉山县主要领导知道全国著名专家来坐诊，利用这极好机会做了多部位超声检查。

玉山中医院名师工作室名师：

1.李泉水：教授、主任医师、博导，曾担任深圳大学第一附属医院超声科主任，学科带头人，享受国务院政府特殊津贴专家，深圳市医德高尚十佳，深圳市名医，被评为全国超声医学优秀专家。主攻心血管超声、甲状腺和乳腺超声诊断，开展了大量超声介入工作。被中国超声医学工程学会评为突出贡献奖，被江西超声医学工程学会评为卓越贡献奖，优秀研究生导师，荣获江西省高等院校中青年学科带头人和好老师等荣誉称号。担任中国超声医学工程学会浅表器官及外周血管超声专业委员会第1、第2届主任委员，上述组织的超声专业专家委员会的主任委员，中国超声医学工程学会常务理事，中华医学会超声专业委员会第3、4届委员，海峡两岸医学卫生交流会超声专家委员会第1至3届委员及常委，江西省医学会超声专业委员会第3至4届主任委员，江西省超声医学工程学会第2、3、4届会长。中国民族卫生协会超声医学专家委员会副主任委员，全国腹部超声专业委员会及全国超声心动图专业委员会常委。同时，还担任江西、深圳、广东以至全国学术职务17项，被邀请到全国超声、国际超声学术会议上作学术报告30多次，近几年被20多个省市多次邀请作专题报告。担任《中国超声医学杂志》、《中华超声影像学杂志》、《中国医学影像技术》杂志、《临床超声医学杂志》等10多种刊物常务编委及编委。以第一作者发表专业学术论文200多篇，主编专业著作6部686.7万字，主持立项市级以上科研课题19项，获得省级以上科研成果奖5项，培养博士、硕士研究生22名。

2.许晓华，香港大学深圳医院主任医师，教授，硕士研究生导师，医学影像中心超声医学科主管、顾问医生。擅长：心血管、浅表及肌骨、介入超声。

在中国中医药信息学会超声医学分会、中国超声医学工程学会肌骨专业委员会、中国超声医学工程学会浅表器官专业委员会、中国远程及移动超声专业委员会、广东省临床医学会甲状腺专业委员会、深圳市医师协会超声影像科医师分会、深圳市医师协会介入医师分会、深圳市医学会第四届介入诊疗专业等学会担任常委和委员职务；同时，还在深圳市生物医学工程学会智能超声与临床应用专业委员会、深圳市卒中学会超声分会等分别担任副主任委员。

3.董常峰，香港中文大学访问学者、主任医师、教授、硕士研究生导师，深圳市第三人民医院（南方科技大学第二附属医院）超声科教学主任。

学术专长：从事超声影像学诊断17年，擅长肝、胆、脾、胰、肾、输尿管、膀胱、子宫附件、甲状腺、体表包块等器官疾病的超声诊断。

研究方向：肝纤维化定量诊断，人工智能在肝脏疾病诊断中的应用，肝、肾移植的超声评估，以主要负责人承担国家自然课题2项，主持市级课题2项，参编著作5部，发表论著31篇，获广东省、深圳市科技奖各1项。

同时，在中国超声医学工程学会、中国民族卫生协会超声医学分会、中国性病艾滋病防治协会等8个学会担任学术职务，是深圳市卫生监督医学专家库专家。

4.邓水平，在深圳市第二人民医院超声科工作，医学硕士，副主任医师，从事超声诊断工作十余年。擅长各种心脏疾病及颈脑血管疾病的超声诊断，对甲状腺、乳腺疾病的超声诊断有丰富的临床经验，临床符合率高。主要研究方向为心血管疾病的超声诊断，甲状腺癌及颈部淋巴结转移的超声诊断。现任深圳市卒中学会超声分会常务委员。

5.袁榕，在深圳市罗湖区人民医院（深圳大学第三附属医院）超声科工作，副主任医师。从事心血管及腹部超声诊断专业工作30年。擅长先天性心脏病、风湿性心瓣膜病、感染性心内膜炎、夹层动脉瘤、机械瓣置换术后功能障碍等心脏超声诊断；动脉硬化闭塞、静脉血栓等疾病的血管超声诊断；开展血液透析造瘘前后血管超声评估，瘘口及引流静脉狭窄的介入治疗；乳腺、甲状腺等浅表器官结节的穿刺活检，肝脏肿瘤的消融治疗等。

第二章　童年丧父家遭难

1. 后垅的春天

说起后垅村，玉山谁人不知，哪人不晓。后垅是信江河上游河边的一个村庄。

后垅村与玉山新火车站相邻，向东南边延伸是武安山，正东展现今高铁南站；正南面连浙赣铁路，跨过铁路，直通上饶市广丰区；北依信江河源头，与河对面的文成村隔河相望。

后垅村形如一条长龙，俯卧在信江河边，东西长1000米，现今后垅、墩上、麻蓬、王家、林家、黄泥头6个自然村都归属后垅村委会管辖。

人们都说，后垅村具有独特的优势，全村沿着河流伸展，散落在河边家家户户的老百姓依仗着信江河的优势，不怕天寒地冻，所种庄稼都可丰收。

但如遇大旱，河水干涸，庄稼也会晒死，颗粒无收。

后垅田地非常肥沃，全是沙质土壤，不论种水稻、麦子、大豆、玉米、红薯、甘蔗等，只要管理得当，都能获得高产。但几百年来的后垅都穷得出名，农民常常衣不遮体，食不果腹，整个村只有一户是富农。县城的地主、富人们、工商业者如同一群豺狼把一丘丘良田霸占去。农民为了生存，只得向城里地主富人们租种水田，交纳田租。富人们非常苛刻，每年水稻收割，都要农民全部交清所收割的稻谷，以田地为生的农民为了生活，一年到头都只有少量"花利"收入（指副粮，如麦、豆、红薯、玉米等）填填肚子，种稻谷的农民吃不上白米饭，而不种田的老爷们却坐享其成。

1949年江西解放了，后垅村人从此见到了太阳。1950年至1951年，后垅村和全国一样，"打土豪，分田地"，在轰轰烈烈的土地改革中，耕者有其田，农民从地主手里夺回了土地，翻身做了主人。分到田地的后垅农民们都欣喜若狂，成群结队走到田垄里观赏自己的田地。他们说，过去我们种的田地是别人的，现在站在自己田边都感到很开心，很舒服，扬眉吐气！

以后的岁月中，后垅村和全县各地一样，正确贯彻执行党的政策，改革的春风吹到每家每户，发生了翻天覆地的变化。早在十几年前，李泉水教授思念家乡建设，将自己工资收入捐赠了十几万元，建起了贯穿东西的水泥路，促进了村里的经济发展，全村年人均收入六七千元，有的高达八九千元至一万多元。

1993年，全村建起排灌站，免费给村民供水，农民福利也大幅度提高。文化建设由普及到提高，凡适龄儿童都实行了九年义务教育，小学普及，村里初中以上文化的达到了90%以上，高中文化达到200多人，大学生30多人，博士1人，过去村民口中的"后垅一条弄，没有读书种"的情况不复存在了，由一个文盲村变成现今的文化村。

现在的后垅，一直在朝着社会主义现代化道路前进。村民们生活富裕了，正按照习近平总书记关于生态文明建设思想，实践着"绿水青山就是金山银山"的重要理念，筹划村里的建设。全村村民几乎都按现代化标准建了新房，村中马路宽敞，绿化优美，卫生清洁，民风健康，道德规范，村民们做到自我约束，自我管理，自我提高，被全县评为党建先进单位，后垅成了全县全镇的文化村。

2. 有了幸福家

李泉水的爷爷李开旺，一向以农为生，据说通过自学有一点文化，是个风水先生。他生育两子，大儿子叫李熙忠，次子叫李连忠。当李连忠成家之后，俗话说："树大要开桠，人大要分家。"就在父亲李开旺与母亲周金珠主持下分了家，两个儿子各自为政，到处奔波。而次子李连忠更是拼命，向城里的地主富人们租种田地，虽种田仅能挣点花利，但毕竟可以充饥饱肚子。

中华人民共和国成立后，李连忠分到10亩水田，2分旱地。至1950年末，他家已有5口人，生活的担子不轻，心想只要有地种，凭自己的双手创造财富，做到丰衣足食，过上美满幸福的生活。

但他又感到种10亩田要花费不少成本，于是，他又想到肥料，目前的肥料就是厩肥。他算了时间，今天就是农历十二月初二，天气晴朗，早上虽有冰霜，但可以积肥、存肥，把拾来的猪粪、狗粪、稻草放在地窖里沤在一起，待到明年二三月时，可给麦子、油菜施肥。同时买点人粪冲进去沤一沤，施在庄稼上不是更肥沃了吗？

天刚蒙蒙亮，他一骨碌爬起来，穿上鞋子准备出去，妻子怀里还抱着泉水正在喂奶，便抬起头问："你干什么？这么紧张？"他简单地回答："去县城担粪。"妻子说，天还没亮。他答道："看得见，去迟了，买不到粪。"

那时，冰溪镇里粪管会是早上收粪、放粪的。所谓收粪，是粪管人员推着粪车到居民各家各户门前去提出马桶，将粪倒入粪车。所谓"粪车"，就是平板车上装着长方形的立体式的大粪桶，将粪便倒入车上的粪桶，然后把居民马桶洗干净，放在该居民屋前。所谓放粪，就是郊区的农民挑着家中空粪桶来向粪管会买粪。农家的粪桶如挑水的大水桶那么大，装满一担有120多斤。

那么重的一担粪，要多大的体力才能挑得起？而且，从李连忠家到县城粪管会足足有5里路。从粪池边挑上肩，街上不能休息。因大粪有污染，人流量大，挑粪的人要穿过街道到郊区一二里路的田边才可以歇气，直接挑到家，倒入自家的大粪池。让它沤半个月时间，再施于田里，要肥一些。李连忠是大力士，靠自己一股韧劲，不管多重的担子，只要挑上肩，他中途就不会歇气。

到家时，妻子菊花见丈夫早晨空着肚子挑大粪回家很是心疼，但有什么办法呢？过去是为富人家种田，如此付出汗水，今天为自家种田难道不付出汗水行吗？更何况要供养全家，孩子要吃饭啊！

李连忠种田计划性很强，10亩水田，种什么都安排得很周到，上半年种水稻，这是主粮；留半亩田种糯谷，逢年过节做米酒，包粽子。下半年要种4亩油菜，来年的食用油就有了着落；种三四亩甘蔗，作为经济作物；其他种大豆、芋头等。这样，一年下来，除了交田租，其他种的菜、油、甘蔗、蔬菜等生活开支都安排上了。

1953年碰上干旱，久晴无雨，河边那两亩多水稻无水，地上出现了裂缝，好在头年自己打了个四人踩的大水车。孩子小没雇工，靠他一个人先搬车身后扛轮子，车身（也叫车厢）、轮子都100多斤，他用尽全身力气把车伸到水塘搭起架子车水。妻子叶菊花叫水仙陪小儿子泉水玩，自己和丈夫一起踩车。4人的车两人踩，是够累的了！路过的人戏称这是夫妻车！连忠听了微笑地看了妻子一眼，说："夫妻车，夫妻车，就是夫妻车！"劲头上来踩快了，结果菊花一时没准备，脚一滑，身子腾空吊在架子上，两人哈哈大笑。

村里人见连忠田里作物总是长得绿油油的，问他，你的功夫哪里来的？连忠说："种田无别巧，只要起得早，勤松土，多施肥，庄稼才能长得好。"连忠年年都是大丰收，人们说他，粮食满仓，食油多多，孩子追逛。

这时他家已有5个孩子，加他夫妻共7口人家，也算个大家庭了。李连忠、叶菊花终于靠自己艰难劳作尝到幸福的甜头。由于孩子多，欢乐也多，但相应负担也重一些，酸酸甜甜，面对10亩田地，天天都要付出繁重的劳动，夫妻俩有时感到力不从心。

3. 灾祸砸人头

李连忠是后垅的一条汉子，身体十分棒，不论是挑担，还是田面上的耕耘管理，都是拿得起、放得下的好把手。他是从旧社会走过来的苦孩子，饱尝了辛酸苦辣，现在共产党领导农民翻身做了主人，他发誓一定要种好自己的田地，把儿女养大，过上好日子。所以，他拼命地把田地的庄稼种得都比别人好。但体力劳动是最消耗人体的活动。他只满脸喜悦地看到丰收的果实，却没想到同时也消耗了他的体能和精力。

根据较大的儿女们回忆，父亲从1954年开始身体就不大舒服，体力下降，经常喊腰痛。母亲以为他挑担挑多了，腰肌劳损，劝他休息几天。有些时候，母亲见他在地里做事，常常躬着腰，一手撑着地，一手拔着草，不时地捶捶腰背。

晚上，妻子叶菊花仔细地问丈夫除腰痛外，身上还有什么不舒服？连忠说，就是身上没什么力气。菊花说："这样，水田的稻子割了，下一步就是决定哪几丘田种什么？是种麦子，还是种油菜，种甘蔗？豆子种下已长出苗了，只是种麦子、油菜要把田翻耕，制作一畦一畦的，叫互助组换几个工。你就在家休息几天，我带水仙、岳兵去田地里锄锄草，还有菜地的菜也要料理一下，不然没有猪饲料。"泉水说："拔草我也去……"

母亲说："你只有6岁，能拔草吗？"泉水说："我跟妈妈您学。"连忠听后，觉得儿子懂事可爱，十分欣慰。

连忠没等妻子说完，就说："你不算一算：从5年前（即1951年）起，我们家陆续做了谷仓、谷扇、箩筐、谷垫、犁、耙等等，师傅的工夫钱（即工资）和材料费还没付完，我能在家休息？至于我的腰痛，可能是季节性的，忙过这一阵子可能就会好些，咬咬牙就过去了。"

连忠说的是实话，从与菊花结婚起，一直过的是艰难的日子，无田无地，靠租种别人的田地，挣点"花利"来填饱肚子，养活几个孩子。他曾蛮有信心地说："共产党来了，分了10亩田地，我们的生活会越来越好。等到我们所欠的债都还了，剩下的就是抚养这些孩子，现在吃、穿、用都要满足他们，才能把他们抚养长大。等到他们长大了，我们才可以歇口气。"

菊花说："你说得没错，这个家现在只靠你一人扛很累，你是主心骨。"

她微笑地说："我如不帮你，一年不养几窝猪仔、几头肥猪出卖，家里生活就没有这么好。"

连忠说："我要感谢你，这几年是你把这个家守得这么好，像个家的样子：有儿有女，有田地有房子，算是丰衣足食了……"

菊花插话说："对！办了那么多农具、家具，我感到心满意足了，在后垅也算得上幸福的一家。"

连忠听到这里，心里感到有点歉疚，说："自你走进我李家起，没享到一天福，还天天和我一起受累。我李连忠要尽全身力气种好10亩田地，培育孩子长大，把家庭搞富裕了，让你也享享福。"

菊花听了丈夫的话，感到他体贴老婆辛苦，心情有些激动，眼眶潮湿，微笑地说："我别的没什么所求，只要有你这句话，心里就满足了，比吃什么都甜。女人只要老公看到有价值，累死累活也要和你在一起……"

说了一阵，夫妻俩都说出了肺腑之言。稍停，菊花又说："你再不要说那么多客气话了，我们是夫妻，都是为了这个家，为了孩子。当下要紧的是你的身体！你既然体贴我辛苦，那你也要听我几句话，现在田地的事稍松一点，你还是休息半个月，叫互助组几个人来帮几天。"

说到互助组，李连忠倍感兴趣，他对妻子叶菊花说："你说要过幸福生活，全靠身体强壮。我给你加上一句：'有了共产党，我们幸福生活才能过得牢靠。'"叶菊花微笑地说："你多参加了几次会，话比我说得好。"

这句话把李连忠说笑了，说："以后家里没事，孩子能做点事，让他们做，村里开大会，你去听听，会学到一些先进思想。"

稍停了一会儿，他又说："从解放军来了以后，我们体会到共产党和人民政府是时刻关注我们穷苦人的，比我们老百姓想得更宽，想得更远。前天村里开群众大会时，工作组同志说："你们不要以为贫苦人分到田地就万事大吉了，就可以过上幸福生活了。但单干农民经不起风吹浪打，只有组织起来才有力量战胜天灾人祸。他打了一个比方，如一根筷子容易折断，但把10双筷子捏在一起，就不容易折断。"所以工作组同志说："党中央和人民政府为了解决农村贫困，已经看到这个形势，第一步由农民自愿组织农业互助组；第二步发展公有经济⋯⋯"

接着，他又说，前天开会，工作组同志说，别的乡村，好多地方已经开始自愿组织互助组了，号召我们后垅村农民都要组织起来，根治贫困！

回到家里，李连忠自信地对叶菊花说："比如我们分到10亩地，开始很高兴，后来有点担心，每年插秧和割稻，季节性很强，家里几个孩子很小，凭我们夫妻俩怎么能完成抢种抢收任务？现在有了互助组，抢种抢收就没有问题了。"

所以，工作组号召后垅农民自愿组织起来，我当场表态，坚决支持。

由于李连忠对组织互助组积极拥护，工作组长就点名要他做个积极分子。同时李连忠年轻，身强力壮，家里有耕牛，各种农具办得很齐全，肯定很多农户都会踊跃参加。

在李连忠带领下，1952年下半年，后垅村自愿组织了七八个互助组。

李连忠组织了互助组，对自家田地所付出的劳力负担减轻了，但对于组里农户田地的犁耕耙耖都要作出安排，保证每家每户农业生产正常运转，虽然以工换工能换取一些牛工收入，但必须要多付出自己的心血和劳力。

早在互助组成立的一年多的春插时间里，有一天，为本组农户耖田准备插秧，张家火的父亲走过田边，看见李连忠耖田转角时提不起耖架，知道他劳累过度，体力消耗过大，叫他回家要补补身子，可李连忠没同妻子说。

李连忠身体日趋衰弱之时，还是坚持下田劳动，或者牵牛为农户耕种。全身浮肿，连走路都走不动，还到街上挑粪。有一次挑粪快到家时，实在坚持不住，摔了一跤，爬都爬不起来。妻子叶菊花眼见情况不对，便强求他去医院做个检查，结果查出身患尿毒症！于是，妻子耐心做他工作，李连忠才住进医院。

住了10来天的医院，李连忠病情有了好转。他执意要出院，回家下田劳动，心里还是念念不忘他那10亩田地和他的儿女们。

叶菊花没有办法，打听到草药可以治尿毒症，便携儿带女到处采金钱草等

草药煎汤让他喝。

1955年农历十二月，李连忠终因超强劳动而造成身体衰弱，尿毒症加剧了，身体支撑不住，病倒在床上，与世长辞，离开了他心爱的妻子和儿女们。这一年，泉水才6岁！

家中主心骨倒下了，全家万分悲痛，哭成一团。叶菊花被人扶坐在椅子上，抱着怀孕的肚子，哭干了眼泪，面对跪在地上的5个孩子，大声呐喊："老天啊！你为什么这么狠心啊！我有5个孩子：最大的女儿才15岁……最小的才2岁！这老天要为我作主！他们还都是毛孩子，我怎么养活啊，老天啊！这日子叫我怎么过啊！"

叶菊花越哭越伤心，眼泪哭干了，声音哭哑了，在场所有人都流着眼泪，哭出了声，悲伤的哭声，哭动了整个后垅村，哭动了信江河畔！

第三章　痛定思痛挑重担

1. 忍痛挑重担

叶菊花在丈夫病故后，由于太悲痛，半个月都起不了床，茶饭不思，人饿得面黄肌瘦，眼睛都凹下去了，每天都是女儿水仙煮稀饭，岳兵牵牛出去吃草。

水仙煮好稀饭端给母亲吃。但母亲说："吃不下，你们吃。"水仙不知所措，她呆呆地站在床边不断抹着泪水。

泉水见母亲没起来就守在床沿，也不吃饭，一双小手抓着妈妈的一只手不放。他不知道用什么方法能叫妈妈吃饭。有时候，他踮起脚尖扑在妈妈身上，抓着妈妈的一只手在流泪。叶菊花见到儿女都乖顺，脑子里闪过一丝微光，转了个身，侧身面对泉水，右手摸着他的头，眼睛呆滞地看着眼泪汪汪的儿子。

早上10点钟，妹妹珊娇来了，听说姐姐天天卧床，就跑来看看姐姐。

姐妹相见都在流泪。妹妹说："姐姐想姐夫我都知道，多好的姐夫呀！但他走了再难过也叫不回来，是没法的事！但你要多为孩子着想，你看，水仙、岳兵、泉水、牙陀、彩枝都围在房间看着你，你的任务还很重。他们还小，家里的事全靠你作主。"

稍停了一会儿，又说："要不我把牙陀、彩枝带到我那里住一段时间，让你轻松料理家事。"

面对孩子们一张张脸，一双双眼睛，菊花摇摇头说："你自己家那么困难，牙陀、彩枝怎么能到你那里去？"说着说着，她下床来，姐妹抱着又痛哭了一阵。泉水紧紧抓着妈妈的衣服，哭着说："妈妈你还是去喝点粥，大家都还没吃哩。"

正在这时，隔壁的吴妈也过来了，她刚从女儿家回来，听小女儿说，菊花婶婶好多天没吃饭了，她就赶紧过来看看。

她说："菊花，你不能饿坏身子，不要忘记肚子里还怀着孩子！你看，这些乖孩子都围着你哭，多可爱啊！连忠死了不能复活，要想开些，想远点，想想这些孩子怎么办？怪可怜的！"

吴妈说后，眼里含着泪水，稍停又说："你还要想想你那些田地怎么办？还有牛、猪怎么办？我这十几天不在家，在大女儿家，不然早过来劝你起来吃饭了。"经吴妈和妹妹劝说，叶菊花揩干泪水，一起走到厅里……

第二天早上，即连忠安葬后第16天，叶菊花把水仙、岳兵、泉水叫到身边，说："按季节，过十来天就清明了，水田要翻耕，也要请人；还有油菜要松土施肥，已经迟了，看来也要请人。好在张家火伯父说，有事找他们，我看，只有找他们帮忙。"

她看看面前几个孩子，说："水仙、岳兵你们俩要大点，水仙做厨内事，管好牙陀、彩枝不要乱跑，岳兵放牛，学学田里活，看到田里野草多，拔拔草……"她话未说完，泉水就抢着说："我可以和哥哥去拔草，也可以放牛。"

母亲看着泉水说："泉水不错，主动要求和哥哥一块做事、放牛。"这时她脸上露出笑意，接着又说，"穷人家的孩子，没有父亲的孩子要听话，你们听话点，妈妈可以少操点心。"

水仙发现妈妈有点坐不住，走过去扶她起来。叶菊花不便跟孩子说，只是右手抱着肚子，刚走几步，又撑着腰走进房间，说："我躺一下，你们去做各人的事。"又对水仙说："你看牙陀、彩枝起来了没有？起来了要他们自己穿衣服。"

上午半晌，张家火真的来了，从门口一进来就叫菊花、菊花的。菊花刚躺下一会儿。

水仙听家火伯伯来了，忙从厨房走到厅里，他见水仙就问："你娘呢？"水仙说："她在厅里坐了好一会儿，回房间刚躺在床上。"家火说："不要老是想着连忠……"

水仙解释说，她腰疼，在床上躺了一会儿。张家火便知道，菊花可能快分娩了。

菊花听到说话声，便穿上衣服走出房间。家火解释说，我认为你还睡床上想连忠。他马上换了话题说："田地上的事你身体不行，我给你安排……"

张家火与连忠同时长大，又是中心队的队长，连忠去世后，经常关心菊花家的事，她很感激。

两个月后，菊花生了第6个小孩，取名叫岳四。她在坐月子时，又操心着田地里的庄稼。大女儿照顾母亲坐月子，劝妈妈好好休息。不管水仙怎么对妈妈说，叫她别的事少操心，只管好好休息。但她还是起来做家务，水仙只好通知小姨来帮她几天。

于是，水仙通知了小姨。小姨珊娇一进门就说："姐姐，你怎么不早通知我？你还记得我这个妹妹吗？"边说边走到姐姐床边，没说两句话就哭了。

菊花严肃地说："你认为我没有眼泪？还要你从家里带眼泪过来，死丫头。"珊娇听了姐姐这句话，意识到她正在坐月子，如果引起她大哭流泪，这月子就过不好，一辈子眼睛都会流泪水，便强作笑脸说："我在心疼姐姐。"

菊花说："我知道。"她又说你家事也多。珊娇说："我会安排好的。"

2. 一个女强人

连忠走后的第二年，菊花慢慢地也跟男子汉一样，田地里的活都会干。本来张家火多次说过，田里的活他们都会来帮忙，但菊花不想什么事都靠他们，互助组以工换工，如连忠在世还可以换工，现在连忠不在了，别人帮我做了工，我就得给人家工钱，家里哪里有钱啊？

到了秋收季节，大家都在割稻子。菊花带3个小孩看着田里的稻子黄灿灿的，打心眼里高兴。那天吃了早饭，和水仙、岳兵、泉水到田里割稻，忙到中午收获一担谷子，没让孩子挑，自己挑着过田坎，不小心脚没踩稳，连人带箩筐摔倒在田里。膝盖被刮破，鲜血直流，坐在地上起不来。水仙三姐弟忙把妈妈拉起来。水仙来挑又挑不动，菊花还是拍拍被撕破的裤子，一拐一拐地把谷子挑回家。

第二天、第三天，坚强的菊花和丈夫连忠一样，带着三个孩子去割稻子。但天热，劳动量大，4个人一天只割了两担谷子，几个小孩累得走不动路。有人劝她，还是请几天帮工。

于是张家火带来3个男子汉，连割3天，就把几亩稻子割完了。

谷子挑进来，堆在厅堂里待晒。晒谷首先要垫子，好在前几年一口气打了5铺竹垫子，放在自家屋前空埂上晒。晒好还要扇，连忠在世时农具都置办齐了，不然稻谷收割进来没地方放。扇净的谷子，还不能归仓。起码要晒两至三天，湿的谷子要晒3天。

这些谷子都是叶菊花一畚斗一畚斗地双手举起倒入谷扇斗里扇的。这本是男劳动力做的事，但她做了。路过的人看见，没有一个不佩服的。

菊花内心里感谢张家火，是他主动上门帮忙收割稻子，要不是他找几个男子汉来割稻子，靠一个女人和三个小孩，这么多谷子拼着命也收不回来。

水仙和岳兵抬了3箩筐谷子进屋，发现母亲哭了，心想不问也知道她又想爸爸了。要是爸爸在，我们就不要这么累。于是，他俩也哭起来了。

孩子大两岁，便懂事多了，水仙忙把弟弟拉在大门后，说："我们不能哭，坚强点，不要让妈妈看见，她看见了更伤心！"于是姐弟俩擦干眼泪，继续抬谷子。

这时，已快到黄昏时刻，泉水牵着大水牛回家。一到家把牛拴上，见妈妈在扇谷子，他也来帮忙，爬上凳子见漏斗里谷子快完了，就叫妈妈给加上谷子。他拿起谷扇摇把就扇起谷子来了。妈妈来接替摇把，他就跑到哥哥身边，要他休息会儿，自己去和姐姐抬谷子。终因人矮力气小，没法抬起箩筐。

菊花见到子女这么乖顺，抢事做，宽心多了。她心里想："如连忠在世见到这种情景，肯定很高兴。"特别是泉水，虽然个子矮，但志气大。

她便问："泉水，等妈妈老了，你会孝敬妈妈吗？"他没想很多，心想妈妈这么心疼儿女怎么会老呢？便说："妈妈，您不会老。"妈妈说："傻孩子，人和禾苗一样都会老的！"

水仙刚走过去听他说妈妈不会老，她就说，"呆子！妈妈现在身体这么健康不会那么快老的。"

于是他摸摸头说："我说错了，妈妈没那么快老，如果老了我会照顾好妈妈的。"妈妈微笑地点点头。

这时，牙陀出来告诉妈妈，弟弟岳四醒了，"哇哇"地哭着。菊花听罢"喔"了一声，说，一个下午都没吃奶，肚子肯定饿了。刚走两步，想到身上脏兮兮的，就赶快去抹身子。泉水便跑过来说，"妈妈，我去逗他玩，让他不哭。"妈妈回答说："好好，还是泉水聪明。"

泉水拿起小铃铛，对着弟弟"叮叮当当"摇着，一会儿弟弟就不哭了，踢着小腿，不断地对着泉水笑。

妈妈走过来笑笑说："两个哥哥跟你玩，你高兴吗？"她边说边从泉水手中接过宝宝，将乳头塞进他的嘴里……

叶菊花拖儿带女的，总算把稻谷搬进仓了，总算是度过连忠走后的第一个秋收季节。但眼下要把稻田翻耕需要雇4个帮工，才能插上双季稻的秧苗。

一天中饭后，她抱着岳四在自己田沿散步，见稻谷已收归仓里，二季秧苗已经插上了，其他作物也做好管理；两亩油菜籽也栽上了，长势很好，明年吃油没问题，一种自豪感涌上心头。心想，这是老天爷给我的安慰。

路过的后垅人都啧啧称赞叶菊花是个女强人。如果后垅村要评哪些是"贤妻良母"，平心而论，有谁能超过叶菊花？丈夫去世一年多，还带着6个未成年的孩子，把稻谷收割进仓又把作物种下，挖地、插秧、割稻谷、车水、挑担等等，都是叶菊花和3个孩子自己干的。所以，叶菊花作为女强人在后垅成为红人。

但叶菊花这一年确实消瘦了许多，有好心人说，长期下去，她身体要被拖垮的。于是有些人劝她得想个办法。

但叶菊花想过很多，丢弃孩子去嫁人吧！自己舒服孩子可怜，孩子都是自己身上掉下的肉。把小女儿送人做童养媳，丈夫在九泉之下不会同意；把自己身上的肉贴到别人身上去，她也舍不得。那么招一个男人进来吧，哪有这么好的男人愿意给你抚养6个孩子？

吴妈是一位体贴的长辈，她同情菊花，多次劝她走出一条活路，只要对方愿意抚养孩子，其他条件放低一点，气量大一点，将来孩子成人了，那连忠在九泉之下也会感谢你。

吴妈的一番话，叶菊花心里领会。但她没吭声。

3. "只能选一个"

1957年8月27日，使后垅人震惊的是，叶菊花作出了一个决定：把老三泉水送进学校读书。她家家庭生活已经极度困难了，还把儿子送去读书？不送大儿子岳兵去读书，却把次子泉水送去读书，什么原因呢？

叶菊花虽是文盲，却很有远见，她观察了几个孩子，老大是女儿，家里事离不开她；大儿子像父亲连忠，忠厚憨直能吃苦，他稍大可以帮做农活。次子泉水聪明利索，做事勤快，见到外面事物好奇心特重，常问妈妈这是什么，那是什么，这野草为什么开白花而不开红花呢？母鸡为什么只生蛋，不直接生小鸡呢？他看到什么就问什么。有时候问得她哑口无言。她想，凡好奇心重、喜欢问这问那的小孩脑子聪明，如读了书长大肯定有出息。所以家里再苦，也要让他去读书。

晚上，菊花把几个小孩叫在身边，说："我们家虽然很穷，但妈妈决定要让一个孩子上学读书，不知道你们有什么想法？"水仙知道自己是老大，可以帮助妈妈做很多事，故抢先发言说："我没有意见，听妈妈安排。"

菊花停顿了一下，看了看大家又说："像我们这样贫困家庭，让每个孩子读书困难很大，眼下能维持正常生活已经很不容易，如果你们爸爸没走要好些，但也艰难；如家里没有一个人读书，全家都成为文盲，这对不起共产党，对不起毛主席！共产党是号召各级学校向贫苦的农民子弟开门，可我们6个孩子一个都不让读书，还谈得上翻身做主人吗？"

叶菊花又看了面前的5个孩子，她的心有点疼，讲得眼圈发红。又说："我反复想，晚上觉也睡不着，如果你们不乖顺，不听话，我一个人走出家门图个痛快，何尝不可以？但你们都是我心头掉下来的肉，我不忍心！"说着，双手捂着脸哭了起来。

这时，也就在这时，几个孩子都大声地说："妈，不要哭！"水仙、岳兵先跪在母亲面前。泉水双脚跪在地上移动膝盖，双手抓住母亲衣裳，说："我求求妈妈，您不要离开我们！"牙陀、彩枝见哥哥姐姐跪下，也跪在地上哭。水仙、岳兵不约而同地说："妈妈，我们都听您的话，跟您一起种田，让泉水一个人去读书。"彩枝、牙陀跪在母亲面前不起来，摇着妈妈的膝盖说："我们也不读书，跟妈妈学种田，让二哥泉水去读书。"

菊花右手摸着泉水的头，低头问泉水："姐姐、哥哥、弟弟、妹妹都让你读书，你愿意上学吗？"8岁的泉水晓得谦让，说："要不让哥哥去读书，他比我大，我和姐姐跟您一起学种田。"

母亲听了孩子们的一番话，激动的情绪缓和下来了，抹了抹眼泪，觉得孩子们都理解她的话，脸上露出笑意说："你们都是妈妈的好孩子，妈妈不会离开你们。"水仙见妈妈讲得口干说不出话，赶快端一碗开水给妈妈喝。

母亲喝了开水，坦诚地说："说实话，妈妈看到人家孩子背起书包上学，就想到自己的孩子也应该读书，但我们家生活特别困难，只能选一个孩子读书，其他人在家帮妈妈做事，以后村里办夜校，你们可以在夜校学文化。小学是8月28日开学，那泉水明天就可以去学校报名。"

她又拉起泉水说："泉水，今天你都听到姐姐、哥哥、弟弟、妹妹的话了，他们都赞成你去读书，将来学到本事，要对他们好，感谢他们，是他们把你送进学堂的。"于是，儿女们都齐声地说："我们都听妈妈的话。"

泉水听了大家的话，激动地说："我永远记住妈妈的话，姐姐、哥哥、弟弟、妹妹让我去读书，要永远报答你们。"

4. 欢乐的书包

当天晚上，叶菊花一个人坐在饭厅里，拆了自己和女儿水仙穿破了的旧衣服，有花的，有红的，有格子的，拼成一个大的布片，给泉水缝了一个书包；书包口嵌入两条圆形松紧带，一紧一松，挂在肩上，在镜前瞧瞧，自夸道："还不错！"

这时她和小孩一样，控制不住内心的激动，甚至走到床边想叫醒泉水看看。

但一想，他正在深睡，干脆明天早上给儿子一个惊喜，便笑眯眯地折叠起来轻轻地放在泉水床头。

累了一个晚上，总算缝好了儿子实现梦想的一个书包，她心里非常踏实。其实在一般人家，孩子读书买个书包，是一件很简单的小事，何必要花心思拿破衣服缝个书包，还这么激动人心！

我们要理解叶菊花这时的心情，自从她嫁到后垅李家，丈夫都没有自己的田地，靠租田为生，一年难得吃上一顿白米饭。连忠家几代人都没念过书，他也没背过书包。如今新社会了，号召学校向贫苦的农民子弟开门，穷孩子才能上学堂。我让孩子们选出一个孩子读书，缝上一个书包，让儿子背上，也算我作为媳妇开创了李家有人读书的历史，想到将来我泉水读书有出息，为国家做出贡献，我作为母亲心情不激动吗？

第二天早上，泉水起来见到一个新书包，他高兴地拿起书包背在肩上，叫醒姐姐、哥哥、弟弟、妹妹，让他们看看妈妈缝的书包。

9月1日，李泉水和邻居小孩兴高采烈地进了麻蓬小学读书。上午开学典礼，在开学典礼上，校长说："麻蓬小学是国家办的农村初级小学，是工农子弟学校，同学们要好好学习，天天向上，将来为国家建设作贡献。"

泉水端端正正坐在座位上，静心听老师讲课。老师上的语文课是拼音字母 a，o，e……是在家里没听过的，特别爱听。中午放学走进家门，一进门嘴里就读着拼音，读给妈妈听，读给姐姐哥哥们听。妈妈特别盛了一碗满满的白米饭放在他面前说："好好读书，让妈妈放心，让哥哥姐姐们高兴。"他笑眯眯地点点头。

之后，他已经上了几个月课了，上过的课都能背出来。考过几次试，成绩全优。后来他读中学、大学时，还清楚地记得小学老师教给他的拼音字母，他要好好学习，做个毛主席的好孩子，好学生；他还清楚地记得第一次和同学们排队在操场上，唱着国歌，望着鲜艳的五星红旗高高升起。他还清楚地记得那天是晴天，蓝蓝的天空万里无云，水田里一片青青的禾苗……

1958年7月18日，麻蓬小学放暑假了，泉水挎着书包，高兴地走进家门，见妈妈正在给小弟岳四洗澡，牙陀、彩枝正在逗他玩，岳四坐在大水盆里东转转，西转转，看着哥哥、姐姐来了，就向他们洒水。这时他又见二哥挎着书包进来了，又高兴地朝他洒水。

妈妈从房间里拿衣服出来看见就说，"啃！盆里水很脏，怎么可以洒到二哥身上去？你是想二哥同你一起玩吗？应该叫声二哥才对呀！"

泉水躲开岳四洒的水，把书包放在桌子上，赶快过来抓着他小手抓痒痒，牙陀在旁边帮着，岳四便在水盆里打滚。

于是，几个兄弟热闹一番，岳四被妈妈拉起来抹干身上的水，穿上衣服，他一骨碌抱着二哥大腿。泉水知道他要撒娇，便抱起他回屋，牙陀、彩枝还从后背抓他痒痒，水仙、岳兵从厨房出来看见，都哈哈大笑。母亲见儿女们都在欢乐，笑嘻嘻地说："你看，哥哥姐姐都喜欢你！"

有一天晚上，大家坐着吃饭，妈妈叫泉水公布他的成绩。他放下筷子，到书包里拿出成绩报告单念：语文、算术、常识、美术、音乐，全是5分。岳兵问："5分是什么意思？"妈妈说："对，你说给大家听听。"

泉水说"5分"就是100分，最高分是100分。说完，妈妈笑了。岳兵听后"哇"的一声说："真不错，全是100分！如果我去读，还不能全拿100分呢。"妈妈问："为什么？"岳兵说："我音乐、算术拿不到满分。"妈妈说："那泉水悟性比你好。"岳兵说："那我承认他比我聪明。"

岳兵又接着问，那老师奖励你什么？泉水看着妈妈，妈妈说："你向哥哥姐姐讲嘛。"泉水把成绩报告单放回书包，大声说："老师评我'三好'学生！"岳兵问："什么叫'三好'学生，没听过。"泉水又回答道："思想好，学习好，身体好。"于是大家放下碗筷，岳兵带头拍起手掌来，妈妈用力拍着手掌说："妈妈为你高兴！你为李家争气！没有忘记姐姐、哥哥对你说的话。"于是，大家热烈鼓掌！泉水也笑着鼓起掌来。

水仙对妈妈笑着说："妈妈晚上可以吃满满的一碗白米饭。"妈妈说："今天我真的高兴！"刚说完，坐在她怀里的岳四抢筷子，妈妈笑着说："呵呵呵，你也要吃饭了？"她又对岳四说："你听到哥哥评上'三好'学生，也要多吃碗饭哦！"于是大家都笑了。这餐晚饭是在大家的笑声中吃完的。

第四章　点燃希望意志坚

1. 心想顶梁柱

当全家沉浸在欢乐之时，叶菊花身体有些滑坡，过重的体力劳动使她承受不了。这时，她脑子里闪出一个想法，家庭中应该要有一个顶梁柱，不需要样样都去"穆桂英挂帅"。

1957年，她想有个完整的家了，孩子毕竟是孩子，女儿水仙17岁了，老二男孩岳兵13岁，他们都不懂家里有10亩地要怎么种。

2月16日，天气有些灰暗，天上游来几朵乌云，遮盖了蓝蓝的天空……叶菊花变得有些沉默，不想说话，吃饭也无味……

家里要有顶梁柱，想要找个条件好的男人很难，谁愿意来你家做牛做马，帮你养这么多子女？想来想去，只有离家不远的吴水陀，开始觉得选他不合意，人不高，皮肤黝黑，背有些驼，难看死了！和连忠比，真是天地之别，打心眼看不上。

再看其他几个单身男人，不是年龄太大，就是身体不好，干不了农活。那几个人和吴水陀比，那吴水陀就大大超过他们：水陀年龄36岁，未娶过亲，干农活熟练，有点口才，也认得几个字。过去连忠没文化吃亏，这是她心底的秘密。孩子们只知妈妈辛苦，天天和他们下地干活，哪里知道妈妈心里在想些什么？

给孩子找继父的事，不好意思同子女说，甚至在女孩水仙面前也不好意思说，说了怕儿女接受不了。于是，她更想连忠，连忠是个好丈夫，聪明能干，不怕吃苦，做人也厚道，他爱孩子，也很爱妻子，白天和她吵了架，但晚上到了房间还和她亲热。

这天晚上，吃饭时没和孩子们说很多话，只扒拉了几口饭，抱着坐在自己大腿上的岳四，没什么兴致。水仙见此问妈妈："您有什么不舒服吗？"泉水守在妈妈身边，轻声问妈妈是不是肚子疼？还是哪里不舒服？她只是摇头，看着大家没有说话。于是，大家都静下来，眼巴巴地望着妈妈的眼神。

菊花抱着睡着的岳四，抱得紧紧的，下巴紧贴小儿子的头，双腿轻轻摇动着他的身子，她见孩子们不嬉闹了，说："你们继续玩，妈妈到床上躺一下。"水仙在厨房洗碗，心想妈妈又想爸爸了。

水仙刚把碗筷洗好，随即跟在妈妈后面说："妈妈，您好好睡一下，您太为我们操心了。"其实，水仙知道妈妈在想爸爸，但妈妈想的深度她不知道。然后，当妈妈睡下后，水仙把被子拿过来盖在妈妈身上，说："您只管睡觉，他们嬉闹您别管，有我哩。"

菊花见岳四在深睡，起来坐着，但不一会又睡下了，她还是想连忠一生深爱着她，爱着孩子。可眼下他不在了，家里大小事都要她管，6个子女没有父亲多受苦！越想越难过。于是哭出声来，泪水打湿了内衣，也滴在岳四的脸上，岳四猛醒叫道："妈妈，有水。"菊花才知道影响了儿子睡觉，慌忙中只说："妈妈喝水碰到你脸了。"拍拍儿子说："你只管睡，再不会了。"

2月22日，她心里的结还没有解开。小妹珊娇来看望她。她一进门就叫："姐姐，姐姐，这几天您去哪里了？"菊花说："我还能去哪里？6个孩子，10亩田。时间很快，正月快到头了，种子都没有备好，一转眼清明节就要来临了。所以，有时候想到你姐夫走了，把这些事交给我，我怎么办？想到这些事，我脑袋就要爆炸！"

妹妹听出姐姐言下之意碰到了这一大堆的事，家中没有一个男人做顶梁柱，真不知道该怎么办才好。

2. 妈妈的心事

珊娇没有正面回答她。她说："我不敢说，说了怕您不高兴。"菊花知道妹妹想说而不敢说的话，一双眼睛盯着她。珊娇看出二姐这时对自己的事没有主张似的，就说："晚上睡在床上我老是想：我们姐妹三个人，只有我们两个人走得近些，大姐在南昌，不能常来看您。我呢，虽近，也帮不上大忙。"

菊花马上说："你帮我做了那么多的事，还说没帮忙？"

珊娇又说："我觉得你身边没有一个能为你拿主张的人。姐夫走了两年多了，你应该物色一个称心的人！"

"死丫头，话讲得那么远！你说话也晓得拐弯了？为什么不直接说？"珊娇说："我怕说出来您骂我。"

于是，姐妹有点笑意，珊娇知道二姐的脾气，遇事一旦没了主张时才静心听你说，如果自己有主张的事，她不会听你说。

菊花说："那你说吧？"

珊娇说："我想问二姐心中有没有数？"

菊花说："没有。"并把自己之前的想法说了一遍。

珊娇说："那吴水陀人还是挺正派的，就是长相差了一点。他的个子不高，背有点驼。"

姐妹俩说话都掏出心肝，就随便了。

菊花说："我一见到他心里就不舒服。"

珊娇又问："谁跟您提起过他？"

菊花回答："与我经常在一块玩的老婆子。"

珊娇听了也没个主张，想了想说："二姐，要不你碰见他，仔细观察一下，背驼得怎么样？"

菊花点点头，说："我想不出什么法子。"小妹说："那就暂时搁置一下。"

叶菊花同意妹妹的说法，两人心灵相通，虽然小妹没给她做什么事，但感到有个掏心肝的人。所谓"掏心肝"就是敞开心扉说话，探讨而又不向外传的人。她感叹道："我好在有你这个好妹妹。"叶菊花感到把心里的秘密跟妹妹交流一下，身上轻松了许多，做事似乎有个头绪了。

而妹妹呢？她今天来发现二姐被家里大小事压得喘不过气。心理负担很重，她为姐姐着想，身边应该有个人，所以她才说出关心姐姐的心里话，帮她拿个主张，让二姐有个归宿。

半个月后，情况发生了可喜的变化。菊花脑子开窍了，想与妹妹交流，要女儿水仙通知小姨过来一下。

妹妹珊娇听水仙说了，很快就到了二姐家。一见面，菊花就说："这段时间我们见过几次面。"

珊娇插话问："他对您笑嘻嘻吧？"菊花说："他不知道我们的秘密。"并微笑着直截了当地说："我看，他人是不错的，身体又好，又没有结过婚，是个好劳动力。当队长不怕吃亏，大家都听他的。我仔细看看，背驼得不太厉害。"

珊娇见到姐姐开心，心里也愉快起来了，对吴水陀有了很大的信心，欣然赞成这门婚事。

过了5天后的一天晚上，菊花对孩子们微笑着，通知他们坐在家里。孩子们以为今天妈妈要给大家搞点夜宵吃，所以很高兴，围在妈妈身边。

直到水仙把小姨带到家里，大家才觉得今天不同寻常。

孩子们看到小姨很开心，牙陀和彩枝，毕竟小几岁，都靠在小姨怀里。珊娇对菊花说："姐姐，不知道怎么搞的，我越来越喜欢这几个外甥、外甥女。"

菊花回答说："是你对他们好，每次来都要带点好吃的东西。"

岳兵、泉水不约而同地说："小姨天天来，大家更高兴。"

稍停片刻，珊娇笑起来说："那我就天天来看你们。"说完，大家热烈鼓掌。一时间，屋里热闹非凡。

之后，珊娇收起笑脸说："你们都要乖，听妈妈的话，小姨就天天来看你们。"接着，又是一个声音："我们都听妈妈的话。"

然后，妈妈开口了："今天叫你们坐在这里，是有件事情要跟你们商量，小姨今天也在这里，听我说说有没有道理。"水仙已清楚妈妈要说什么了，其他人都侧耳细听。这时菊花看了妹妹一眼，妹妹微笑地说："那你直说吧，孩子们都很乖的。"

岳四刚两岁，站在地上摸着妈妈的膝盖，一股酸甜的滋味涌上菊花心头，苦笑地说："上次跟你们说了妈妈的困境，现在妈妈决心走出这个困境，不忍心让你们受苦，因为你们都是我身上掉下来的肉。妈妈经过反复考虑，还是要为你们找个继父，既能管理家里的10亩田地，又能帮助妈妈照顾好家庭，把你们抚养长大。"

"谁？到底是谁？你快说呀！"

这时小姨珊娇说："姐姐，你爽快说呀，这是家里的喜事！"

菊花鼓起勇气和孩子们说："就是村上的吴水陀！"这时，菊花红了脸，她想，自己平生第一次在孩子们面前说这"没脸的话"，眼眶里掉下两颗泪珠。

"咳！竟然是他？"孩子们感到十分突然，十分惊奇，也感到十分不安！孩子们议论起来："怎么是这样？"菊花没有说话，只是看着珊娇，而珊娇这时悲喜交集，看着姐姐，想到她一生的苦难。看着外甥、外甥女，虽有点尴尬，但辛酸泪一下涌上心头，没说话眼眶就发红，然后滴下几滴泪水。她回忆着娘家父母苦难的家庭，说："你们不知道，我和你们妈妈经历过怎样的苦难？我们娘家在十七都梅花墩，家里生活不知有多苦！你外公有3个女儿，大的早出嫁了，剩下16岁的你们妈妈和13岁的我，生活无着。外公有个姓温的亲戚在玉山冰溪镇混得不错，就要你们妈妈到姓温的家里做保姆，吃了不少苦头。过了两年，温家见她很会做家务活，人又长得很漂亮，便要你们妈妈嫁他的亲戚——后垅李开旺的次子李连忠。

珊娇脸上挂着泪珠，继续说："李连忠成了我的姐夫，就是你们的父亲。

可李家很穷，房子都是破破烂烂的，一年到头都是租城里地主的田种，除交了田租，所剩无几，经常饿肚子。"

大家静静地听着小姨的诉说，都感动至极，流着泪水齐声地叫"妈妈！"于是孩子们都低头不语……

珊娇又接着说："好在1949年终于解放了，你们爸妈家分了10亩田地，夫妻俩就没命地干，粮食多了，副业也搞得很好，你们几个孩子相继出生，过上了幸福的小家庭生活。可生活刚刚过顺，你们爸爸就走了！你们妈妈真的命苦呀！"

珊娇说到这里，转了话题说："我不知你们怎么想的？每当我想起你们的外公外婆，想起你们的妈妈，晚上常常流泪，也睡不着觉，饭也吃不下。"

最后，叶菊花擦干了脸上的泪水，苦笑地说："这件事是我自作主张的，不要责怪小姨，小姨是为我们这个家，也为你们这些孩子健康成长着想。"

后来，随着时间的流逝和生活的折磨，泉水渐渐理解了妈妈的选择。他在幼小的心灵里疼爱着妈妈。

3. 母亲的胸怀

3月底的一天，叶菊花换了5斤谷种回家，准备做秧田打秧苗。其实，这谷种是吴水陀的，不是叶菊花主动到他家换，是那天在路上碰到，吴水陀主动问她的。

叶菊花自从孩子们提出不同意后，没有责怪孩子们。其实，菊花只想家里有个男劳动力，借用外界力量把孩子培养成人。

过了几天，妹妹珊娇来看看姐姐，菊花笑笑说："自己孩子说话气什么？他们这么大了，知道我做妈的辛苦，他们说那些话是为我好，为这个家庭好，说明他们开始懂事了。我做娘的，受点委屈也高兴。"

在谈到选择对象时，菊花说："至于相貌嘛，年纪这么大，孩子这么多，还在乎这样的事，只要对方体质强，作风正派，心里有我和孩子们，我就满足了。不管别人怎么看，吴水陀这个人过去没接触过，今天通过换谷种这件事，觉得这个人知道别人的需求，给人一个方便。"

过了不久，村里一些好心人同情菊花可怜，也做她的工作，要她接受吴水陀做孩子的继父。所以，菊花从心里就慢慢接受村里人的好言相劝。

转眼间又到5月份了，菊花认为这事不能拖，如举棋不定，时间长了，会引起人们风言风语。她想，要招吴水陀进来，还得同孩子们商量，要征求小辈们意见，家庭才能过得和睦。但不要大家在一起说，个别谈谈更好。

她又想找妹妹来商量，认为要先有足够的说服力，孩子们才能愉快地同意。

水仙把小姨叫来，姐妹俩商量先做好水仙工作。

水仙已经17岁了，也懂得一些家庭生活知识。她想，妈妈要小姨和我去摘菜，是让小姨摸摸我的底。走在路上，小姨先开口，说："我真的心痛你妈，生活过得刚顺一点，你爸就走了，留下这么一大堆事。好在你们几个姐弟都懂事，心疼妈妈。"

水仙接着说："还有您这个小姨，是妈妈的贴心人，她喜欢跟您诉诉衷肠，您会帮她出出主意。"

珊娇这时想知道水仙的心情就问："你对妈妈的主意怎么看？"

水仙说："我开始也和弟弟一样有点不理解，怎么找一个驼背？通过那天晚上大家讨论，我理解了她的心情，妈妈宁愿自己受委屈，为了孩子长大也要同意把这件事做成。"

珊娇高兴地说："水仙，你真的懂事了！"

水仙接着说："小姨，您叫我怎么说？她是我妈妈！妈妈为了孩子，为了这个家呀，不惜牺牲自己。如果我们家里条件好的话，哪个女人找对象不想找个更好的？"这时小姨看着她笑了。

见此，水仙调皮地向小姨挑战了一句："正和小姨一样，找到姨夫这个人多好！"

珊娇说："水仙，你也学会调皮了。""我是真心话嘛。"水仙辩解地说。

两人边说边摘菜，一会儿摘了一篮子菜，最后水仙看到菜心，就说："小姨难得在家里吃顿饭，摘碗菜心让小姨尝尝。"于是，她手脚灵活，把笔直粗壮、刚结花蕾的菜心掐了一大把。

小姨走过她身边，看见一棵菜心就点着说："这棵菜心好，虽有点弯曲，但粗壮，极嫩，还没结花蕾，好吃。"水仙也含蓄地说："只要你和妈妈喜欢就好。"

小姨含笑地说："死丫头。"水仙和小姨都笑了，提着篮子回到了家。

到家后水仙没有障碍了，姐妹碰头，下午就找岳兵。岳兵见妈妈和小姨单独找他谈心说事，很高兴，岳兵说："我没啥说了，只要妈妈和小姨同意就好。"小姨忙解释说："我不在其中，只要你妈高兴就行。"

4. 欢笑迎新人

太阳西下，泉水从学校放学回家，兴冲冲地跑进了屋里，见妈妈和小姨坐在那里聊天。

母亲说："你回来正好，就是还没征求意见，本来小姨要回家，被我留着，等你回来。"

泉水微笑地说："我是妈妈养的，身上每根血管和神经您都知道。""读书的人讲得多好！"小姨珊娇夸道。

泉水问："妈妈有什么事吗？"

妈妈说："还不是那天妈妈和小姨问你们要不要招吴水陀叔叔进来的事。"泉水马上回答说："那天不是讲好由您自己定的嘛，再说姐姐哥哥在家嘛。"

小姨说："姐姐、哥哥已经表态了。妈妈说要征求你的意见，你是读书人，说话更有道理，更有说服力。"

泉水转身对妈妈说："妈，我和姐姐哥哥意见是一样的，妈妈一生辛苦，人又长得漂亮，应该招一个与您相匹配的人，使你生活更圆满，家庭更幸福。"

停了一会，他很同情妈妈，眼睛有些发红，说："妈妈对我很疼爱，在爸爸去世后，您承担起比其他人的母亲更难以想象的家庭负担，在家里生活过得极其艰难的情况下，又让我一个人去读书，姐姐哥哥和您一起劳动，我感激妈妈的胆量，我是永远不会忘记的。面对家里10亩田怎么种植管理，还有我们兄弟姐妹捆绑着妈妈，家里如何走出一条活路，让妈妈伤透了脑筋，想了好多办法，现在又设法招一个男人来帮衬，把我们兄弟姐妹带大，孩儿怎么不理解呢？"

珊娇和二姐听了一个8岁的小孩说出的如同大人一般感人肺腑的话，非常震惊！菊花一边高兴，一边流泪；珊娇赞外甥懂事，心里敬佩二姐有眼光，有胆量，让泉水去读书，值得！

菊花平复了心态，提早吃晚饭，让水仙和泉水送小姨珊娇回家。

1957年农历十二月初六日，张家火又来到菊花家，问她主意拿定没有？孩子是否同意？菊花告诉他，她表示同意，反复提出要吴水陀对她和她的孩子们好。张家火说："吴水陀已再三表态，李家就是他的家，李家的孩子就是他的孩子，要把这个家搞好，和李连忠在世一样，成为和睦幸福的家庭。"

1958年4月底的一天，叶菊花带着小儿子岳四到吴水陀家，双方就性格、生活习惯进行了交流，并对结婚事宜取得一致意见，同时确定吴水陀上门的日期。

1958年5月5日，张家火又奔走吴家和李家，宣布政府对婚丧嫁娶的要求，破除旧的风俗习惯，不搞酒席。两人都表示按政府规定办事。

1958年5月15日，在张家火的陪伴下，吴水陀大步走进了叶菊花家。爆竹响过之后，菊花作为女主人，和吴水陀亲密握手，双方都以同志相称，结为百年之好，白头到老。

第五章　呼天唤地喊娘回

1. 平地起风波

吴水陀和叶菊花组成新的家庭之后，皆大欢喜，大家对他俩都表示祝贺，后垅村人称赞张家火这个红娘做得好。吴水陀有了家庭，精神焕发，家里有人张罗，不愁没人做饭。他担任生产队长，为人正直，工作积极肯干，收工或外出回家，桌子上已摆好香喷喷的饭菜，他特别高兴，夸菊花能干，是一位贤淑的妻子；队里有人找上门，菊花都笑嘻嘻地热茶相待，暖人心头；凡来过吴水陀家的人都称赞他有福，有了温暖的家庭和贤惠的妻子。

而叶菊花早就被村上人称赞做事吃苦耐劳，干练利索，是一个聪明贤惠的女人，又能处理村上夫妻之间、邻里之间矛盾的热心肠女人。现在和吴水陀结成夫妻，内外处事顺当，更被村里人称为既能处理家务，又能下田地的女强人，生了那么多子女，都能足衣饱食，孩子出去个个衣裳整洁干净，懂事有礼貌。

孩子们呢，都亲切地称吴水陀为叔叔，水仙、岳兵和过去一样，早上很早起来，到田地里干活，不要吴叔叔吩咐，做得有条有理，称赞菊花的子女教得好，出外敬重长辈，在家孝敬叔叔，孝敬母亲，和亲生儿女一样，生人来家根本看不出。

1958年，全县农村都成立了人民公社，后垅村归属玉山县三湖人民公社，后垅村改为后垅生产大队。

现在是公社化了，土地归公社，按规定社员留有少量自留（田）地。

一年后，叶菊花家过得越来越顺，吴水陀担任队长很出色，大家都说是老婆支持他的工作，日夜为社员操心，受到大队和公社表扬。

叶菊花有了丈夫而不依赖丈夫，虽孩子多，家务重，还要养猪，坚持和吴水陀一样出工，参加生产队劳动，一年挣得1000多工分。她想，过去说的10亩田是连忠留下来的，现在都入社了，水陀来家不让他做得太累，只要把家庭搞好，以后我和他有孩子，也是我心头上掉下来的肉，我照样呵护备至，不让他看出我有两条心。所以不管是什么情况，菊花都和水陀赤脚下田割稻、挖地、种豆子。

1959年4月，叶菊花怀了吴水陀的孩子，他十分高兴，对菊花特别好，有时还会亲手给叶菊花做点好吃的菜。

1960年3月，宝宝出生了，是个男孩，取名珍林。吴水陀万分感激叶菊花，叶菊花又把珍林视为掌上明珠，精心喂奶，细心护理，让水陀放心。

但老天不作美，就在珍林半岁时，因感冒转为急性肺炎，经医院治疗，抢救无效，半个月后病亡。

珍林病亡，叶菊花十分痛心，那个月她如生了一场大病，面黄肌瘦，好心人劝她想开些，以后身体好再怀一胎。

叶菊花有思想准备，无论何种情况都要为吴水陀怀上一胎、二胎传宗接代，才能对得起他。她对水陀说："你放心，我生是你的人，死是你的鬼，我一定要为你生个孩子，使你吴家后继有人。"水陀听了妻子的话，感激菊花一片真心。

但村里总有那么一两个爱说闲话的人，平地起风，无中生有。

就在吴水陀忘记悲伤之时，有人从中煽风点火，传出"吴水陀孩子病亡，是叶菊花心术太坏，把前夫孩子带得好好的，生一个，活一个，长大一个。"还有的人从中挑拨说，你吴水陀一个人给她养6个孩子，包袱重，太吃亏了。于是吴水陀起了疑心，怀疑叶菊花无心和他过日子，只是图他的劳动力和钱。从此，感情逐渐淡化，家庭有了裂痕。

而叶菊花蒙在鼓里，一直对水陀很好，给他洗衣做饭，照顾他的身体，每天早餐都给他煮鸡蛋，而她自己从来不吃。即使这样，吴水陀没感到叶菊花给他的温暖，常常说菊花变心，这样的生活过不下去。

叶菊花认为半路夫妻相处短，生活习惯和个人性格不同，以致产生一些误会，难以避免。因此，也就一忍再忍。

但吴水陀不理解妻子对他宽容，反而认为菊花做贼心虚，不敢顶撞。就在一天中午当着孩子的面，说叶菊花故意不按时做饭，害他吃饭太迟了。菊花向他耐心解释说，今天剁猪饲料晚了一点。他根本不听，硬说叶菊花故意拖延做饭时间。没说两句，就把手中的饭碗朝叶菊花头部砸去，好在此时叶菊花机灵，头一歪，碗打在她的右手掌上，碗被砸碎，叶菊花手上鲜血直流。

6个孩子见母亲右手掌被砸破，便抱着妈妈痛哭。

叶菊花右手掌被碗割破，流了好多血，而吴水陀扬长而去，好在有次子泉水跟妈妈去县人民医院包扎、打针。

2. 家庭现裂痕

叶菊花被砸伤，吴水陀没送她去医院，还吵吵嚷嚷说这日子没法过，要离婚，气冲冲地把他原家里搬来的棉被、衣服打包挑出家门。面对丈夫的横行霸道，叶菊花忍无可忍，就说："要离就离！你把你的东西都搬走，不要再回来！"

叶菊花气得直哭。水仙现场目睹妈妈被欺负得这么痛苦，心如刀割，温柔地劝妈妈："吃点饭，不然您身体吃不消的。"

泉水见妈妈不断地吐着粗气，说："妈妈，你不要气，不要把身体气坏，我们兄弟姐妹还要靠您养大。"本来想说一句，当初我们不同意，您劝我们兄弟姐妹要想大局，我们懂您的意思，您想借外力把我们拉扯长大。但他又想如果这样说，妈妈会触景生情，更受不了，只说："他走了更好，我们兄弟姐妹照样活下去。"岳兵接着说："对！说得好，我们照样活下去。"泉水握紧拳头，说："我们要有志气，将来活得更好，气死他！"

菊花见子女们个个摩拳擦掌，愤愤不平为母亲撑腰，心里踏实许多。

1960年10月，叶菊花染上流行性感冒，连续七八天卧床不起，人渐渐消瘦下去，皮肤变成黄色，孩子们商议，由水仙陪妈妈去县人民医院检查。医生开始怀疑是肝炎，经过化验检查，排除肝炎，是重感冒引起功能性障碍所致，故休息了10多天。

叶菊花感冒好了，不去叫吴水陀做事，见地里野草长得快，把红薯、辣椒覆盖了，故仍跟过去一样，独自下地劳动，拔草松土。

至于水稻呢，长势也好，但野草也多，叶菊花带领水仙、岳兵下田拔草。她憋着一股气，宁愿自己下田劳动，就是不叫吴水陀，看他怎么办！

而吴水陀回家后有点后悔，自感无聊，在家待不下去，故挑起衣服、棉被又回到了叶菊花家。叶菊花不理不睬，然后说：“你吴水陀太伤我心，光听别人挑拨，说是为我抚养孩子，吃了亏，既然吃了亏，今天为什么要回来呢？”

吴水陀没有回话，只说：“我当时是在气头上。”菊花说：“你在气头上？就把碗向我身上砸，把我砸伤，又不送我去医院，这是夫妻吗？”水陀带着笑认错，菊花就是不领情。

因为这次吴水陀回到自己家，被中心队队长张家火狠狠批评了一顿，说他自作自受，没人同情。他对张家火说，我错了，是头脑发热，表示要与菊花和好。张家火说：“你自己跌倒自己爬起来。”而现在菊花呢，就是硬着心肠，不叫他干活，雇了两个劳动力帮家里料理自留田。过了几天，叶菊花又叫了两个汉子把自留田里的甘蔗种下去，就是不叫吴水陀。

吴水陀见菊花没安排他到田里干活，心里如猫爪抓的那样坐立不安，孩子们没有往常那样亲热地叫他叔叔，只是你来我往不搭话。于是他就厚着脸皮不走，饭熟他吃饭，衣服脏了丢在洗衣盆里。水仙看不过意，就把他衣服洗了。

女人嘛，心肠都是软的，菊花虽嘴硬，见水陀没人理睬，又同情他，背后叫儿女们主动叫他吃饭，有时候故意刺他两句：“你不是说要离婚嘛？怎么又回来呢？”

可吴水陀怎么说？他微笑地说：“我的家就在这里！你就是我的老婆。”

而这时候的叶菊花哭笑不得，转过身去见到一丝亮光，禁不住有些笑意。

她还是面对现实，一堆家务事缠在身上，白天下地拔草、松土，到河边洗衣服。晚上坐在油灯下孩子换下来的一堆衣服摆在眼前：泉水体育活动撕开了裤裆，牙陀上衣破了个窟窿，彩枝上衣掉了3个纽扣，岳兵挑粪撕破了衬衣……想到明天，要把鸡蛋卖了给泉水交学费，早上要把他饭菜盛在菜筒里当中午饭，米缸里没米要与水仙、岳兵去机米，母猪要生小猪需铺上稻草……

叶菊花想来想去，她看准了这么一个现实：李家要打翻身仗，全部都要寄托在次子李泉水身上，只盼他能为李家争光。

1962年7月，泉水小学毕业考上玉山县姒姆初级中学。当时他想家里这么穷，妈妈又生病，还是不读书帮家里减轻一些负担。妈妈把他拉到身边，含着泪对他说："儿子呀，你是妈妈的好儿子！我们家现在生活困难，但你的书妈妈一定要让你读。我们家只靠你一个人读书成才了！你不去上学就是不听妈妈的话，那我就不活了！"

泉水听了母亲感人肺腑的话，便一头扑在妈妈的胸前大哭，说："妈妈，我听您的话。"妈妈扶着他的头，又亲亲他的脸说："儿子！妈妈疼爱你！家里都同意让你一个人读书，你要刻苦学习，一定要做个有出息的人。"泉水脸上挂满了泪珠，恭敬地望着母亲那高大的身躯。

从此以后，李泉水在学业和创业的路上始终记住母亲的"一定要做个有出息的人"这句话。

3. 临危念着家

母亲叶菊花，经过医院多次检查，最后确诊为血吸虫病，肝硬化腹水，住进了玉山县人民医院。

提起血吸虫病，玉山人民深恶痛绝。早在20世纪40年代初期，患了血吸虫病的患者大量死亡。据1958年调查，玉山县是血吸虫病的流行地区，占疫区总人口的92%，原古城一个区发病率高达77.4%，死亡率40%以上，其中有个上洋畈村成了"寡妇村"。

血吸虫病成为人们身体健康的严重威胁，党中央给予高度重视，1955年发出消灭血吸虫病的号召。玉山县历届县委、县政府对此都十分重视，广泛开展治疗血吸虫病和灭钉螺运动。

叶菊花自从患上血吸虫病后，与病魔进行了顽强的斗争。1962年9月26日检查出血吸虫病时，她已经肝硬化腹水，住进了玉山县人民医院。经过初次治疗，效果很好，腹水消除，身体恢复正常，住院一个多月后回家。

叶菊花出院后没有休息，连续下田劳动，故旧病复发。1963年4月初，又住进玉山县人民医院。医院检查，发现大便出血，医生告诉她："你的病很严重，病已到了晚期，有生命危险，必须治好再回家。"从这次开始，医院对其进行锑剂药物治疗。这次住院，吴水陀来来去去服侍了20多天。

经过正常的锑剂治疗，效果显著，消除了腹水。医院接着辅以中西医结合治疗，叶菊花感觉轻松、舒服，身体恢复得很好，完全变了一个人。

出院后，叶菊花非常高兴，回到家逢人就说，共产党真好，这次把我从死神中救了出来，治疗血吸虫病，费用公家全部报销，还给我发白糖，记劳动工分。

叶菊花是一位爱家、勤劳、贤惠的妻子，一出院就去忙家内外的事，认为自己的病治好了就没事了。医生要她出院休息二三个月，并要适当补些营养，不要下田劳动，防止血吸虫病反复感染。但叶菊花哪有这个条件？

她出院后的第一件事情是，长女水仙已经20岁了，就要出嫁，自己还处于休息保养期，但女儿婚事必须办。1963年10月，在非常时期，以最简单的仪式，将女儿送入了婚姻殿堂，完成了她作为母亲的一个心愿。

出院第二件事是遇到天旱，自留田里的二季晚稻正在拔节期，长势很好，但田坂上无水、干裂。菊花住院后，吴水陀没有经常到田里看看水稻情况，再加上这八九月的天气都是高温，地里没水养护，水稻很快就要枯萎。她想如果这几丘水稻如果颗粒无收，就会影响到全年三四个月的口粮。她想到这里，认为吴水陀对李家没有真心，当初心想家里应有顶梁柱，可以顶起一片天，减轻自己的重负，建起一个美好的家庭。可现在，梦想成了空想。

由于家庭的这种情况，事事都要她亲力亲为，怎能使叶菊花出院后休养二三个月呢？

吴水陀呢？他当了队长事又多，自己也有些自留田的水稻要灌水，就顾不上叶菊花的水稻了。自己田里忙起来，也就忘记叶菊花稻田也要早晚去看看。

由于双方没有机会沟通，加上孩子患病的夭折，内心里有些疙瘩，双方感情有点淡化，故婚姻出现裂痕，缺乏当初浓郁的和谐气氛。

所以，叶菊花在医院就对水仙提出："我病好后要回家车水。"医生见此，也没有办法。

出院第三天，她亲自去田里看实情，发现河边的两丘田水干了，二话没说，就和长女水仙、长子岳兵3个人把四轮水车搬到田边架好。她上去和儿女踩了一阵，感到没有力气，有点艰难的样子，水仙发现妈妈脸色铁青，就不让她踩。岳兵说："妈，我和姐踩，您休息一下。"

儿女都不让她踩，让她在边上看，4人的水车两人踩，见水仙、岳兵上去踩很吃力，过意不去，自己就弯着腰，翘起屁股，用双手扳着轮子转动，帮助女儿、儿子把田里水灌够。这天她消耗了很多体力，晚饭时却没胃口，吃得很少。

叶菊花回家的第六天，儿子岳兵发现母亲面色不对，她自己也感觉身上难受；第七天，即1963年8月9日，叶菊花又被儿女送到县人民医院。这次住院，医生仍照原方案治疗，着重治疗肝硬化和腹水。在病房里听医生警告说："人体不是机器，机器使用不当也会损坏。我们刚刚给你治疗好的身体，要你出院回家疗养，你却直接去做重体力劳动，真的不要命了！"

这时叶菊花已提不起精神，有一肚子苦水，怎么对医生说？歇了好一会儿，只好对医生说："我是没法子，孩子多，要吃饭，家里没劳动力。"

水仙在边上帮说了几句话，医生抬起头跟水仙说："你知道了吗？你母亲的病很重，医院已经尽力了。现在到了非常危险的地步，随时可能爆发，到时没法救！"

次子泉水在学校听说妈妈又住院了，在学校上课也不安心，星期四下午从20多里路的姒姆初中请假跑回家。到家后放下书包，直接去了医院。见到病床上的母亲说："妈妈，您为了家庭，为了我们子女，我们都知道。但也要为您自己啊！要不然，我不念书，回家种田，陪伴您。"母亲听后忙说："不不不！孩子啊，你要听妈妈的话，好好读书。我也听你们的话，把病治好。"泉水说："妈妈身体好，是我们子女的福气。"

当天下午4时30分，吴水陀听说赶到住院部，站在菊花病床边，不好意思地说："这几天我也光顾忙田里事了，没过来。"

泉水见此就说："水陀叔，我们知道您家田里的事也应该料理了，妈妈这里，我已请了一个星期的假，在家照顾妈妈。"

吴水陀尴尬地说："那怎么行？你要上课的……"

吴水陀未说完，菊花就说："那忙你的吧，田里事也确实不能丢。我这里，泉水已请了假，让他在家待几天。"

吴水陀在医院陪菊花一个多小时，回家去了。

泉水送走了水陀叔，回到病房对妈妈说："这段时间忙，请小姨到医院照顾您几天，让姐姐回婆家张罗一下家务。"菊花说："小姨也有孩子，时间太长也不行，我住院，只有姐姐和小姨两人换换手，一人照顾我几天。"

泉水说："我听姐姐说，她已和小姨讲好了，这事不用您操心。"母亲说："你还是放心去读书！我已做了安排，打了针我就回家指点他们做事，牙陀、彩枝也学会做点事了，10多岁人了，让小姨回家几天，再说你姐姐也怀孕了。"

泉水还有点不放心，说："妈妈，要不，您坐在那里不要做事，只动口不动手。"母亲微笑地说："傻孩子，天黑下来了，你快走！到学校还要走20多里路，天黑走路看不见，家里事不用你操心，专心读书！"

泉水被母亲劝说从医院回到家，护士帮助看输液。这时彩枝从家里来陪妈妈了。下午6点多钟，泉水背起书包，提起饭盒，飞也似地跑去学校了。

1964年上半年，菊花身体还好。但由于她经常下田劳动，过于劳累，加上缺乏营养，使得她病情加重，出现吐血、昏迷。

1964年8月初，又送到县人民医院。住了半个月，止住血，病情明显好转，并能吃点饭，在医院走来走去，认为身上的病没什么大碍，来得快，去得也快。

于是，1964年8月20日她从医院回到家里，继续不停地干活，看到自留田的二季稻田里没水，又和长女和长子车水、拔草。

在家住了半个月，开始几天还好，但做了重活后又出现肝昏迷。

但这次和上次不一样，这次病情来得凶猛，看情况不对头，小姨珊娇就叫水仙、岳兵立即写信告诉泉水，说妈妈病危，想见泉水最后一面。泉水接信后，感到天昏地黑，心扑扑地跳，立即跑步回家，到家时，身上衣服全湿透了。他见妈妈不省人事，就跪在妈妈床前，一直叫妈妈！不一会，叶菊花又苏醒过来了。紧接着，再一次送到玉山县人民医院治疗。

这次住院时间较长，住了一个多月，病情有所好转，叶菊花想到家里12头小猪要喂养，她不在家，孩子没有经验，不能让到手的收入丢掉，认为自己治病花去那么多钱，这窝小猪一定要养好，故又出院回家。

泉水见此，认为妈妈已肝硬化腹水，需要继续治疗，精心护理，故提出放弃学业，帮家里做一些事情，不去上学了。菊花听后，怎么能让儿子放弃学业？再三动员泉水去上学，说已经这么长时间没有上课了，再不去就跟不上了。并给他准备好带的米和菜，把儿子送到门口，眼神里充满着希望……

而泉水万万没有想到，这次竟是同慈爱母亲的永别！每每想到这里，泉水心如刀割，泪如泉涌。

4. "妈妈回来吧！"

时间又过去了1个多月，已是1964年9月27日了。叶菊花病好了一段时间，但多次复发，没完全治好，就急于回家劳动。这次病来得更加凶猛，医生说，最多坚持一个月。水仙听医生说，心里很紧张，回家把信息透露给岳兵，岳兵听后哭着说："那家里怎么办？"

第二天小姨和姨夫都来了，水仙丈夫也来了，吴水陀也从家里过来了，他到了病房和菊花说了些话，安慰她好好治病。

可在眼下见母亲病危，水陀、水仙及爱人、小姨、姨夫、岳兵等6个人商量母亲的后事。同时决定不要急于告诉泉水，他昨天刚回学校，让他安心在学校读书。

1964年10月20日凌晨，后垅的女强人叶菊花心脏停止了跳动，与世长辞，年仅48岁。噩耗传出，后垅人们无比惋惜，乡邻们都纷纷登门烧纸表示哀悼。

那几天气温较高，腹水逝者不能放家多日，故第二天就安葬了，来不及告诉在学校里读书的次子泉水。而且菊花生前也再三吩咐，不要告诉泉水，让他安心在学校上课。加上大家手脚忙乱，没有告诉泉水就把灵柩抬出去安葬了。

当时通信工具和交通工具都不发达，在校上课得不到家里的信息。岳兵见电话打不通，就写信托专人送到学校。那天是星期四，下午正在上课的泉水看到妈妈去世的信后，控制不住感情，当场哭了起来。

这时他没有考虑一切，忙拿起书包边哭边往家里跑。泪水模糊了视线，跌跌撞撞，几次摔倒在地上爬起来再跑。

到了家里，有人告诉他正在安葬。他拼命地连滚带爬到了母亲坟前，见灵柩已经落土，灵盖头还露在外面，就叫"将军"（当地人称葬坟的人为将军）把棺材打开，哭喊着："妈妈，妈妈！"他急切地喊着："妈妈回来吧！妈妈回来吧！妈妈，我是泉水呀！妈妈，我是泉水呀！泉水来了！"他哀求"将军"："让我见妈妈最后一面！"当场没人敢声张，大家你看我，我看你，没声音。泉水就喊道："是谁作的主张？儿子泉水没赶到就封棺落土了，是谁作的主啊！你们心太狠了！为什么不让我见妈妈最后一

面？"他已哭成了泪人！他再一次叫"将军"一定把棺材打开。可在场的亲属都不敢作主。

他的哭声感动了信江河，感动了武安山脉！

这时，所有在场的兄弟姐妹，所有的亲属们都受到责备。他们只能默默地为一个15岁孩子深爱母亲的举动而感动！这边泉水不停地呼喊想见母亲最后一面，那边亲属们也在议论："能不能开棺？要不要开棺？不开棺让他见一面，怎么能安慰孝顺的泉水？"

但最后，亲属们商定：天热，气温高，尸体已经开始腐烂，气味难闻，为保护活着的人的身体健康，不能开棺。但在场的亲属感到没等次子泉水赶到就封棺有点过急，表示歉意。当时，吴水陀作为她的丈夫也很尴尬。

事后，李泉水写下当天的日记，为没能见妈妈最后一面十分痛心，回忆着当时的情景：星期四，我在学校上课，一直想着妈妈。下午接到一封家信，我双手发抖，心跳加速，连忙打开看，是告诉我妈妈已经逝世了。那时没有交通工具，只有跑步回家。到了家有人告诉我，你妈妈正在安葬。我拼命地跑，一定要见到妈妈！我赶到时棺木头还没有埋掉，就扑到盖头要见妈妈！在场人看到我这么伤心痛苦，都掉下了眼泪。天黑了，我睡在地上一直哭喊，不停地叫："妈妈，你回来吧！妈妈回来吧！"后来，我昏了过去，几个人把我抬回家。

第六章 擦干泪痕求学业

1. 母亲的心愿

母亲安葬后的第一天，亲属们一起帮助长子岳兵、次子泉水商议家庭眼下所需做的事情。

母亲病亡对李泉水一家打击很大，李岳兵要当家做主非常困难，后面跟着他的有4个弟妹，不能独立生活，本人又缺乏生活经验，农事虽懂一些，许多事情往往要问邻居的叔辈才敢去做。继父水陀虽然还在，但也是暂时的，而且家中一些重要事情他不敢作主。

那么，刚出茅庐的岳兵怎样管家呢？他对"管家"很生疏，只靠姐姐水仙隔三岔五地回家帮助和指点。但水仙已经生了小孩，也有家事牵累着她。

小姨珊娇经常念叨着水仙出嫁，二姐安葬刚一个星期，就来家看看，家中这些小孩怎么样了？有时候与水仙约好，一起过来瞧瞧岳兵这些外甥、外甥女的生活情况。

但随着时间的流逝，各家有各家的事，都忙于自家的生活。再说孩子们一天一天长大了，吃喝拉撒的事慢慢有了知识和经验，过去依赖姐姐和小姨帮忙，现在慢慢地也能独立生活了。比如彩枝12岁，衣服能自己洗了。至于泉水，早在初中一年级时就会洗衣服、缝补衣服了，不要小姨和姐姐操心。

至于田地里的农活和过去不一样，现在是人民公社了，田地归公社，农业是集体经济，个人只需要拿把锄头，挑一担簸箕和大伙一起去劳动就可以了。

但劳动是按劳取酬，所有劳动力，包括妇女，都按体力大小、农活技术熟练程度评定底分，最高是10分，最低是5分。岳兵刚20岁，体力差，农活不熟练，评定底分9分，一年劳动所得工资不足以支付5个人的口粮。想当年，1958年5月继父吴水陀来家，一年劳动工分3200分，母亲叶菊花劳动工分1800分，所得劳动工资也不足以支付全家8人的口粮。不足部分，靠养牛（牛仔）、养猪、养家禽，卖掉所得现金补足口粮款。但那时有继父、母亲当家作主，而现在仅靠刚成年的岳兵单枪匹马来承担全家生活，是十分艰难的。

现在剩下的问题，泉水是否继续读书?

泉水自己早就想到，作为全家顶梁柱的妈妈死了，家庭生活更为困难，靠哥哥一人负担太重，决定不读书了，和哥哥一起把弟弟、妹妹抚养长大。

其实，泉水的想法是符合实际的，谁都可以理解他，在失去母亲之后，家庭危难之时，敢于放弃个人前途和哥哥共同撑起一片天，把弟妹一起拉扯大，继承爸妈意愿，使李家后代有一个完整的家。

岳兵听了泉水的话，再三同弟弟说，妈妈临终前反复嘱咐我，你辛苦一些，一定让你弟弟继续读书，家里要翻身，要光宗耀祖只有靠你弟弟了。这是叶菊花的遗愿。岳兵虽没有文化，但深信母亲的话是“圣旨”。

但泉水深知哥哥的良苦用心，明知家庭的沉重负担会给他带来什么，宁愿自己辛苦点，执意要把弟弟送进文化的殿堂。其姐姐、弟弟、妹妹都支持岳兵意见，支持泉水继续读书。同时小姨珊娇也支持岳兵意见。兄弟姐妹一片真心支持泉水继续上学读书的举动，显示了李连忠、叶菊花后代的高尚风范。

泉水并没有坦然接受哥哥姐姐们的意见，提出我们家里这么困难，下面还有两个弟弟，一个妹妹，他们都没有读书，让我一个人读书，这太自私了，应该让他们去读书。而弟弟妹妹见泉水执意不读，就跪在地上哭着说，这是妈妈的心愿，也是我们的一致意见，不能违背。这再次显示了李家兄弟姐妹相互关爱的亲情。

1964年12月20日，叶菊花已去世两个月。这天上午，妼姆中学的班主任老师舒日华见泉水还没返校，就来家了解情况，发现泉水因考虑家庭负担重，要放弃学业，坚持在家种田，其哥哥、姐姐、弟弟、妹妹一致动员他继续读书，两种意见相持不下，正好班主任来家，都盼望班主任舒老师帮助做通泉水回校继续读书的工作。

针对泉水沉郁的心情，舒老师说："你为妈妈逝去而万分悲痛，我们都充分理解，但你不能过度悲伤，现在你要振作精神，看到曙光。如果不返校读书，就辜负了你妈妈的期望，也对不起你这些兄弟姐妹对你的厚爱。你要用实际行动来报答你们全家人。"

就这样，李泉水回忆着母亲的教诲，牢记她的心愿，带着悲伤的心情，不负众望，返回学校继续读完初中。

2. 继续再深造

1964年12月21日，在班主任舒老师家访之后的第二天早上，李泉水整理了行装，背起书包回到姒姆中学。这次比任何一次都特别，就是继父、姐姐、哥哥、弟弟、妹妹都来送行，直接送到大路上，姐姐哥哥不约而同地嘱咐道："你一定要听妈妈的话，安心在学校读书，不要挂念家里。"泉水习惯地回转头，没有看见妈妈，只见继父，一阵心酸涌上心头。于是他含着眼泪，对水陀叔和兄弟姐妹说："你们回去吧！亲人们！"明显地听到"回去"两字是在他抽噎中说出来的。

李泉水去学校后，继父吴水陀，也就收拾衣被，离开了李家。

泉水挑着五六十斤重的棉被和米，摁着疼痛的胸口，一路上目睹花草都在向他问候，20多里路，他足足走了3个小时。泉水一进校门，就看到舒老师往门外张望，就在舒老师转身的当儿，他叫了一声"舒老师！"舒老师听到熟悉的声音，转身见是泉水挑着担子，显然是一副高兴的样子，惊喜地说："泉水，你来了！"他见泉水一脸绯红，就快速地过去要接他担子。泉水说："别！不重。"他赶快挑去寝室。

舒老师见泉水来了，似有了什么大喜事，快步走进教室，同学们正上完第三节课，正是课间休息时间。舒老师话音刚落，班上立即爆发出响亮的声音，"啊，泉水来了！"之后同学们交头接耳，有的满脸喜悦，有的脸色阴沉……

第四节下课铃响了，泉水洗完澡后又把换下的衣服洗好，班上同学一窝蜂地冲出教室，其中有10多个同学直奔寝室，都问："你有饭票吗？"走得最快的是泉水同乡杨礼贵，他忙告诉大家："我有，已给了他了。"

饭后不少同学跟随泉水到了寝室，嘘寒问暖，泉水情不自禁哭了起来。大家见此，话到嘴边就不说了。班长进来就说，大家都回教室做作业，不要再问了，泉水同学本来心情不好。

这时舒老师进来了，跟泉水说："下午你稍微休息一下吧，走这么远的路，又挑了担，肯定很累，明天还是跟班上课。今天下午和晚上到老师那里补课，有关任课老师我都打过招呼，你去就是。"

泉水说："舒老师，我想这样安排：白天我还是跟班上课，下午课外活动和晚上我到有关任课老师那里去补课。今天课外活动我看一下上课内容，再看看同学作业本，自己先熟悉一下。如我都懂的就不补了。"

舒老师说："那也可以。不过你缺了9个星期的课，该补的还是要补一下。不过，好在你基础好，有的老师你不敢去，我带你去。"最近，代数又换了老师，泉水胆子小，见到新老师不敢说话，所以舒老师关切地说。

再说，李泉水花了四五个晚上和一个星期六下午，把缺了9个星期的课全都补上了。有些课他看了课文，看了班里杨礼贵、吴全高同学的作业本，都弄懂了。

李泉水学习刻苦认真，做作业不潦草，在班里是出了名的，任课老师都喜欢他，表扬他。

他不仅自己学习好，还乐意帮助同学，不管哪位同学遇到学习难题，他都笑眯眯地热心告诉同学怎么破题、解题。特别对数理化中一些难懂、难理解的问题讲得多，帮他们做习题多。对一时难以理解的习题，同学请他解疑，他就说："你把定义、定理理解了，公式记牢了，做题就会迎刃而解。"有些同学受了他的启发，按照他的话去做，学习的疑团就解决了。

把老师在课堂上的讲解融化于心，这是李泉水的学习经验。在一个班里，老师在课堂上抑扬顿挫、循循善诱地讲述不是对李泉水一个人，为什么有些同学没听进去，理解不了呢？李泉水的学习体会是："一个学生的学习成绩赶不上成绩好的同学，原因是多方面的，但主要原因是学习态度，老师讲课不用心听。如果能把老师课堂上讲解的内容都融会贯通，明确学习是为了谁，提高学习成绩就没有问题。"

如何看待同学之间存在的学习差距，李泉水有他的看法，他说："同学之间的学习成绩差距，不是固定不变的。如果你对老师所上的课一时不能完全理解，但课后能苦心钻研，就会有感悟，会慢慢领悟老师讲课的内容。"

因此，他认为不能把成绩差的同学看为一成不变的。他说："其实每个同学都想自己的学习成绩名列前茅，只因学习不得法、不开窍而困惑。但一旦脑子开窍了，成绩很快就会提高。"所以，他谦虚地说："我只为同学解点难题，不能骄傲，或许这些同学会有一日超过我呢。"

同学间互相学习，互相帮助，也是提高成绩的一个因素。杨礼贵、吴全高同学与李泉水是杨宅小学同学，他们三人的学习都很好，平常互帮互学，互解难题，分享收获。杨礼贵、吴全高知道泉水家中生活困难，父亲早逝，是母亲坚持让他一个人读书，现在母亲又亡故，是苦海中的一只孤舟。于是，全高、礼贵非常理解他，生活上非常关心他，还拿钱、拿粮票和衣服救济他，安慰他，鼓励他。

李泉水十分珍惜这两位同学的真挚友谊，把他们的爱心深深地埋在心底，经常在一块讨论学习问题，发现他们生活中有什么需求，都很主动地去帮助。所以他们的同学情谊逐渐加深。

3. 高中受救助

1965年7月，李泉水完成了初中各门功课，取得优秀成绩，获得了初中文凭。

初中毕业要不要继续升高中？他又面临一场抉择。当时考虑家里只哥哥一人劳动，负担重，决定不再升学，让弟妹读书。

班主任舒老师听说，认为李泉水是姒姆初中的优秀学生，应继续深造，故带着学校意见，再一次到李泉水家里家访，征求并动员其兄弟让他读高中。

但到李泉水家后，让舒老师没想到的是，其兄李岳兵和姒姆初中意见一致，都同意李泉水继续读高中，而李泉水自己不想去读，认为家庭经济困难，其哥哥一人劳动负担全家压力很大。经过老师和其兄岳兵做工作，李泉水同意继续升入高中读书，这也是母亲生前再三叮嘱的事。这样，学校、家长、本人才达成一致意见，李泉水继续升入高中深造。

1965年8月，经过中考，李泉水以优异成绩考取了江西省玉山中学（今一中）。同年9月1日入学报到，编为一班。

开学了，他和同学们怀着神往的心情，游览了全校风景，以往的梦想如今成了现实。开学第一天上午，学校隆重地举行了开学典礼，新老学生全部参加，泉水所见同学们都是陌生的面孔，校长杨德基作了报告。下午班主任郑庆智老师主持了班会，大家对杨校长报告进行了热烈讨论。讨论结束，成立了临时班委会。

郑老师微笑地对全班同学说："我们班上50名同学，都来自全县各地，有的同学来自外地，你们来到新的学校，新的环境，新的要求，请大家自觉遵守。"

郑老师看了看全班同学的仪表。接着说："上午你们都参加了升国旗仪式，参加了开学典礼，杨德基校长的讲话你们都听到了，他号召同学们在新的高一年级，要以崭新的姿态努力学习，以优异的成绩报效祖国，报答父母。"

同学们听了郑老师的话，都自觉地整了整衣领，理了理衣襟纽扣，显示高中学生的仪表。

下课铃响了，同学们都迈步走出了教室，微笑地相互问候。李泉水因个子小，坐在第二排。同学们走过他的课桌旁，见他穿着整洁的衣服和一副微笑的娃娃脸，好多同学都亲切地和他握手。

上了一个星期的课，同学们接鈷到新的课文，新的知识，顿觉新鲜。李泉水认为高一级学校和初中不一样，就知识面来说，虽然也是普及，但高一级学校就是坐火箭探宇宙，探测天体的循环规律，其知识的广度和深度吸引探索者向高端发展。他倍感兴趣，求知的欲望充满了脑海。

周六下午提前上课，实际是短暂的班会。郑庆智老师中午开了临时班委会，然后要向全班同学宣布。他说，玉山中学是贯彻党的教育方针的先进学校，县委、县政府划了400亩山场给学校，作为勤工俭学的劳动基地。自1958年后，经过历届师生的辛勤劳动，北门山山场已成为一片果树林：有水蜜桃、雪梨、苹果等，果林里还种了小麦、大豆、红薯、萝卜、大白菜等，是学校勤工俭学的丰硕成果。为此，玉山中学被评为全省先进学校，校长杨德基被国家组团派去苏联等东欧3个国家考察。所以，你们要珍惜这个荣誉。

他说，今天下午提前开个班会，就是让你们家在附近而开学报到未带劳动工具的同学回家，把劳动工具带来，每人一把锄头、一担簸箕及其他有关的劳动工具。

开学第二个星期的星期二，是教导处安排的劳动课。郑老师说，我们高一（1）班接管的这块地是上一届高三毕业班种的，小麦收割后，过了暑假成为空地，现在要挖起来种萝卜、大白菜、紫甘蓝。课表上安排的是半天劳动。因为要挖地，半天完不成，我们自己调下课，劳动一天，上午挖地、整地，下午播种。所以今天一天比较累，大家要辛苦点，完成劳动任务。经过一天时间的努力奋战，全班同学都累得满头大汗，李泉水更是累得全身衣服都湿透了。

下午，全班同学每人挑了一担肥料去北门山地上，准备铺在新栽的菜苗中间，一方面遮盖土地，以免太阳把泥土晒得水分都跑掉了，一方面使浇的水不易流失，使菜苗根部保持泥土湿润。

另外，郑老师安排8担水粪要挑上山，那是农家用的大粪桶，作为高一学生是挑不动的，要两人抬一桶。但粪很臭，一般同学都不愿意抬，宁愿挑一担簏箕肥料。

没人抬粪怎么办呢？以往是采取抽签办法，谁抽到签谁就抬粪。后来通过学习毛主席著作，学习雷锋，大家觉悟提高了，现在男女同学都主动举手要求抬粪，不用班主任分配，更不用抽签。这样，有利于培养学生的思想觉悟，增强热爱劳动的思想感情。

李泉水出身贫苦家庭，从小失去父母，家中的苦活干过很多。他7岁时就跟妈妈、姐姐、哥哥挑猪粪去田里，见妈妈用手抓猪粪铺在油菜行间，他也就用双手捧起猪粪铺到油菜根部。他看见妈妈用尿勺浇白菜，当妈妈弯腰拔草时，他也学着把尿勺伸入尿桶，摇摇摆摆地把一勺尿浇了几棵白菜，当场受到妈妈、姐姐、哥哥的表扬。

如今，经过家里劳动和娇姆初中勤工俭学的锻炼，已学到了很多劳动技能。在娇姆初中，经常和同学去十几里路以外的大山上砍柴，挑回学校的两大捆约七八十斤柴，把肩膀都压肿了，甚至磨破了皮，流出血水。在学校边上的黄泥山上挖地种菜、种红薯等，他常赤脚穿单衫，干得满头大汗。

到了第三星期，全校各班开始评助学金，这是对家庭贫困学生读书的救助。评议助学金是一项很细的工作，评得不合理会挫伤学生学习的积极性。

在评议前，郑老师做过摸底调查。对有些申请助学金的学生家庭经济情况不清楚的，还要深入学生当地家访，到当地大队、生产队核对，有的还要到乡政府征求意见。

郑老师说，李泉水6岁失去父亲，15岁母亲病亡，现在是哥嫂供他读高中，家庭非常困难。所以，从临时班委会到全班同学评定，李泉水享受甲等助学金。甲等助学金是国家设定高中阶段最高等级的助学金，除了伙食费，还有买笔墨纸张的零用钱。高中三年，李泉水享受了三年的全额助学金，解决了他家的后顾之忧。

李泉水评上全额助学金，兄弟姐妹都非常高兴，姐姐水仙回家笑嘻嘻地说："如果妈妈健在就好了，你为她争了气，为李家争了光，说明妈妈让你读书的决策是对的。"

4. 加入共青团

从高一第一学期开始，李泉水就表现出具有远大理想，学习刻苦，劳动积极，意志坚强，要求进步，乐于助人，引起班主任和班团支部的重视。

对于各门课程，他早有思想准备，他认为高中的课程势必难于初中，所以，他很注意将当堂的课当堂消化，不积压疑难问题，有个别地方不清楚的，他都打破砂锅问到底，及时地向老师问个明白。课后做作业认真，复习舍得花时间，平常都把数理化课中的定理、法则、公式记熟，语文课规定背诵的课文背熟。这样，期中、期末考试和中考、大考就没有问题。

在学校开展的轰轰烈烈学习毛主席著作和学习雷锋活动中，他还是个积极分子，学了照着做，说到做到，用实际行动印证自己的诺言。班上有同学生病，他主动帮助打开水、买药、送饭到寝室；班上搞卫生，他积极主动参加；对室外清洁区有脏、乱现象的，不用班长吩咐，抢先去做，不怕脏不怕累，往往做得满头大汗，还是笑嘻嘻的，显得非常开心；他把班上的这些活动当成自己的乐趣，当作自己应尽的义务。

他读高中时，家里没有一条新的棉被，是一条他在家里盖了10来年的6斤重的破棉被，冬天睡在床上非常冷。他只是自己挺着，既未向哥嫂提起，又未向老师反映过。

他回忆道：1965年的冬天下大雪，还有冰冻，他默默地盖着这条旧棉被。

他说："1965年我记得那年冬天零下3到5度，天下大雪了，我把所有带到学校的衣服都盖上了，还是冷得发抖，整个晚上都在床上翻来覆去，睡不着。"

他说，第二天上午，上课根本没有精神，坚持到最后一节课，眼睛再也睁不开了，总想睡觉，不断地打瞌睡。被坐在旁边的郑林章同学发现，问他是不是昨天晚上冷得睡不着觉？他点点头。

郑林章同学说，今天还在下雪，气温更低，晚上怎么办呢？这样会冻出病的！当时老师在讲课，他便轻声地说："我们是好同学，我不能不关心你。今晚你跟我睡在一起，我是8斤重的新棉被，我们一人睡一头，肯定你会睡得很香。"于是，当晚他就和郑林章同学睡一床，暖烘烘的。

从此以后，李泉水在玉山中学读书3年，冬天都和郑林章睡在一起。他回忆着说："我心想，患难见真情，有幸遇上知心人了，我很感激他，那一夜我完全到了一个新的世界。从那天晚上起，我们成为最好的同学，生活上互相关心体贴，他有事我先给他买好饭，打好开水，帮他把换下的衣服洗好晒好；我没有饭票他给我，晚上一起到教室里自习，就像亲兄弟一样，到哪里谁都离不开谁。"

校团委委员、班上团支部书记徐文真考察李泉水的表现，认为他是全面发展的学生，无论学习、劳动、体育运动、社会活动，他都表现得很出色，故班上团员都同意把他作为青年积极分子来培养。1965年12月底，经学校团委会研究，批准李泉水同学参加中国共产主义青年团，成为一名光荣的共青团员。

李泉水年仅17岁就参加了共产主义青年团，班上同学都很敬佩。郑老师在班上说："大家要以李泉水同学为榜样，努力学习，不断提高思想觉悟，积极参加各项活动，为班级为学校争得荣誉。高一（1）班学生学习气氛很好，人人都在争取进步，争做'三好'学生，要像李泉水那样做到全面发展。"

5. 还是复课好

从1966年6月起，全国都开始"文化大革命"。从此，学校的学生经历了一个特殊的年代。

1966年下半年，玉山中学还比较正常地进行教学工作，学生坚持上课读书。

有些家长惊闻城里出现武斗的风声，害怕子女在学校、在社会上会出事，便从农村赶到学校，把自己的子女拉回家里。酷爱读书的李泉水出身贫困家庭，父母双亡后，是哥嫂供自己读书，好不容易读上高中，故坚持"不串联、不写大字报、不参与批斗老师的行列"，专心在教室里看书。直到班里空无一人时，他才回到后坑家里。

　　李泉水回家的一年多时间里，除必要时帮哥、弟种田外，其他时间都潜心坐在家里一个小书房，天天翻读高一、高二课本，自做习题，就是老师未上过的课，他也坚持自学，不厌其烦地全程复习各门功课。他的哥哥岳兵说："泉水自从学校回家后，一直坐在房间里看书，外界再乱哄哄的，他还是专注课本，读书入了迷，废寝忘食；如家里来客，也不出来见面，除非吃饭时稍微聊一下天，然后仍回房间看他的书。"

　　1968年1月，按上级通知，玉山中学和全国大中小学一样开始全面复课。这年的上半年，临近毕业，学校老师上完高中各门功课，他一心想复课的愿望实现了！他满脸喜悦地对学校老师、同学说："还是复课好！我们又学到了知识。"最后，李泉水和其他同学一起高中学业修满，获得了江西省玉山中学高中毕业证书。

第七章 神圣使命双肩挑

1. 神圣的使命

1968年8月，玉山中学和全国一样，因"文化大革命"高校没有招生，本届高中毕业的学生由学校宣布，城市学生统一组织下放农村劳动，知识青年要与贫下中农结合。李泉水家虽在城郊，因是农业户口，就和郑林章、毛惠忠、祝仕水等一批农村学生回当地参加农业生产劳动，称为回乡知识青年，同样要与贫下中农相结合。

他回家第一年是与哥哥、弟弟一起参加劳动，那时是人民公社组织体系，下有生产大队（村）、生产队（自然村）。泉水呢，是读书学生，算有一定劳动技能的，生产队给他评定底分8分。

他说："我放下笔墨，响应毛主席号召，和农民伯伯、叔叔、兄弟们天天在一起下田干活。"他觉得很轻松愉快，和他们一起干活，有说有笑，虚心接受他们的指教，学到不少劳动技术。"平常我虚心好学，他们也就很热心、认真，喜欢给我指点纠错。于是，对于劳动技术，我由不懂到懂，不熟练到熟练，长进不少，常常受到队长和长辈们的夸奖和表扬，与他们在一起感情很融洽，有时劳动收工，还舍不得离开他们。这时候，我体会到毛主席说的那句话：'在那里（指农村）是可以大有作为的。'"

1969年8月20日，生产大队党支部书记周宝元突然找李泉水，要他担任三湖公社（现文成镇）后垅小学的民办老师，当时称"赤脚"老师。他说，你回乡一年时间，劳动表现很不错，后垅生产大队对你评价很高，说你是真正与贫下中农紧密结合在一起的知识青年，你是我们后垅唯一的高中毕业生。大队决定聘请你为后垅小学（前身是麻蓬小学）的"赤脚"老师，工资按你劳动底分计算，你有什么意见？

李泉水听了党支部书记的一番话，感激万分，他意识到，从劳动到教书，是公社、大队、生产队对我的信任，是一项利国利民的神圣使命，微笑地说，我没有意见。

之后，李泉水此时按捺不住内心的激动，搓着双手说："我们生产队文盲很多，我可结合教学，开展后垅的扫盲工作。"

周书记满脸笑容地说："那很好啊！公社、大队、生产队很欢迎！"

于是，李泉水回家跟哥哥、弟弟、妹妹说了要他担任后垅小学赤脚老师的事。他们听后，都很高兴地表示支持。

李泉水从党支部找了谈话后，说干就干，首先他一家一户去走访，熟悉学生和家长，便于多联系。

1969年8月30日，李泉水找到生产队教育委员会主任张家火，他是贫下中农代表，把学校门打开，进行了大扫除，把课桌、凳子摆好。第二天是8月31日，学生报到，9月1日上课。

开学第一天，到了40多名学生，村里小学一般都是复式班，一个班4个年级，老师给其中一个年级上课时，其他年级没的学生都坐着看书，做作业。

新学期开始，要进行入学教育，第一节他上了统课，是各个年级都要学习的。课前他问了三四年级学生，国旗课上了没有？学生回答说，这一课没有上。

于是，李泉水根据自己已学的知识，自编教材，把国旗的组成和标志，向同学们介绍，国旗由五个五角星组成，中间大的五角星是代表中国共产党，其他边上小五角星是代表工人、农民、小资产阶级和民族资产阶级4个阶级，他们围绕中国共产党紧密团结在一起，接受共产党的领导。那么国旗为什么是红色的呢？李泉水告诉同学，红色是象征革命。

孩子们听了，都说李老师讲的好，过去从来没听过。

上午开始上课时，发现还有十三四个学生没来。晚上，泉水就去一家一户的家访，动员家长让孩子去上课。有的家长说，儿子要放牛，没时间去。泉水就耐心地跟家长说，早上叫儿子早点起床，早点去放牛，就可赶到上午8时上课。下午3点半下课后，家有牛的学生就可回家放牛了。

缺课的学生到学校上课的问题解决了，但有家长问，无钱交学费、书本费怎么办？泉水说："我已跟后垅队教育委员会主任张家火汇报并商量，这些家庭生活困难的学生免缴学费，由我拿钱暂给他们代缴书本费，把书本送到他们手中。"

这些学生拿到新书、新本子很高兴，到第三天他们都陆续来报到上课。这样，后垅小学40多名儿童全部来上学了。

但是李泉水没有想到的是，刚上了两个星期的课，有6个顽皮学生又不来上课了，他们不爱读书，说书太难读。

有个学生叫周××，已经二年级了，常常带几个跟他玩在一起的同学去跑。他们6个人，一个扮小偷跑，其他人扮警察去捉拿，追到就嘻嘻哈哈疯在一块。泉水已抓过几次，他们每次都说下次不去玩了，但不见行动。周××的保证书已写过几次了，每一次保证书都说要改正，就是改不了。

泉水找另一个学生谈话，问他为什么不来上课？他说读书不自由，坐在教室上课闷死人了。跟他们父母说，请家长配合老师做工作，但他们家长都说太不听话了，骂也骂过，打也打过，就是不愿读书。

为了动员周××读书，李泉水已经花去很多时间了。对他来说，时间就是黄金，他每天工作都安排得满满的。上课时间不能去找，去找就要停课，那些坐在教室里的学生怎么办？如课外时间去找，就要丢下其他工作，是很烦恼的事。

泉水想，这几个学生老是不上课去野外玩，这种现象不能让它蔓延，应该果断处理。他根据周××说的外面好玩，认为他说的是实话，一般小孩玩心是很大的。故他决定把课间操时间拉长至30分钟，其他课间休息时间适当缩短。

这样，课间操有30分钟，除做操外，其余时间让那些贪玩的学生在操场上你追我赶玩个够。

李泉水耐心地跟周××说，学校是有纪律的，任何一个学生都要遵守纪律，不得违反，违反了，就是违反了校纪，学生手册有规定。并讲了邱少云在战场上严守纪律、赢得战斗胜利的故事。

为了使他能爱上学习，李泉水又想出一个办法，就是和他交朋友，约定每个星期三、五晚饭后跟他散步两次。每次都从后垅小学往杨宅完小的路走。

泉水给他讲了个故事，说："当年我家生活很困难，在几个兄弟姐妹中，妈妈让我一个人读书。为此，我决心要听妈妈的话，好好读书，我读完后垅小学要升到杨宅完小，这条路是我从村小走向完小的路。读完完小，我一定要读初中，读完初中，一定要读高中。这几条路上都有我读小学、读中学走过的深深的脚印。"

周××听了后，思想变化很大，从此就改变了自己的坏习惯，开始专心上课了。后来，他说："李老师，我要跟你学习，走你走过的路。读完村小一定要读完小，读了完小，一定要读初中，不然，对不起爸爸妈妈！"他也实践了自己的诺言，后来进步很快。

周××从贪玩变自觉，知道读了村小要读完小，读了完小要读初中，心里有目标，脚踏实地走下去。

所以，他在教学中抓住了贪玩学生的头头，头头转变了，带动了其他学生向好的方面转变，保证了教学秩序的顺利进行，提高了教学质量，得到学生家长的好评。

这一年，公社对全公社小学工作开展评比，后垅小学获得了第一名。

2. 半工半读好

李泉水面对这40多个学生，很多问题都需要解决，后垅生产队虽土地肥沃，种水稻好，但副业搞不起来，没有来钱的地方办不了事业，也没钱供孩子读书。那么，长期下去学生交不起学费和书本费怎么办？

开学刚一个月，李泉水想到的问题就来了。一天上午来了不少家长，向他述说家里经济困难，没有钱给孩子交学费。为了使学生能坚持上学，李泉水就借钱给困难学生交书本费，交学费，让孩子们能到学堂读书。

有个家长找他说："李老师，这学期我让孩子把书读完，下学期你得照顾一下，不要再动员我儿子去上学了，我家实在困难，小孩要在家帮砍柴、放牛。"

有一天下午，住在河边的刘嫂到学校向李老师请求，不要再到她家叫她女儿读书了。她说："我家真的没有钱，人家一年卖两窝猪仔，我家母猪就是不生仔，去年一窝只生6头猪仔，而人家一窝就生10多头猪仔，你说气人不气人？"刘嫂又说："再说女孩嘛，迟早都是别人家的人，就是你拼命凑钱让她读书，到时嫁出去了，公婆家得利，娘家赔本。所以我和她爸商量，下学期不让她读书了。她爸要我来求求李老师，你就不要再去我家做工作了。"

李泉水从第二节课开始，被家长缠着脱不开身，上不了课。本来见到家长想跟她们打个招呼，下学期开学早点报到，他还没开口就被家长堵住了嘴："请求李老师再不要到我家动员孩子读书了。"

他想："当个赤脚老师真不容易，有这么一大堆的事情要解决。动员生活困难家庭的小孩读书是个头痛的事。"

一天，李泉水放学后本想关门回家，忘记什么没带走，回转身把门打开，便坐在课桌上发呆。凑巧，又有一个家长来要求说，不要再去动员她家孩子读书了，她小孩要放牛，要帮家里做一些事情。

李泉水耐心地向她宣传孩子读书的重要性，做父母的要为儿女前途着想，不能只看眼前一点困难。可她怎么听得进去？

这位家长走后，泉水一看，时间不早了，便赶快回家吃饭。

嫂子已把菜端上桌，说："快吃饭，不要让菜凉掉。"泉水说"没什么胃口。"接着又转了话题，说："当老师真不容易。"岳兵不解其意地说了一句："我知道的，有些小孩就是调皮，难教！"

泉水没有回答，只扒拉了两口饭，便准备去党支部书记周宝元家里。他走到半路，正好碰上了周宝元，便和他回到学校。

于是，泉水把下午几个家长找他要"照顾"的事汇报了，说："我还没开始做工作，他们就来要我照顾一下，下学期她们儿女就不来读书了。"他急得问村书记："那怎么办？"

"他们讲了些什么？"周宝元问。

李泉水说："她们说来说去就是家里没钱，交不起学费、书本费。还有的说，家里孩子多，副业没搞好，没钱用，孩子要放牛，要砍柴。"

周宝元听了后说，他们讲来讲去就是没钱交书本费、学费。他抓了抓头说："问题是有的，有些户我是知道的，家里孩子多，劳力少，确实有些困难。"

他问泉水："嗯，你有什么好办法？"

泉水知道支书支持他的工作，便把他的想法说了出来。周宝元听后，便叫人把张家火叫来。

张家火说："泉水要生产队划两亩田出来种猪饲料，学校一年养4头肥猪，由教育委员会负责销售，卖的钱给穷困学生交书本费。这个办法好啊！"

周宝元蛮有兴趣地说："如果学校一年能养4头猪，穷困学生不愁没钱交书本费、学费，学校也不愁学生不来读书了。"接着，他问李泉水："嗯，泉水，这个办法你是怎么想出来的？"

李泉水说："那么多家长要求我照顾他们儿女不来学校上课，他们走后，我在想：到底怎么办？如果任其这样下去，生产队的文盲人数将会有增无减，那我们还说打什么翻身仗？所以，我想出一种半工半读的形式来，学生一边读书，一边种田，一边养猪。这种半工半读的办学形式，是毛主席所提倡的，也是受老百姓欢迎的。"

周宝元听后，便仰身哈哈大笑，对张家火说："泉水泉水！你的主意好，说明选你做赤脚老师选对了，有了你做老师，后垅小学肯定办得比别人家好！"

张家火接着说："泉水很有水平，半工半读好。走半工半读这条路，后垅小学有希望。"

第二天，也就是1969年9月28日，周宝元分别召开了党员大会和生产大队教育委员会，宣布后垅小学要走出困境，实行半工半读形式，划出两亩田归学校种猪饲料，在学校厕所旁建一间猪舍养猪。大家听后都叫好，只是老师要辛苦点。

3. 热心扫文盲

（1）解开心结学

经过努力，李泉水仅在开学后花了一个月时间，就把后垅小学的基础工作做得扎实了。就是动摇学校根基的窟窿填实了。现在有大队党支部撑腰，学校一年养4头猪，实行半工半读，学生免费上学，何乐而不为？

李泉水心里的结解开了，精神抖擞，走路轻松愉快。这是他做赤脚老师的第一步。

第二步是什么呢？他在党支部书记面前已经表了决心：在办学的同时，要办个夜校，抓后垅村的文盲教育，使后垅村脱掉文盲帽子，大家团结和谐，建起文明村庄。

他通过调查，全后垅村成年文盲有40多人，这些人连自己名字都不认识，工分簿上给他记了多少工分也不知道。

李泉水想，国家培养我读到高中毕业，我不仅有了文化，而且懂得了许许多多科学知识，也懂得如何做人的道理。现在做了老师，有机会回报社会。于是，他说："我决心要彻底消除后垅生产队的文盲，教那些伯伯叔叔以及婶婶、哥哥、嫂嫂们学学文化。"

（2）免费学文化

怎么学呢？他说很简单，晚上大队党支部先开个动员会，请那些文盲和半文盲的长辈们来参加。

按照李泉水的建议，在扫盲动员大会上，党支部书记周宝元讲话说："泉水是我们后垅的唯一高中毕业生，他要通过办夜校，把自己学到的文化知识教给我们。不花钱，能使我们学到文化，这是求之不得的事！你们说，好不好？"社员们齐声说："好！好！好！"周支书接着说："希望大家都要积极参加，积极支持这个夜校。"男女社员听了后，都热烈鼓掌，哈哈大笑。

周宝元宣布后垅扫盲夜校开学后，泉水把事先准备好的点名册、识字牌、小本子、铅笔给大家看，然后说："读书认字就是那么一回事，请伯伯、叔叔们先消除读书认字的神秘感。今天从简单数字学起，我告诉大家怎样看工分，认自己的名字。然后教大家怎样认粮票、布票、肉票、油票、饭票。"

第一天大家听了很感兴趣，都说泉水娃娃能干，相互点头微笑。接着，第二、第三个晚上上课时，他把日常生活常用的字分门别类集中在一起，如：谷、米、饭、油、盐、酱、醋；猪肉、牛肉、羊肉、鱼、鸡、鸭、鹅、鱼等等；辣椒、白菜、白萝卜、红萝卜、花菜、空心菜等等，都写在自己的笔记本上。上课时，把这些生活中常用的名词教给大家。

夜校开学后，学习的进度逐渐深化，大家字认得越来越多。一个学期过去了，成年男同志都摘掉了文盲帽子。队里有个副生产队长周金水过去认为自己50多岁了，学了也无用，反复动员都不愿参加学习。后来看到有许多人原来连自己名字都不认识，现在还能帮人看工分了，觉得有了文化，人也变聪明了，最后还是参加了夜校学习。所以泉水办的夜校成绩越来越显著。

（3）妇女怎么学

后来，通过交往沟通，发现女同志文盲比男同志更多。原来，农村多少年来都存在着重男轻女思想，只让男孩子读书，不让女孩子读书。由于她们从小没受到良好的家庭教育，邻居之间闹矛盾，经常吵架，不尊老爱幼，骂长辈，骂公婆的现象经常发生。泉水在日记里写道："有些女同志根本不讲道德，有好吃的不让老人吃，有的老人辛辛苦苦省吃俭用把儿子养大，结果结婚后的媳妇不知道感恩，连饭都不让老人吃饱，还要迫使老人下田劳动。当时我看到这种现象，心里很难过，暗暗下决心一定要改变这种不良现象，建立起文明村庄、文明家庭。"

在这里，主人公不仅仅要大家多认识几个字，更重要的是要加强农民道德修养教育，立志改变农村重男轻女、不尊重老人、不赡养老人的不良行为，使整个社会真正树立起一种尊老敬老，老有所养的良好社会风气。

对于女同志扫盲，他下了大力气。因为女同志家庭事务多，家里的吃喝都靠她们，因此开会常常拖拖拉拉。他和队长商量，请队干部帮忙动员做工作。特别婆媳关系不好的，不大愿意赡养老人的，常与人吵架的，所有文盲妇女和文化程度很低的妇女，都通通动员上夜校来学文化，学毛主席著作，学雷锋。

但经过一段时间实践，又碰上了几个问题，一是全村妇女都来，没有这么大的大厅，人挤人，没地方坐；二是男女同志都来没人守家，特别带一二岁小孩的妇女走不开。怎么办？李泉水又想出一个办法，就是男同志学一天，女同志学一天，男女隔天轮流学习。这样，使他们既学到文化又照顾到小孩，又有人守家。

那么，课怎么上呢？李泉水一般采取上大课的方法，几十个人坐在教室里听课（学生晚上不来上课）；或者在吴大妈家，她的厅堂大，挂一盏三叉或四叉式煤油灯，并挂一块小黑板，就这样给学员上课，要求大家一天学习5个字，多了怕她（他）们消化不了，记不住。有时穿插一些毛主席语录，雷锋的故事，增加他们的学习兴趣，使他们能集中精力听课。为了让她们能记住所学的字，他用硬纸片剪成小方块，写上要学的字，放在口袋里，随时可以拿出来复习。这样学了的字就能记得牢。

（4）吸引大家学

为了引导学员们专心学好文化，李泉水在课堂上讲了这么一个故事：有一对夫妇出外旅游，妻子没见过世面，见到花花绿绿世界都想多看一眼，看着看着，夫妻走散了。当他们走了一段路，不见亲人跟随，首先妻子忙找丈夫，好心人问她丈夫姓名，住什么地方，要她写个地址，她根本不会写。而丈夫发现妻子不在身边，掉转头找不到妻子，便急得团团转，结果找了4个钟头，还是公安干部帮忙才找到她。

大家听了这个故事后，都交头接耳地说："如果是我也会走散。泉水这孩子说到我心里去了，那我们要好好学点文化。"

（5）联系实际学

讲了这个故事之后，李泉水又针对性地引导大家学习毛主席的《为人民服务》、《纪念白求恩》和《反对自由主义》等著作，以及中华民族道德文化等，使大家了解农民种田是为了支援社会主义建设，种田本身也是建设社会主义，开阔他们眼界。同时又说明中华民族是一个大家庭，每一个人都要有宽大的胸怀和开阔的眼界，我们不仅要热爱这个民族，也要热爱世界上所有热爱和平的人，不仅要有爱国主义精神，也要有国际主义精神，像白求恩同志那样。

他说：“既然我们要有爱国主义、国际主义精神，那么对我们的亲生父母、爷爷、奶奶，热爱不热爱、孝敬不孝敬呢？”

紧接着，他又深入浅出地把话题引到她们身上，说：“你们辛辛苦苦养儿育女，不仅为国家培养接班人，更是希望你们老了有个依靠，将来儿女能孝敬父母，能享儿女的福，是不是？”

于是，大家听后笑着点点头，吴妈说：“儿女不孝顺，父母养儿育女做什么？”

说到这里，李泉水直截了当地点出了讲课主题，微笑地说：“那你们孝敬父母么？孝敬公公婆婆么？父母老了，公婆老了，给他们做点好吃的没有？”吴妈又说：“孩子，你讲得太好了！”有几个经常说公婆坏话、不让公婆吃好菜的妇女听着听着便低下了头。

至此，泉水又接着说：“你们是我的婶辈、嫂辈，都有孩子在身边，孩子看见爸爸妈妈孝敬爷爷奶奶，将来长大了，也会学习爸爸妈妈的好榜样。”吴妈听了，又说：“泉水！你讲得真好！明天我要叫儿子一起来听听你的讲课。”

于是大家便议论起来，有的说：“孩子就是要读书，你看泉水这孩子多懂道理，讲得多好！讲到我心里去了。今后我要对公公婆婆好些，多做些好吃的东西给他们吃。”有的说：“今后对公公婆婆要好一点，过去总认为顶撞老人没什么，这是家事，大家都那样，今天听了课学了文化，做人要讲道德，要尊老爱幼。”

就这样，学员对夜校学习有了兴趣，从不愿学变成自觉学，一些本来躲避老师的，现在亲近老师了，不需动员，就能自觉地来上夜校了。原来不尊敬长辈，常和长辈吵架闹意见的，现在这些现象基本上消除了。党支部书记周宝元说："李泉水抓夜校初见成效，生产队的社会风气好转多了。"

（6）心灵开了花

后来，李泉水在回忆办夜校经过时说到："有些妇女从来没进过学校认过字，现在到了夜校上课感到不好意思。慢慢地，她们在老师引导下，大家在一起又说又笑很开心，都愿意来学文化，觉得有一种幸福感。经过3年的学习，一些60多岁妇女认识了300多字，还能唱几首毛主席语录歌。"连五保户大爷都能写能唱。

李泉水说："我们这种办学模式，当时被评为江西省样板，作为好的典型在全省推广，县、省级教育部门组织人员来参观学习，现场观看教学。"

县教育局一位同事请一位56岁的副队长周金水给农民加工分，由于他写"父亲、母亲，稻谷、小麦"等写得很好。省教育部门的同志一再表扬称赞："想不到有这么大的效果，真是不可想象，这么大年纪的农民能从一个文盲达到这样的效果，名副其实是省里的一面旗帜。"

李泉水接着说："后来县里和省里组织学习这种办学模式，请我在省里各种会议上介绍活学活用毛主席著作的经验。记得有一次，省委书记程世清亲自接待我，请我在省委礼堂在全省几千名干部大会上作学习毛主席著作经验介绍，并号召全省人民要学习我一心扑在教育事业上的无私奉献精神。"

他又说："那时，我主要工作是教好一到四年级小学的课。教午班和夜校都是利用休息时间。那时大队和公社教育部门组织教育质量评比，我们后垅小学都是第一名，总结大会还请我介绍经验。"

4. 做个活雷锋

李泉水是以自己坚韧不拔的决心和制定的周密计划不断践行着，他活学活用毛主席著作，以雷锋为榜样，用毛泽东思想武装自己头脑，激发出一种高尚的革命情操和全心全意为人民服务的精神。

你再看看他的日程安排吧：白天上午上4个年级复式班的课，分开单独上；下午两节课留给学生做作业，练字。这是正规学校的课程安排。

中午饭后的午休第1班是扫盲课，学员是"嘻嘻哈哈"笑声满堂的家庭妇女，"她们是我的奶奶、婶婶、嫂嫂们，她们晚上来不了要守家，或有其他事走不开；我只好自己辛苦点，牺牲中午休息时间，给她们上课。时间是一个半小时，从一点至两点半。"

第2班是缺课学生补课，下午两点半到三点半，学校放学后，他拿块小黑板挂在放牛地方的树上，为经常缺课的6个学生和下午要放牛的学生上课。他们心散玩性大，感觉上课不上课无所谓，他坚持反复做工作，直至这些学生都能到校正常上课为止。

下午5时后，他拿起锄头到田里锄草，或者割猪菜、煮猪饲料等。同时，找下课没事的三四年级学生帮忙，让他们学锄草，割猪菜，切猪菜，煮饲料去喂猪。喂猪，一般都是老师自己做。

晚上7点半是扫盲课。这节扫盲课是普通班，不是男班就是女班，晚上上课不影响他们生活，家里有人看守，下课是9点钟，时间一个半小时。

扫盲课上完，还有学员问这问那，磨得泉水走不了。他回家备课时间都挤在12点以后。

第二天早晨6点钟起床，稍作活动，饭没吃就跑到学校看看环境卫生，接着又跑去猪栏看看两只小肥猪。然后回来煮猪饲料喂猪。请读者想想，一天24小时包括睡眠，他有几个小时在家？

为了事业，他忘记了自己，见到两亩地的猪菜，见到猪栏里的两头猪，兴趣就来了，心里说不完的话题。他在《回忆录》里这么写道："每年养猪4头，猪饲料在家里煮，有时嫂子会帮忙。冬天，猪吃的三餐饲料都要在家里热一下，然后由四年级学生抬去喂，如天下雨下雪都是我自己去喂。很多家长看到我又教书又为学生养猪，说我真是个活雷锋。"

那么，李泉水的精神是从哪里来的呢？他说："是雷锋的英雄事迹深深地鼓舞了我。"是的，雷锋在平凡的工作岗位上，努力学习毛主席著作，用毛泽东思想武装自己，去掉头脑中的私心杂念，不断树立公而忘私的无产阶级思想，干革命不计报酬，为老百姓做好事不图回报，成长为一名共产主义战士，让人们永远热爱他，学习他。雷锋精神也是当今中国新时代青少年不断成长的指路明灯。

他在《回忆录》中又写道："那时我年轻全身都是劲，一心想的是为人民服务，从不考虑报酬，午班和夜班是我自己提出办的，没有任何报酬；教小学待遇很低，由大队补工分，相当于每天底分10分，8角钱一天（注：10分底分，分红8角），一天很少得到1元钱。那时学习毛主席著作《为人民服务》《纪念白求恩》不图报酬，时刻想到白求恩、张思德为了人民利益能牺牲自己生命，而我做点小事是应该的！"

3年来，李泉水做后垅小学的"赤脚"老师和在夜校扫盲的平台上，以极其平凡的工作做出了不平凡的事迹，受到省、县、公社各级组织的肯定与嘉奖。

1970年12月，后垅小学获得全县教育质量第一名。

1971年7月，李泉水被评为教育战线活学活用毛主席著作积极分子，并在全县教师大会上作活学活用毛主席著作的宣讲报告。

1971年12月，李泉水任教的后垅小学，因实行半工半读成绩显著，被评为全省的一面红旗。

1971年至1972年4月，江西省组成活学活用毛主席著作的宣讲团，李泉水先后两次分赴抚州、赣州、景德镇及南昌市、江拖等有关单位作巡回报告。

第八章　金榜题名精彩路

1. 喜事临门庭

1972年6月的一天，上午12点钟，他正在学校上课，党支部书记周宝元匆匆地赶到学校，满脸笑容地等待李泉水下课。当学生蜂拥地冲出教室之后，他一把拉住泉水，"泉水，我告诉你一个好消息，上级要选你去大学读书了！"泉水听了不相信自己的耳朵，便急切地问："周支书，你说什么？"

周宝元也按捺不住内心的激动，凑近他的耳边说："公社要选拔你去读大学了。"泉水兴奋地再问："是真的吗？"

"是真的！是县教育部门负责人说的。"周宝元补充说道。泉水听后，高兴得要跳起来。

学生都走完了，周宝元把李泉水拉到教室里，把他知道的情况全说了，说："县里有个江西医学院的指标分到公社。公社党委开会，各大队党支部书记都参加，县教育部门负责人也都到会，会上争论很激烈，一下子报了8个名字。党委书记见报这么多人，便要提名的支部书记说出理由。当把被提的知青说完了，党委会就开始讨论，一个个筛选。最后大家听到我介绍你的事迹，会场鸦雀无声，一致认为，你自学校下放回乡参加劳动，与贫下中农相结合表现很好。"

周宝元说："你自担任后垅小学赤脚老师后，学校面貌起了很大变化，学校实行半工半读，教育质量是全社、全县第一名，是省教育厅树立的一面红旗！还办了夜校，开展扫盲工作，成绩斐然，又获全县、全省先进单位。"

周宝元又接着说："公社党委讨论时说，你还努力学习毛主席著作，学习雷锋做好事，是全县学习毛主席著作、学习雷锋的积极分子，在全县干部、老师大会上作过宣讲；同时又被推荐到全省，参加全省活学活用毛主席著作宣讲团，全省巡回宣讲，受到高度评价。"

周宝元最后说："李泉水事迹突出，又是高中毕业生，谁能比得上？！"

因此，公社党委认为李泉水是全社、全县独一无二的最符合条件的，应该推荐上大学。

散会后，周宝元和县教育部门负责人走在一起，周宝元问："能定下来吗？"这位教育部门负责人说："可以定李泉水了，他太优秀了！不过，还要报县里审批，手续要过。"

李泉水听了，紧紧拉着周宝元的手说："谢谢您！"周宝元说："不是谢我，要感谢公社党委，县领导有眼光，选对了！"

李泉水与周宝元分手后，锁上大门，快步直往家里走去，哥哥岳兵及弟弟已收工回家，大家正等待他回来吃饭。

他一进门，见大家坐着，笑嘻嘻地说："报告大家一个好消息！""什么消息？"妹妹李彩枝抢先跑到二哥面前问他。

泉水右手打了个响指，说："你们猜！"李彩枝发呆，眼睛望着他，等他开口告诉大家。

泉水说："要么先吃饭。"因为嫂子叫了两遍了，干脆吃了饭让大家猜。但彩枝和牙陀不让，要二哥先告诉大家后再吃饭。

嫂子见彩枝、牙陀坚持要二哥告诉大家好消息后再吃饭的意见，也劝泉水先报告好消息后再吃饭。

泉水见嫂子也帮彩枝、牙陀说话，拗不过他们，于是，就把党支部书记周宝元跟他说的话全都说出来了。

大家听后，屋里响起一阵喝彩的声音，然后平静下来，岳兵说："这是县委、公社党委真正爱惜人才！"

李泉水接着说："听说争这个指标的人很多，是领导坚持大公无私，选贤择能。"

1972年8月1日，经县教育部门正式批准，李泉水被推荐到江西医学院临床医学系读书。

1972年9月1日，李泉水整装出发，背起行李跨出家门，生产大队干部周宝元和兄弟姐妹等20多人欢送李泉水上大学。

2. 敬仰先烈魂

这一天，李泉水带着家乡人的嘱托，挑起行李，坐上西去的火车，奔向英雄的南昌城。

当火车到达南昌下车时，手持迎接新生的导行牌的同学站在出口处等候，李泉水和同到医学院报到的同学，自然排成了一长队。火车开出站了，李泉水和其他新生一起坐上江西医学院的校车，驶过八一大道，到了江西医学院。

江西医学院，前身是创办于1921年的江西公立医学专科学校，1952年改名为江西省医学院。1953年更名为江西医学院，1958年与中国人民解放军第八学校合并，仍称江西医学院。随着时代的发展，学院又有更名，2005年8月，与南昌大学合并，冠名南昌大学医学院。随着时代的变化，江西医学院仍然是江西高等教育的一张名片，几十年来，江西医学院为国家培养了大批医学优秀人才。

李泉水按照江西医学院新生入学须知，办完所有手续，被接待的老生带到学生宿舍。

至此，李泉水真正成了江西医学院临床医学系临床专业的一名大学生。

上了两个星期的课之后，1972年9月15日学院举行盛大开学典礼，热烈欢迎经过层层选拔的莘莘学子跨入大学门槛。

入学上课这两个星期，李泉水感到大学的生活非常充实，不仅学到了初步的医学知识，而且游览了学院的美丽风景，见识了比高中、初中更高层次的丰富生活。

李泉水和同宿舍的同学喜欢、热爱、敬仰英雄的南昌城，城中深藏着太多的故事。在上课前，他们参观了好多美丽的风景和雄伟的建筑。

李泉水过去没有到过江西医学院（今为南昌大学医学院），报到之后，先和同宿舍的同学开始游览校园，参观行政区、教学区、住宿区、生活区、体育娱乐场等等。学院占地面积68.24万平方米（1024亩），规模之大，让同学们大开眼界，畅游学院，实是作为新生的一种享受。大家兴奋地说："大学就是大学，到了大学，才知中学的渺小。"不知哪位同学说了一句："不过中学是人生进程的关键一段。"李泉水说："没有中小学的基础教育，我们就进不了大学的门。"

最吸引他们的是院内的白求恩广场和城里的南昌八一起义纪念馆。院内的白求恩广场宽阔而清新，白求恩塑像高大而独特。

李泉水走近白求恩雕塑前行礼，凝视着这位伟大的国际主义战士的光辉形象。

白求恩是伟大的国际主义战士，他不远万里来到中国，支援中国反法西斯的斗争。1939年10月一次在河北的一次救伤员的手术中，不料左手中指头被割破，感染败血症，抢救无效，离开人世，他救了伤员而牺牲了自己的生命。为此，毛主席发表了《纪念白求恩》的文章，高度评价白求恩伟大的国际主义和共产主义精神，号召大家向他学习。

白求恩毫不利己、专门利人的精神深深地感动着李泉水。他把白求恩精神作为医德医风的一面镜子，经常照着自己。

李泉水回忆大学读书时是激情满怀的，他能跨进大学的门槛，不仅是母亲的心愿，家乡人的嘱托，更是党的关怀，革命先烈的遗愿。读书报国，是他的壮志和情怀。所以，他将通过大学的平台，刻苦学习知识，掌握科学技术，接下革命先烈手中的火炬，用自己的知识和智慧建设中国特色社会主义现代化。

因此，他自进入大学的第一天起就拼命地学习，不管上大课还是自己看书做作业，都是脑子高度集中，分秒必争，不让时间一分一秒流失。他看书的故事很多，他要求自己每天课外都要看两个小时的书。如白天时间不够，便想出一个好方法，买了一个手电筒，一下自习就抢先站在电杆边，看他的书。

李泉水的举动感染了班上的同学，如江西赣州、莲花等地的同学，他们家境也贫寒，但他们读书非常刻苦，见泉水天天在熄灯后站在电杆边看书，受到启发与感染，故也天天来看书，他对泉水说："感谢你，给我做了个榜样。"于是，他们无形中成了挚友，毕业分配时还依依不舍。

再说，李泉水站在路灯下看书，那电杆边的地板成了他熄灯后增加看书时间的"专有平台"，其他同学明明知道有几天晚上班主任叫他有事不会来看书，但这块专有平台还是留给他。

11月中旬一天晚上，秋风萧萧，泉水站在那里好冷，便去寝室躲进被窝内，借手电筒光亮继续看他那解剖学。但看了半个小时，手电筒没电了，有两个同学打鼾深睡了，他还是爬起来，加了一件衣服，仍站在那块"专有平台"看起书来。越看越有趣，任凭寒风吹拂，吹得身上发抖。他觉得今天寒风凶猛，风力越来越大，气温骤然下降，如同敌人用刺刀刺入心窝那样难受。

这时他想到南昌八一起义的故事。1927年，当蒋介石和汪精卫的反革命集团残酷地屠杀共产党员和革命群众，周恩来、朱德领导八一南昌起义部队，以武装斗争向国民党反动派打响了第一枪，然后，朱德和陈毅率领起义部队上了井冈山，和毛主席领导的秋收起义部队会师，创建了中国工农红军。中国共产党领导的中国工农红军历尽艰难险阻，以武装斗争夺取政权，解放了全中国。李泉水参观了南昌八一起义纪念馆，激情奋发，深化了对历史的认识。1950年共产党领导全国土地革命运动，从剥削阶级手里夺回了土地，分配给农民。李泉水父母从没有1分地变成拥有10亩田地的家庭，充分说明中国共产党是全国人民的大救星。

因此，李泉水到了江西医学院，更加珍惜新时代的曙光，拼命地学习，经常只身一人站在电杆路灯下背诵解剖学，被寒风吹得发抖，有点退缩，但想起南昌起义的将士们为了解救中国老百姓，不惜牺牲自己的宝贵生命，而今天为了继承先烈遗志，难道寒风能动摇我读书报国的意志吗？

李泉水在回忆革命先烈们勇敢杀敌的故事时说，有了南昌八一起义的枪声，1950年我家才分到10亩地！我们兄弟姐妹是在10亩田地上成长起来的！

因此，他想到这里，面对寒风袭击没有退却，直到把这一章背熟才回到宿舍。

李泉水被革命前辈激起的情怀意犹未尽，又去攻克学习上的另一个难题。

3. 独处解剖室

谁都知道，学医是一门极其艰苦又具有乐趣的学科。说它极其刻苦，是说学习的内容很繁多，"尤其临床医学专业是一门实践性很强的应用科学专业，着力于培养具备基础医学、临床医学的基本理论和医疗预防的基本技能，培养在医疗卫生单位、医学科研等部门从事医疗预防、医学科研等方面工作的医学高级专门人才。"所以，学习临床专业，需要付出更多的心血和汗水。当你的医术能把一个濒临死亡的患者救活，挽救一个幸福家庭，那快乐感就会涌上心头，你会感受到非常幸福的那一刻。

那么，怎么才叫付出更多的心血和汗水呢？你就看看李泉水的亲身经历和亲身感受吧。

学医要学人体解剖，人体解剖学是临床医学的重要专业，它是研究正常人体各部分形态、结构、位置、毗邻及结构与功能关系的科学，分为人体解剖学和显微解剖学两部分。

凡学习解剖这一门课，都要进入解剖室看人体标本，老师带领几十名学生对着标本讲课，从人体结构、形态及其各部分的相互关系，告诉初学者必须准确掌握基本知识。

这里就要求学生背熟上述的相关知识，每一块肌肉、每一块骨头的部位、功能都要记住，这就需要花很多时间。

比如，正常人体身上有206块骨头，分为头颅骨、躯干骨、上肢骨、下肢骨4个部分。骨头是人体的坚硬组织，是人体重要的运动器官，并且具有支撑身体和保护内脏的作用。根据形态可分为长骨、短骨、不规则骨和扁平骨，骨与骨之间通过关节和韧带相连接。长骨和短骨主要分布在四肢部位，不规则骨主要分布在躯干部位，扁平骨主要分布在头颅部位。

临床医学专业的学生要求要背熟人体解剖结构，但是否背得像李泉水那样滚瓜烂熟，并且可倒背如流，并且把它印在脑海里，那就很不容易了。

李泉水后来做了教授，带教博士、硕士研究生时，常告诉他们的那句至理名言："要想成为一个技术精湛、德技双馨的好医师，只有比别人更用功。真正的天才靠的是99%的努力，再加上1%的灵感。"

所以，现在要学懂学透人体解剖学，李泉水有亲身经历和深刻领会，这里，笔者不妨多着一两笔。

他到解剖室上课是老师带进去看了真实的人体模型，老师按照课本，对着人体部位细细讲，老师讲得抑扬顿挫，学生听得如饥似渴，老师讲毕，走出解剖室，一群学生也随着老师而走出解剖室。

但此后，这些学生谁再进过解剖室？不要说看到尸体标本会产生恐惧心理，光那福尔马林的气味，就会让你不想进解剖室，除非教学需要。

但李泉水带着求学坚韧不拔的决心，不厌其烦地进了解剖室，要进一步熟记正常的人体形态结构、部位和特征。他每次进解剖室，都是按照自己的学习计划进行复习，一次进去复习一个内容或一个专题，直至背熟为止。

学习的苦与甜，只有他自己知道。

不了解情况的人，认为进解剖室很容易，只要叫管钥匙的老师把门打开就可以了。其实进解剖室是不容易的，解剖室有严格的管理制度。首先要鼓起勇气，求得管理老师的同意，才能开门进去。管理老师有一种责任，怕有的学生把尸体解剖结构搞坏，所以，没有老师陪同是不能随便进去的。

其次，要有胆量，里面是几十具人的尸体，或者死人模型。你一个人在那么大的解剖室怕不怕？但李泉水不怕，他就进去了。

第三，解剖室非常浓的福尔马林气味，一般人闻到气味就会呕吐，那么难道李泉水就不怕吗？但他为了求知，为了做个德技双馨的好医生，他一定要进解剖室！他说："解剖室里福尔马林的气味让人难受！但我还是坚持下来了……"

一个星期六的下午，4点多钟，李泉水要去解剖室，请求管理老师把门打开，要进去复习，背那206块骨头结构和分布情况。那管理老师说："你不是来了几次了，怎么今天又来了？"李泉水回答说："我今天要背骨头，哪些骨头在哪些部位。"管理老师说："作为学生，老师上课你不听么？你不做笔记么？"李泉水又说："老师上课，我是认真听了，笔记也认真做了，但容易忘记。"这次勉强让他进去，但最后对李泉水说："这次让你进去，下次如还想进去，需要解剖教研室批条！"

李泉水没想到进解剖室那么难，还要教研室批条？最后，他想，决定要与他搞好关系，把实话告诉他。于是他利用下午课外时间找到管理老师，向他说了实话："我学医，就想做个名医，为患者解除病痛，把他们的病治好。因为我的父母是因缺医少药，没钱医治去世的。所以，我就要比其他同学更用功，真正把医学学好学精。"管理老师见泉水讲得那么真诚，又那么刻苦，慢慢地转变了态度。泉水也就从此与他成了老师加朋友了。

管理老师说，为什么不让你们随便进解剖室，因为尸体来之不易，很珍贵，怕你们不按照老师要求爱惜尸体。这样，泉水充分理解了管理老师的职责，就可以随时随地进解剖室了。白天除了老师上大课、做演讲没去外，其他时间都进解剖室，把每块骨头，每块肌肉，每根神经都用心背熟。

但到了晚上去解剖室，心里就有些胆怯。有几次，他在解剖室对着尸体背骨头，好像听到背后有脚步声，几次回转头看，都无人影，这时他想到要树立唯物主义的信念，人死了，"死者没也"。看看室内没有异常情况，他还是坚持把人体解剖这一章认真复习完。

经过一个多月在解剖室里的磨炼，总算把整个人体要背的结构部位，一块块骨头都背熟了。他说："在以后实践中，解剖学的知识让我受益匪浅。"

4. 先锋的榜样

李泉水在班里是严守本分的学生，从小学到中学、大学都是对己严、对人宽，处处严格要求自己。平常，除了功课以外，他以雷锋为榜样，见到班里班外的事都主动去做，如公共场所的通道、走廊、洗手间，见到不清洁的地方都要拿起扫把去扫干净。

有几次，班上有同学生病，李泉水都陪他去校医室或医院就医，还主动提醒他多喝开水服药。有的同学重感冒不能起身，他热心地扶他起床，帮忙倒开水，喂药，帮助买饭买菜，送到床边。班上有位姓俞的同学，感冒服了药出了汗，泉水还把他换下的衣服拿去洗掉，这位同学深受感动。

正如他说得那样，走到哪里，好事做到哪里。实习期间都按学生的作息时间起居，每天都提前赶到医院，把自己当成卫生员，首先打扫医护办公室，主任办公室，像卫生员一样擦抹桌子椅子，倒痰盂盆，拖地板，洗拖把。

有几个患者，陪护家属没及时赶到医院，泉水见他起身困难，就立刻过去扶病人起身，扶他去卫生间，然后帮他洗脸。

有一位湖南的男性病患者，家属还没有赶到医院，没人护理，早上拉尿起不来床，李泉水就去轻轻地扶他起来，并扶他去卫生间，之后又扶他上床。他需要热水擦身，泉水打来热水给他擦身敲背，病人十分感激。

由于李泉水的突出表现，被党组织培养成入党积极分子。经过党支部一年来的考察，认为他靠近党的组织，积极要求进步，忠诚党的卫生医疗事业，处处严格要求自己，符合共产党员条件，1974年7月1日，也就是在读大二时，经医学院党委研究，同意李泉水同志加入中国共产党，成为一名光荣的中国共产党党员。

临近毕业，医学院正在召开毕业生分配工作会议，班上同学聚会时，大家感到心里无底，羡慕李泉水各方面表现都很优秀，符合留校条件。

于是，大家都面临着一场人生去向的关键选择，故不约而同地发出共同的声音："我们路在何方？！"

一天上午，接到学院通知：李泉水符合学院规定的2%留校条件，被分配到江西医学院第二附属医院工作。这个消息传到班里，像炸锅一样炸开了，大家都竖起大拇指齐声说："精彩的路！我们佩服！"

第九章　立志做个好医生

1. 穿上白大褂

1975年12月30日，是他一生难忘的日子。接到医院的通知，泉水被分配到江西医学院第二附属医院内科工作。

当他踏入内科时，科主任龙怡道热情地接待了他，见到这位微胖帅气、仪表堂堂的大学生，亲切地握住了他的手说："欢迎你。"

初次见面，泉水那敦厚而又兴奋的脸上有几分腼腆："龙主任，您好！"泉水怀着几分崇敬的心情，紧紧握住龙主任的手说："我很荣幸能够到您身边工作。"

随后，龙主任简要地向他介绍了院里的概况和有关新员工岗前培训的一些安排。

他说："你分配到我们医院内科。但院里内科有呼吸内科、消化内科、血液内科、心血管内科、风湿内科、肾内科、神经内科、内分泌内科等等，其中心血管内科、消化内科是比较大的科室，你刚到医院比较生疏，时间长了，就会熟悉这些科室。"

他看了看坐在对面的李泉水，微笑地说："你大学刚毕业分到二附院，说明你在大学成绩很优秀。"

李泉水在科领导面前也就说实话了："我大二就入了党，这次分配，是学院2%留校指标内的。"

泉水话未说完，龙主任接着说："对呀，我知道你在学校很优秀，不然不会分到二附院。"其实，龙主任已经知道他在学校的表现。

这时，泉水谦虚地说："我家很贫穷，父母很早就去世，当时家里没钱医治，后来是我哥我姐供我读书的，是党和政府培养了我，是学校师长教育我成长的。"

龙主任听了微笑地接着说："你意志很坚强，学习很刻苦，基础很扎实，我们医院很需要你这样的大学生，我想你有这样好的基础，只要你自己刻苦努力，是很有前途的。"

李泉水听了龙主任的鼓励，兴奋地说："我刚来什么都不懂，还靠龙主任多多帮助，我一定聆听主任教诲。"

龙主任给李泉水讲得笑起来说："泉水，你是我们科里的一棵好苗子，和我们一起好好干吧！"

李泉水听后点点头，龙主任似乎想到什么，说："对了，刚才有个事忘记说了，我们医院有许多严格的规章制度，院里要组织刚入院的年轻医生培训，通过培训，经考核合格后再上岗坐诊，在门诊坐诊3个月后，再进入住院部做临床，在内科各专业科室要轮转半年。"

李泉水说："我知道了，听从组织安排。"

龙主任说完后，护士长送来一套白大褂。龙主任指着护士长的手说："这是白大褂，明天你穿上，我带你去住院部走一趟。"李泉水高兴地接下护士长手上的白大褂。

此时此刻，他含着热泪而又充满谢意地连声说："谢谢主任！谢谢护士长！"

在这样充满激情的时刻，泉水没有言语，只是抚摸着白大褂，然后双手把白大褂紧紧地贴在激跳的胸口上，似笑似哭地离开了内科。

为了这套白大褂，他做了多少个美梦，奋斗了多少个春秋！看见这套白大褂，脑海中浮现出父母在田野中奔波的身影！浮现出母亲匆匆从住院部回来和哥哥姐姐踩着水车为干裂的稻田里灌水的情景，母亲因为没有力气踩车，便从架子上下来，弯着腰，翘着屁股，双手扳着轮子，帮助年少的哥哥姐姐继续车水，尽她那仅有的微薄之力！

第二天，李泉水穿上白大褂，兴致勃勃地跟着龙主任走进了病房。那些躺在病床上的患者，一双双渴望健康的眼睛，各自诉说着昨夜的不适和痛苦；他们熬着肉体的疼痛，渴望白衣战士能将附在自己身上的病魔赶走！

李泉水望着这些疲惫乌黑的脸，就想起当初母亲双眼渴望医生能医治自己疾病、解除自己痛苦的神情，心想，我作为一名医生，治愈人们所患的疾病，让他们活跃在祖国各条战线上，为祖国创造财富，为人民创造幸福，责无旁贷！所以，他说："当我第一天穿上白大褂走进病房成为一名医生时，我热血沸腾。这是多么光荣神圣的职业啊！责任重大。我下定决心一定要成为一名受患者喜欢的医生，要用全部心血献给医疗卫生事业。"

2. 他热爱病人

李泉水一心想做受患者喜欢的医生，他不是只停留在嘴上，而是体现在行动上。在内科门诊接诊时，患者最喜欢他那和善的面孔和谦逊的态度。当一名患者来到他的诊室时，他从椅子上起来，微弓着身子："您好，请坐，哪里不舒服？什么时候开始的？会发冷发热吧？"根据口述，拿出听诊器，用手擦一擦听诊器头部，生怕听诊器冰冷让病人不好受。如果患者说胸部难受，他就用听诊器听其肺和心脏，看肺部有无异常，心率是否正常，心脏有无杂音。发现杂音时，认真辨别是收缩期还是舒张期，是出现在心脏哪个瓣膜，然后开出相关检查申请单。

1976年大年三十晚上11点钟，正好是泉水值班，有一位女患者，身上发热，咳嗽，一测体温40度，是严重的大叶性肺炎，他马上让住院治疗。住院半个月后，痊愈出院，顺利地回到家。回家后，她同邻居说起住院时碰到的一位好医生。她说："我是听同事说，李泉水医生给人看病细心，态度好。那天过年，我老毛病突然发作，我一坐到他的诊室，见他态度和善，面带笑容，轻声细语，问我哪里不舒服，好像儿女问父母那样温柔细微。他给我看后，收费处要我交住院费2000元。但我还差钱，收费处不给办手续；我要爱人请李医生帮忙，李医生听后二话没说，就到收费处签字，为我担保，我才能住进医院。李泉水医生真是急病人之所急，给病人方便，不然回家拿钱要耽误好长时间，那时我身体已坚持不住了，只得住院打针。第二次是1977年5月的一天，我又去李医生那里，是带我父亲去看病，父亲反复讲胸部痛。李医生见到我爸，仍然说话温柔，脸带笑容，检查时认真仔细，把听诊器擦了擦后，从前胸部、背部都仔细听诊，最后确定地说，可能心脏有问题。然后开出相关检查申请单。经过胸透拍片和心电图检查，最后诊断是心肌炎。在回家的路上，我爸说：'我活到70多岁，李泉水是我见到的最好的医生'。"

李泉水在住院部上班，坚持每天提前一个小时到岗，见到有什么事，都主动自觉地去做，没有一点空闲，见卫生员没上班，就先把医生办公室打扫得干干净净，还为医生打好开水；见护士忙不过来，就帮助护士打针；见病人家属不在病房，就去帮助病人打开水打饭。

所以在二附院，大家见到李泉水医生都说："这位年轻医生真是个闲不住的人。"但更多的人，不论是他的同行、卫生员、清洁工还是住院病人，都称赞："李泉水是一位好医生。"

为什么说李泉水是"闲不住"的人，他们不知道，李泉水看似是一个书生，大学毕业生，当上大医院的医生了，为什么还要做这些活呢？这些活是普通职员、卫生员、临时工做的，大知识分子为什么还要做这些不起眼的事儿呢？

其实，是因为李泉水是从最基层出来的，是受了党的教育，锻炼成长起来的知识分子。

1978年3月的一天中午，李泉水当班，一位大约40岁模样的建筑工人，吃坏了东西，从早上起来拉了8次水样大便，脸色苍白，有明显的脱水现象，急需住院输液补充盐水，但病人身上只带了100元钱，认为只要医生开些药片止泻就可以了，没想到自己病得这么严重。眼下包括住院费就需要900多元，100元钱根本取不了药。这对当时一个单身在外打工的人来说是个天文数字。而在这时如不立即输液将有生命危险。

怎么办呢？作为当班的李泉水见他犹豫不决，便急病人之所急，当即从口袋里取出仅有的500元钱，还向当班护士借了400元，拼凑了900元送给患者说，如钱不够，我再想办法给你，要把病治好再回去。

这位工人是外地人，住了一个星期，治好病出院，激动地说："李医生，我万分感谢您！我回家借钱还给您。"李泉水说："这是我送给你的，不用还！你多挣些钱寄回家。这是我的一点心意。奉献爱心是我作为医生的天职。"

听了李泉水医生的话，这位忠厚老实的工人，心情十分激动，一句话也说不出来，只连声说："谢谢！谢谢李医生了！！"

再说，李泉水经常说，医生的奉献精神，体现在医生对病人的一片爱心。爱病人，时时处处都体现在医生细微的言行之中。按院里规定，要求医生每天两次查房。但李泉水为了使病人能早治愈早回家，他管的6个病床的病人自己加了一次查房，一天早、中、晚三次去看望病人。当时有一位20多岁的男性肝脓肿病人，为了早点给他治好病，李泉水一天三次到病房，晚上10点多钟加一次为病人用生理盐水冲洗换药，直到伤口无脓液为止，使病人治愈提前出院。如果一天冲洗一次伤口，至少要延长一周才能出院。

1978年4月的一天晚上，护士报告一位70多岁男性病人便秘，几天没拉大便。白天还好，晚上急着要拉，拉不出来，满头大汗，急得团团转。李泉水接到电话，即刻从家里赶到医院，他看在眼里，急在心里，立即戴上专用手套，给他肛门塞入开塞露，手指伸入肛门，经过多次反复，为他抠出了大便。病人十分感激，说李泉水医生真是病人的救命恩人。从而在病房里传出了李医生为病人抠出大便的佳话。

3. 何为好医生

对于何为好医生，李泉水没有说出一个答案，但他又不断地实践着自己的诺言。那么，怎么样才是一个好医生呢？依他的践行来说，当病人需要你时，你用自己的生命救回病人生命的就是好医生。

1979年9月的一天，也就是李泉水刚刚从江西医学院读完青年教师提高班毕业重回医院的第5天，遇上科里在抢救一个呼吸停止的病人。李泉水这次返校再读"提高班"，是对他已学知识和临床经验的沉淀和提升，更加夯实了他的医学基石。这时候的他，已在医学临床技术理论和临床实践经验相结合的基础上达到了一个成熟的高度，这也成为他人生的转折点。

这次在科里抢救一个呼吸停止的病人时，李泉水医生表现了"用生命救生命"的高尚情操。他心中没有自己只想着病人。眼见一个呼吸停止的病人，时光1秒，2秒，3秒钟……的过去，大家心急如焚！

怎么办？有人想去搬呼吸机，但会耽误时间。"患者或许还有1%的希望！但时光不会停留！"李泉水脑子里闪过一个念头。

突然，他不顾一切，立刻扑下身去，动作敏捷地扒开患者的嘴，用嘴对着嘴，坚持了5分钟，吸出了患者喉管里浓浓的痰液。旁边有人躲到卫生间里呕吐，而李泉水口中还残留着病人很多的痰液，站在患者身边观察着。病房一时空气紧张起来。患者苏醒了，得救了！这时，李泉水才去吐掉口中的痰。见到病人活过来了，心里特别高兴。于是在病房里，大家都发出了敬佩、赞扬、称誉之声，声声悦耳，特别是几位患者的亲属现场目睹了医生的举动，啧啧称赞，感动至极。其家属见到李医生口对口地吸痰，感动得热泪盈眶，走到李泉水面前，紧紧地握住他的手说："李医生，我们全家都永远感谢你！"

患者出院后，立即送来感谢信，感谢江西医学院二附院，感谢李泉水医生抢救了他的宝贵生命！

然后在全科医生大会上，龙主任表扬了李泉水无私奉献的精神和高尚医德，为医院赢得了荣誉。

1980年9月，李泉水在一次新医生上岗培训会上发言，把几年来做医生的体会和感悟说得很透彻，说出了什么样的医生才是好医生。

一是德为先。是指医生要有高尚的职业道德。医生要把病人当亲人，有病人才有医生，医生的职业是为病人而生存，没有病人也就没有医生。因此，医生对病人应有一颗纯洁的心灵，做医生不能在病人身上赚一分钱，要赚病人钱的就不是医生，是商人。医生是病人的救护者，见到病人就要想方设法地把他（她）病医治好，使病人成为一个健康人，和我们正常人一样快乐幸福地生活。

二是勤为先。做医生就要嘴勤、脑勤、手勤、脚勤，每天按照规定查房，及时观察病人的病情变化，一旦发现病人有异常情况，嘴勤一点，问问有什么不舒服，自己不能处理的，及时报告主任或主治医生；遇到问题，可以对照书本，做好记录，白天看病，晚上做笔记。年轻医生可多做点事情，见到科里诊室里有什么事情的，主任或老医生来不及做的，都应该主动去做，没事可搞点卫生，做了的就有体会。

三是学为先。李泉水有句名言："你要学习好，就要在病人身上学，一个人要提高医术，就要花时间去学。"他说："毛主席说，实践是检验真理的唯一标准。"年轻医生就是缺乏经验，多学多实践就会出真知，他常说："我们所在的二附院资源很丰富，很多东西值得我们去学习，要利用这丰富资源武装自己，提高自己，使自己快速成长。"

同时，他指出："年轻医生要向老教授、老前辈学习，虚心求教。"他还说："白天看病，晚上把所见的病看书对照，不理解的第二天问主任或上级医师，并认真地做好笔记。"有了充分的准备，掌握了足够的资料，第二天早晨查房时，能清楚汇报自己所管病人的情况，并提出自己的诊断意见和治疗方案。要经常学习研究病人病情变化的原因，随时调整用药。

他又说，年轻医生要养成多看书、多研究、多探索问题的习惯，多跑跑图书馆、阅览室找书看，查阅有关知识资料。这样，就会使自己慢慢成长起来，成为临床经验丰富的医生。

四是精为先。所谓精，就是医生看病要精益求精，要有精湛技术。李泉水认为，做医生要养成严密的工作作风，对自己所管病人的病情要了如指掌，研究问题要精细，要打破砂锅问到底；诊断要准，诊断不准，不能对症用药，对病人越治越糟糕，甚至会出大事。所以，他认为要做一名好医生，就要下苦功学习诊断学。

李泉水说："要做一名好医生，必须掌握诊断学。我为了记住每种疾病的诊断，每天晚上都看书到深夜。"一个医生不学好诊断学，看病就没有个主张，刀把子没有"刀锋"，医生功夫不深，技术不精，断病不准，用药无的放矢，何为一个"好"字？

4. 看病与学习

李泉水后来成为名医，也就是坚持把看病与学习紧密结合起来。他看病，要看出问题。他是怎样做到的呢？他说："前一天晚上对自己管的病床的6位病人，对照病变情况看书，把每个病人诊断、鉴别用药都搞清楚，主任查房时可以提出自己的诊断意见和治疗方案，查完病房后，抓紧时间写每个病人的病情记录。"他把看病过程看成自己学习的过程。

可见，当他穿上白大褂成为省里最高学府三级甲等医院医生时"热血沸腾，心里只想刻苦钻研，要珍惜每一分每一秒时间，把生命交给医疗卫生事业。"在这里，我们不难看出，李泉水如饥似渴地看病，学习医疗技术是为了追求远大的理想抱负——"把病人的病看好。"

我们纵观李泉水行医历程，他有远大目标，坚定的信念，顽强的意志，不达目的不罢休。他目睹父母和无数患者因缺医少药而白白地死去的惨景，决心要钻研医学科学，提高医术水平。面对医学科学高速发展的今天，更要利用最高学府的三级甲等医院作为平台，继续向前迈进，进入那种境界："我时刻想，作为一名医生，让患者满意是自己永恒的追求，奉献爱心是我的天职，要把病人看成上帝和亲人，用笑容来融化病人的疼痛，用心创造感动，用爱传递真情。"

李泉水师从内科龙怡道主任。龙怡道主任是江西省心脏内科第一把手，在全国很有名气，是年轻医生的崇拜者，学习的榜样。三年住院医生期满后，到内科跟随龙怡道主任，龙主任手把手地教，李泉水边学边干，逐渐成长起来。他以龙主任为榜样，虚心好学，学到了更多的知识与技术，他不断武装自己，不断丰富脑海中的知识，通过勤奋努力，李泉水学到了精湛的技术。

　　李泉水所走过的路，是我们每个年轻医生学习的榜样。他说："我当住院医生期间，总觉得时间不够用，白天在病房和图书馆，晚上要来医院看看自己管的病人和科里的病人；回到家里要看书，对照自己管的患者病情，准备好明天主任查房提出的问题。我一般要晚上12点后睡觉，早上5点就要起来看书；要想成为一位名医，年轻时一定要打好扎实基础。当时我决心要比别人多用几倍时间，把内科诊断学和内科学主要的病弄懂记下来，可以经常学习。由于自己刻苦努力，科里组织对疑难杂症讨论时，我总是抢着发言。主任听了我的发言，表扬我，夸奖我，说我准备充分，有水平。"

　　李泉水说："内科医生一般对心脏病的听诊存在畏难情绪，感到头疼的事，认为心脏病比较难学，听诊难掌握，难以过关，而我在一段时间里就把心脏听诊作为攻关来学，对每个心脏杂音的病人都认真听，反复听，仔细领会每个瓣膜杂音出现的部位，分清收缩期和舒张期的不同表现，分清各种先天性心脏病杂音的部位和性质。听完后提出自己的意见，再请上级医生和主任来听，看自己听对了没有，如果他们发现自己听错了，我就不厌其烦地反复听，体会杂音是怎么样的。由于我认真对待这件事，三年来基本上掌握了各种心脏病的杂音和听诊经验。"

第十章　聆听教诲攀高峰

1. 特殊的使命

李泉水在心血管内科行医很顺手，虽然年轻，经验少一些，但医学基础很扎实，所接诊的患者疾病都看得准，诊断准确，所开处方都是对症下药，科主任对他考察了两年多，都夸他是有作为的年轻医生。

李泉水是做一行爱一行的。经过这几年的内科坐诊积累了很多的临床经验。他不断地践行着自己的诺言，决心做一个受病人喜欢的好医生，被他看过病的患者都反映他看病认真仔细，待病人如亲人，态度温和，是一位好医生。

正当他埋头专注内科工作时，一个他意想不到的事情发生了，就是院领导决定改变他的专业，让他开始学习一个他从未学过，也从未干过的专业。

1981年10月的一天上午，他刚到诊室坐诊时，就接到通知，叫他到院长办公室去，到了院长办公室，院长龙怡道满脸笑容地对他说："李医生，这几年你大学毕业到医院内科工作做得很好，大家反映你是一位好医生，现在医院到了一台进口B超，是高端医学诊断仪器，技术含量很高，需要一位善于学习肯钻研的年轻医生来使用。院领导研究，决定由你来使用。这是院党委对你的信任。"

李泉水听了院长的话，感到对这台诊断仪器很陌生，又喜又惊：喜的是院里对自己的信任，惊的是这么高端诊断仪没听说过，没见过，更没学过。所以只是笑笑，没爽快地答应。

龙院长问："怎么样？有困难吗？"

泉水回答："我在大学里没学过，现在院里也没有一个指导老师，怕做不好，心中没底。"

见此，龙院长又说："这是高端医学诊断仪，全国也是刚开始从国外引进这项技术。我们这台黑白B超是从日本进口的，你是院里医学基础理论和基本治疗知识很扎实的年轻医生，院里经过反复考虑，认为你善于刻苦钻研，对诊疗技术精益求精，喜欢学习新的科学技术，所以，你是最合适的人选。"同时，他又说，你能把这项新的医学技术学到手，用于临床，提高诊断效率，是对医学的一大贡献。

李泉水听了龙院长的话，感到不好推辞，心里仍然热恋内科，说："我只是不懂，没有学过。"

龙院长接着语重心长地说："B超诊断谁都不懂，这是世界上新开发出来的医疗诊断技术，只能挑选一位有钻研精神，特别有事业心的年轻医师做这项工作。这项新技术，不但要在本医院开展，还要在全省推广和运用。这是组织对你事业发展的重视和培养，相信你一定能学好，成为全省顶尖B超专家。"

龙院长最后几句话对李泉水有很大的震动力和感染力。他意识到，院长这么语重心长的话，充分说明这是组织上交给自己的一项重要使命，应该无条件接受。

李泉水虽答应接受任务，但心里还恋着心血管内科，心想："我在内科工作表现很突出，得到老师和病人好评，年年被评为先进工作者。"

龙怡道中午下班，恰好碰上交通医院的曹秋平医生，她是在二附院的实习医生，是李泉水的恋人。她美貌大方，活泼聪颖，龙院长便叫住小曹开玩笑说："这真是李泉水的缘分！"曹秋平不解其意地柔声问道："龙院长什么好事？"龙怡道便将上午与李泉水的谈话内容简单说了一遍，说李泉水一心热恋内科，他表面接受任务，但思想还没通，希望小曹吹吹风。

曹秋平听了后高兴地说："这是好事，龙院长关心他培养他，应该感到高兴！"

龙怡道说："对呀！你小曹聪明，一听就理解。"

曹秋平接着说："不过龙院长，从我接触中了解到，李泉水这个人一旦他对内科入了迷，就很执着，他现在在您手下干得很顺手，感情上舍不得离开内科。而B超呢，是一项新的医疗技术，从未学过，而我更未见过。要让他从头学起，会有点难度。"她便问："龙院长，是否院里一定要他接受这个任务？"

龙怡道院长说："你说的我很理解。因为这是一项新的医疗技术，将来应用到临床上，具有广阔的前景！李泉水是最适合的人选，年轻，基础扎实，善于刻苦钻研新技术。这项技术目前在我们医院开展以后要推至全省，我要他成为全省顶尖B超专家。"

小曹听后立即表态说："您龙院长这么关心我们年轻人，我一定去做劝说工作，泉水一贯很听您的话。"

龙怡道又开玩笑地说："爱情力量比我的话更有力量！"小曹边走边说："他更听您的话！"

再说，李泉水从龙院长办公室出来，回到坐诊室，整理并收拾属于自己的东西……

下午，他照常去看病。过了一会儿，导诊护士带来一位男性病人，指名要李医生给他看病。李泉水一如既往地为他看了病后，又看了几个病人。这又勾起他对内科的热爱，他非常喜欢内科工作。他刚坐下，下班铃响了……

他回到医生办公室，心情有些波动，开始高兴，而后又失落。高兴的是龙院长说了鼓舞他的一席话，失落的是他将离开火热的岗位，离开朝夕相处的同事，便给曹秋平打了个电话。

而曹秋平知道今晚泉水会和她说到工作变动的事，便有思想准备。

她刚想到这里，电话铃响了，秋平拿起话筒逗他说："怎么？今晚没病人，早点回家。"

泉水说："今晚没病人，我有急事！"

秋平回答干脆："急事，哪有病人重要啊？"这句话是泉水常常对她说过的话：每当秋平有急事约他时，他都说："你的急事要让路，我这里病人重要！"

秋平放下电话心想：他真的相信我的话，如今晚不做通他的思想工作，就把龙院长交给她的任务耽误了！于是她拿起电话温柔地问："你现在在哪？"泉水答："我在病房。"

秋平问："几点回家？"

泉水迫不及待地说："好好好，我晚上早点回家，在公园门口见。"

晚上7点，公园的凳子已无空位，一对恋人便走到湖边角落里一块石板上坐了下来。李泉水便把龙院长动员他去学B超的事说了，急着要秋平给他拿主意。秋平反问他："你自己的主意呢？你怎么回答龙院长的？"

泉水说："我见龙院长语重心长地对我说，就勉强答应下来，但我还是想做内科的工作，我太爱内科了！"

曹秋平转过头仔细看了看泉水：憨厚脸上，显现出男人的敬业和执着，富有内涵的眼光里透出一股帅气，她的心灵深处涌现出李泉水那专注而奔波创业的形象，她一路见证了他从大学到二附院，又从二附院回到大学锤炼，之后又转回到二附院，一步一个台阶，一个台阶又一个台阶垒就了一层梯，是组织上培育的一棵苗子。她又想到龙院长对她说的一席话，是那样的沉重，故她斩钉截铁地说："我认为龙院长的话已经说得很清楚了，要把B超从本医院扩展到全省，要你做全省顶尖的B超专家！你现在要刻不容缓坚决果断地到龙院长面前再表个态：坚决服从组织需要，接受院里交给的任务！这样，龙院长就放心了！"

李泉水听了曹秋平的话后，脑子更加清醒，认为她的脑子比自己更敏捷，反应更快，想到她在自己心中的重要位置。李泉水想，虽然自己当时对院长交代的任务没讨价还价，但作为一名共产党员，在组织领导面前表现迟钝，觉悟不高，组织观念不强。

经曹秋平的点拨，李泉水发现了自己的软弱，就是党需要的时候容易成为感情的俘虏！泉水敢于剖析自己，坦诚地说出自己的缺点。

曹秋平见泉水敢于正视自己的不足之处，更加爱慕自己的爱人，包括肉体与精神。

第二天上午8点，李泉水和正常上班一样，端端正正地坐在龙院长对面，说："龙院长，昨晚我想了一夜，觉得自己太软弱，感情色彩太重，只想到自己热爱内科，而当组织需要我时，不敢挺身而出。现在我向龙院长表态：坚决服从组织需要去学B超，把B超推向全省，做个顶尖B超专家！"

龙怡道站起来握住泉水的手微笑着说："好样的！说明我没看错人，我等你的好消息！"

2. 初始学B超

李泉水初始看到一台小仪器很陌生，既无书本论述，又无老师教学，更没在大学里学过，这和打仗一样，既无战书解读，又无教官指导，面对茫茫的一片山地，敌人在哪里？怎么打？这就需要战士有智慧，有胆量，有勇气。

而这时临战的李泉水就显得有智慧，有胆量，有勇气，他是战士兼指挥员，他有他的秘密。

他开始坐机时，买了一块猪肝，里面放几个从外科医生做胆囊手术时取出的结石，看显像结果，发现仪器可显示出结石的大小，呈强回声，后方有声影。这时他想到肝内胆管、胆囊、肾脏等部位结石都会出现类似回声。

他初次检查时遇到一个肝脓肿病人，超声检查显示肝右叶出现一个低回声，部分无回声肿块，后方回声增强，边缘不光滑。病人主诉：近一周时间，肝区不舒服，他结合病史，诊断为肝脓肿。临床医生根据超声报告抽出200毫升脓液，觉得B超能清楚显示出肝脓肿，能帮助医生做出诊断，故增加了学B超的信心。

李泉水从一块猪肝嵌了几个小石子能显示图像得到启示，又从对一个肝脓肿的患者进行认真检查、细微摸索、勇敢实践，觉得B超能清楚显示出肝脓肿，解决了诊断问题。因此，他学习B超的信心更足了。感到要尽快学好这门技术，首先必须要把解剖学学好。比如"要知道胰腺有没有问题，必须要熟悉胰腺在人体的部位，形状大小，知道前后左右的关系，要知道怎么样看肾脏和肾上腺，应该清楚地知道解剖位置。"于是他不怕辛苦，就和学校解剖教研室管尸体解剖的技术员联系，利用晚上时间到尸体解剖室看死人身上肝左右叶位置、毗邻关系，胆囊位置，胰腺头部、体部、尾部等位置的毗邻关系，双肾形状，具体位置，附着肾上腺形状和大小，最后仔细看子宫附件在女性盆腔部位的形状及大小。

研究B超检查怎样的切面能显示清楚，能在死人身体标本上看到各种脏器？这里有个疑点，故第二天上班时叫学生睡在床上进行B超检查，将显示的图像进行对照。这样，反复看解剖并对照检查病人，很快掌握了人体B超检查的部位，显示出肝脏、胰腺、肾脏、肾上腺等部位的真实正常图像。他说，我记得第一次发现胆囊结石，心里有点怕诊断错，诊断了胆结石，外科医生就要决定给病人做手术。于是，他反复问病人有什么症状，叫了几个实习同学检查胆囊，发现正常的胆囊内呈无回声暗区，胆囊腔很清晰，就大胆诊断为胆囊结石，结果得到手术证实。

在这里，读者还记得李泉水读大学时上到解剖学部分，那206块骨头分布在人体躯干、上身、下身及头部和四肢，"解剖学难记"的声音盖住整个教室吗？可现在，他不声不响地独自一人利用课外时间、晚上时间进入解剖室熟读背诵了一个多月。但这次熟读背诵要联系电脑的功能。把这些骨头及其在人体上的位置背熟了，又为学医打下了坚实的基础。

现在他学B超了，又再次独自进解剖室复习人体标本的各种脏器，读者朋友，你胆敢独自到解剖室去吗？不论白天或晚上，你能一个人在那里待哪怕一小时吗？李泉水为什么敢呢？所以，做学问也要勇气！做学问深层次的苦与甜，李泉水最清楚。

李泉水还说到有一位男性病人。他说，因血尿到泌尿外科看病，医生开了肾输尿管膀胱B超检查，我第一次发现肾脏肿瘤，心里没有把握。为了对病人负责，我请泌尿科主任一起来看，先把一侧正常B超给他看，再把有肿瘤的肾检查图像给他看，我向外科医生说考虑肾恶性肿瘤，请结合临床建议做相关检查。患者做了相关检查，最后根据B超报告进行了手术，病理证实是肾透明细胞癌，最后，该病人转肿瘤科治疗。

这个病例提醒了他，只要检查出来有病变的病人，他都要和临床医生取得联系，请他们看看，让他们谈谈看法，最后作出诊断。李泉水通过一个个病人手术对照，不断提高了诊断信心，越来越对B超产生了兴趣，爱上了超声专业，觉得超声是一门新的技术，显示出了独特效果，能直接显示出病变。学好这门专业可以挽救很多人生命，能为人类做出巨大贡献，是多么光荣神圣的事业！他暗暗下定决心一定要学好B超，做个受人尊敬和敬佩的超声医生。

由于李泉水认真检查，细致摸索，谨慎地配合外科医生共同观察图像，得出一致意见，再进行手术治疗，使病人在医院像经历一次安全的旅行。这样，就把医生的风险降到零度，也就是零风险。

李泉水从一块猪肝开始学B超，到熟练地用B超对病人的腹部脏器进行诊断，包括肾上腺、胰腺的诊断，并主动联合外科医生、泌尿科医生协同作战，显示了医院已对疾病展开全面攻势，围歼病人身上的毒瘤，彰显了李泉水有智慧，有胆量，有魄力，并且具有用B超诊断疾病的能力。

"虚心求教"，"不耻下问"谁都会说，但到了实际工作中，却并不容易做到，遇到关键问题不能做出精确诊断，因而也就成不了好医生。而李泉水学技术、做学问，对老教授、老前辈，甚至同行们肯问、肯学，不怕丢面子，把点点滴滴的时间，点点滴滴的机会利用起来，学到了知识，武装了自己，丰富了自己的知识宝库，最终成了真才实学的医生。

3. 主攻B超仪

80年代前，医学科学发展受到限制，医生对许多疾病检查诊断感到困惑，比如对心脏疾病主要通过临床听诊、X线和心电图检查，当时算是高精仪器，如要确诊一个复杂先天性心脏病人，一般的医院无法解决，需要到大城市的大医院才能做心血管造影，从而作出诊断。而此时的临床医生被捧为神医。

其实心导管造影检查对患者存在不应有的创伤和风险，但在那时患者必须接受这种治疗方式。因此，患者的希望却成了泡影。

李泉水作为二附院的医生，目睹这些农村患者几经曲折转到了大医院，却不能得到有效的治疗，花了大笔的钱，还没有保住生命。想到自己父母的不幸去世，对这些花了钱没能保住生命的患者表现出极大的同情心。眼下有了先进高端的B超诊断仪器，他拼命地学习，刻苦地钻研，凭着"不到长城非好汉"的决心和雄心，把这一世界现代医学先进技术学到手，用于临床救治病人，就是对医疗卫生事业的伟大贡献。

1997年8月15日，南城县农村有一位25岁的男性患者，身高182厘米，体重182斤，是身强力壮的彪形大汉，每次挑担都在200斤以上。但有一次在田里割稻，挑了200斤稻谷回家，没走几步就倒下了，身上直冒冷汗，眼前一片黑暗。

家属雇人把他送到县医院抢救，但医生发现心率加快，有粗糙的心脏杂音，颈部血管搏动厉害，本医院不能救治，就用救护车直接送到江西医学院二附院。到了二附院后，B超科李泉水见病人危急，极速开机检查，经过细致检查，很快发现主动脉窦瘤破入右室流出道，室间隔膜部缺损，窦瘤破裂口2厘米，导致了右心衰竭，下肢水肿，腹水，诊断为先天性心脏病主动脉窦瘤破裂并室间隔缺损。临床医生接到超声诊断报告，立即进行了急诊手术，手术中所见病况，和超声检查结果完全吻合，医生做了手术后，患者如同重新获得生命一样。住院半个月，痊愈出院。

事后，医生们和家属都深情地说："如果没有B超精确诊断，光靠临床听诊、x线和心电图检查，甚至到大医院做心导管造影，这种病也难以确诊。所以是高科技医学诊断仪救了患者的生命。"

由此说明，一般临床听诊，x射线和心电图检查，不能做出复杂心脏病的诊断，只有高端医学仪器才能做出精确的诊断。而高端的医学仪器，需要具有高端医学技术的医生来驾驭。当我们分享到这高端医学科学先进技术时，不能不佩服这位苦孩子出身的大学生李泉水医生的智慧、毅力和坚强，在很短时间内自学成才，掌握了这门先进医疗技术，成为患者的福音。

再请读者来看看这个复杂的病例，患者被病魔折磨了10多年，非常痛苦，手中掌握着先进医疗技术的李泉水是怎样解救这位患者生命的？

江西省鄱阳县一位35岁的农村男性患者，姓徐，因劳动时心慌呼吸困难，双下肢浮肿，多次在当地医院住院，利尿治疗后症状有所缓解，但下田劳动就反复出现上述症状，而且下肢浮肿一次比一次严重。患病3年后，即1980年从县医院转到江西医学院第二附属医院内科住院。住院期间做了心电图和胸部x片及有关化验检查，心内科诊断为风湿性心脏病：二尖瓣狭窄并关闭不全。住院半个月后症状基本消失，出院回家。但常年和农田打交道的农民，一到家哪里闲得住？住院耽搁10多天，想到庄稼要料理了，杂草长满了地，就去地里铲草，认为这下可好了，我有强壮的身体来使家里生活更加富足；妻子也高兴地从妹妹家接回来两个孩子，又忙里忙外地把家里整理干净；婆婆带着大孙子也从学校回来，一家人又欢聚一堂，家里也热闹起来。

患者徐先生在田地里干了七八天的农活，又出现上述症状，且一天比一天严重。初始也就去县医院开了一些药服了，认为老毛病就是这样。他还是坚持下地做事，但他呼吸困难加剧，仍去本县医院治疗；治疗稍好转了，医生就对他说，你是省医院看的病还是去省医院仔细检查一下。于是1994年10月26日他又到了省二附院内科检查，住院一个星期，检查的结论仍是风湿性心脏病。这样在二附院先后住院3次，钱花了不少。

1996年4月，这是患者徐先生第4次去江西二附院，仍去内科。他对科主任医生说："请医生仔细检查一下，我到底得了什么病？"这次主任医生才开出了去B超科检查的申请报告单。

李泉水接过家属手上的申请单，微笑地先认真听了患者主诉，然后拿起了挂在胸前的听诊器，习惯地用右手掌去擦摸了一下，给他心前、背后仔细听诊。再让他睡在床上开始B超检查，心想这是一位复杂的心脏病人，从B超显示看，各瓣膜厚度正常，开放关闭无异常，左右心房明显增大，心包增厚，心脏舒张明显受限，下腔静脉扩张，肝淤血性肿大，二尖瓣区听到收缩期杂音，是关闭不全引起的。故B超声报告：缩窄性心包炎。

李泉水看着超声报告，心想要治好心脏病，必须由心外科做心包手术，把增厚的心包切开。他检查完后，就联系心内科主任，叫他一起来看超声显示的心脏图像。

心内科主任看了心脏图像后，就请心外科主任会诊，然后由3人反复讨论，同意超声报告结论，决定转到心脏外科，执行手术治疗。手术中发现心包增厚像鸡蛋壳，心包脏层和壁层严重粘连，限制了心脏舒张，要做心包剥离。

心脏外科做了剥离手术，一周之后患者再到B超科做超声检查，心脏超声显示：心脏舒张收缩恢复正常。复查时医生问患者，他说："现在没有什么不舒服。"3个月后又到超声科检查，完全康复，患者高兴地说连上楼梯都不会喘气了。

最后，病人带来了感谢信和农产品，激动地跪在李泉水面前说："李医生，我这次来不是做检查，是感谢你救了我的命！我生病10多年，钱花了几万元，都在死亡线上挣扎，曾经想过一死了之。但看到3个小孩和老母亲，心想，我不能死，妻子一人忙里忙外，实在是苦了一个女人。如果没有您准确诊断，我也没有这条命！我全家一辈子都要记住您这个大恩人！"并把感谢信和农产品送到李泉水手上。

这时候的李泉水被面前激动的场面一时惊住了，眼睛模糊了，脸上挂满了泪珠，立刻去扶他起来说："救死扶伤是我做医生的天职，看到你身体健康了，心里就满足了。感谢信我收下，农产品带回去，你还要补补身子。"

4. B超全覆盖

自1981年10月江西医学院第二附属医院有了第一台B超以来，仅仅3年多时间，B超在临床中越来越显示出强大的生命力。至1985年初，全省各级人民医院都相继购进了B超。

而江西医学院第二附属医院内科医生李泉水，自1981年10月接受了B超工作以来，拼命学习，刻苦钻研，在一无教本、二无老师、三无B超基础（指没有培训过）的情况下，自强不息地苦学苦拼，把一台高端先进的医学仪器从生疏到熟悉，从不懂到懂，从不会操作到熟练地应用于临床，解决了许多用x线、心电图和心导管无法诊断的疾病，把一些疑难病症都精确无误地诊断出来，乳腺癌肿块处于3毫米以下的微小状态时，通过化验或CT等检查手段不易发觉，而超声检查能显示出肿块呈低回声。

李泉水的敬业精神和对B超技术精益求精的态度，使超声工作取得很大成绩，院长龙怡道极其欣赏李泉水的才华，经常向省卫生厅汇报李泉水在医学工作，特别是超声在临床的应用中起了很大作用。

随着李泉水钻研B超技术的不断进步，促使他积极地向二附院龙院长和卫生厅领导提出建议，举办全省B超培训班。他说："自从开展超声检查以来，医院心脏手术的病人越来越多，全省找我会诊的疑难病人不断增加，我想要尽快地让B超技术在全省推广，使更多病人能在基层医院得到及时诊治。"此举引起省卫生厅领导对B超工作的高度重视，把超声培训工作委托二附院来承担，指定由二附院超声医生李泉水具体负责。

李泉水接受了笔者采访时，他是这样回忆省卫生厅举办超声进修班的过程，他说："全省超声人员进修班（即培训班）是1985年3月15日开始办的。为了办好进修班，龙怡道院长非常重视，召集了医院科教科开会，强调一定要解决进修人员的住宿和伙食，学习班需要的教学模型如心脏和肝脏标本亲自批准，派人购买。第一期学习班结束亲自征求学员意见，总结经验，问学员有没有存在不足之处，我们要想尽一切办法把省卫生厅交给的任务完成好，为江西卫生系统培养出更多高水平的超声医生。龙院长多次在医院大会上表扬了李泉水，鼓励李泉水要把进修班办成品牌。"

所以，他作为龙怡道院长的学生，他矢志为江西省卫生厅树一个品牌而努力奋斗。

当时处在20世纪80年代，各项事业都在谋求高科技来发展自己的行业，省卫生厅积极引进世界先进的科学技术来武装医疗卫生事业，全省各级医院都在陆续购进超声设备，但缺乏B超的高端科技人员。厅长周标对二附院崭露头角、具有高超超声先进技术的青年医生李泉水如获至宝，亲自找李泉水下达任务。

李泉水接着又说："当时江西省卫生厅周标厅长看到全省各级医院陆续开展超声这项新技术，但没有这方面的医生，有的医院购买的B超仪器没有人用。为了加速开展B超检查，提高对病人疾病的诊断水平，决定由江西医学院第二附属医院李泉水医生负责开办全省超声人员进修班。周厅长找李泉水说："这个任务交给你能完成吧？"李泉水高兴地说："厅长这么信任我，看重我，我要克服一切困难来完成，请厅长放心！"

周厅长反复鼓励李泉水说："来进修的都是不懂超声的医生，学完结业回去就要单独开展这项工作，学的好坏卫生厅要下去检查，诊断符合率是否很高，这个担子很重也很光荣，拿出你平时刻苦学习精神和一丝不苟的工作态度，肯定能出色地完成这项艰巨的任务。"

李泉水聆听了周厅长的一席话，胜似水库开闸放水，一发而不可收。他全身都是无穷尽的力气，几乎忘记了自己的家庭，想一鼓作气地把B超技术在全省普及。李泉水回忆说："我除了将技术教给每个学员，还要求学员回到单位遇到不能解决的问题，及时通过电话联系，也可以让病人到我这里来会诊。"

他身为进修班的班主任，不仅要授好课，还要自编教材，进行课外辅导。他的课外辅导就是利用周末休息时间，独自乘坐汽车或火车深入到基层人民医院，"帮助解决B超检查中遇到的疑难问题"。那时不是双休日，是单休日。从省城坐火车或汽车到县城要有怎样的周密计划，才能准时到达目的地完成"辅导"任务，给基层人民医院排忧解难。他共跑了15个县，有时候一个周末要跑3个县城，在那进修班培训时期，李泉水超负荷工作，几乎把全省80多个县，用亲自下县或电话联系问询的方式，将"辅导"B超检查情况落实得清清楚楚。

"功夫不负有心人"，仅仅在3年内以进修班的班主任身份，竭尽全力编写教材，系统授课，实现了他的"争取理论和实践相结合，把超声技术在全省基层医院推广"的夙愿。从此，超声技术在江西医学临床上的应用越来越广泛，起着其他医疗仪器不可替代的作用，有力地推动了江西省医疗卫生事业的发展。

　　1998年12月，江西省卫生厅厅长周标在一次总结会上说："我省超声技术能有今天这样迅速地发展，要感谢两个人：一个是江西省二附院青年超声医生、共产党员李泉水，他接受和实施了省卫生厅交给的任务，以超声进修班班主任的身份，以一日千里、勇往直前的气概，发扬了千里马精神，在短短3年的时间里培养了500名超声医生，为国家积累了一笔可观的财富。另一位是江西医学院第二附属医院院长、共产党员龙怡道，他在做好本院工作的同时，接受卫生厅的委托，为超声进修班提供培训场地、计划实施、后勤保障，兢兢业业，克己奉公，以身作则，圆满地完成了超声培训任务，谱写了伯乐相马的新篇章，发现和培养了青年医生李泉水这位千里马，使超声技术人员覆盖江西全省的基层人民医院。"

第十一章　跨马千里扬鞭梢

1. 轻车驾彩超

李泉水举办江西省超声进修班几年之后，他不仅是江西医学院第二附属医院的内科医生和超声医生，更是全省超声界闻名的"班主任老师"。这种"班主任老师"的称呼，既是超声老师更是超声知识和超声技术集于一身的教授，说他是"班主任"因为他是超声学生的组织者、指导者和教授者。所以，他是江西省超声界的"鼻祖"。

李泉水看病，不仅仅是为了使病人解除痛苦，恢复健康，还注重研究患者为什么会产生疾病，有了疾病要怎样医治，没有疾病要怎么预防，始终保持健康的生活。他既是医治疾病的践行者，又是预防疾病的宣传员。他既是医治疾病的研究员，又兼医治者与研究者的双重身份。患者喜欢请他看病，因为他看得细，诊断准，梳理清。所谓梳理清，就是在看病过程中要讲清病因，说清病理，什么样的病要及时就医，及时做手术。

1988年11月1日，江西医学院第二附属医院首次购买了彩色多普勒超声诊断仪（简称彩超），它是黑白B超的孪生兄弟，但彩超比黑白B超更清晰，可以看到血流，能检测胎心和脐动脉，分辨率高。所以，驾驭彩超对于李泉水来说是轻车熟路。

1988年12月6日，心血管内科收到一个20多岁的男性患者，是较复杂的心脏病人。患者发热一个多月，面色苍白，人消瘦，做过听诊检查，心前区有杂音，X片见左心室扩大。经过院内扩大会诊，仍难以诊断出什么病。

随后，心血管内科申请彩超检查。李泉水接诊后，彩超清楚显示：主动脉右冠状动脉瓣（简称右冠瓣）脱垂，舒张期脱至左室流出道，严重关闭不全，右冠瓣有两个米粒大小的赘生物。彩超检查后报告：急性感染性心内膜炎，右冠瓣赘生物并右冠瓣脱垂，主动脉瓣重度关闭不全。

心血管内科医生见到彩超检查报告，马上请示科主任，科里研究，立刻制定治疗方案，按彩超报告"急性感染性心内膜炎"进行治疗，对症下药。不久，感染很快被控制住了。

病情稳定之后，心血管内科就将此病人转到心胸外科在体外循环下进行了主动脉瓣置换术：手术中见到右冠瓣断裂脱垂，瓣膜上见到两个3~4毫米的赘生物，随即进行了主动脉瓣置换术。外科手术非常成功，病人经过住院12天恢复，治愈出院。

如果用黑白B超检查，显示不出瓣膜反流信号。只有李泉水细心操作的彩超，才把这个心脏病检查得一清二楚。故彩超的诞生和应用是患者的福音。

读者看了上述报道，很难理解医学诊疗的生僻词句，更难理解白衣战士的艰辛劳动。这里，作者不惜笔墨，和读者分享医务工作者的良苦用心。

其实，李泉水从彩超上诊断患者患有严重感染性心内膜炎，心理负担很重，诊断时脑子里就闪出三个科室，即心血管内科、超声科和心脏外科：（1）心血管内科是消炎；（2）超声科是诊断；（3）心脏外科是手术。在这里很明显，超声科（彩超）是主帅，指挥，其他两科是治疗，干将。三个科室自然形成一个团队，要攻下患者这个"急性感染性心内膜炎"，三个科室必须协同作战。

他知道置换瓣膜需有序地做好下列工作：第一，心血管内科要清除炎症，炎症没有消除，就不能做置换手术。第二，炎症控制住了，心脏外科就立即做心脏瓣膜置换手术。第三，这是"急性感染性心内膜炎"，如果心血管内科炎症没有控制，一旦感染心脏其他部位，那是前功尽弃，这是慎之又慎的手术。第四，心脏切开要换瓣膜必须要做体外循环，这正如电工要在高压线上换电线一样，如不把电流接通，那高压电流就要中断，人的生命就结束了。第五，手术中见到右冠瓣断裂脱垂，瓣膜上见到两个3~4毫米赘生物，即进行了主动脉瓣置换术，手术成功。第六，切除瓣膜上的赘生物也是慎之又慎的手术，因为"赘生物是瓣膜发炎化脓在细菌刺激下不断包裹细菌形成的肿块"，坏的瓣膜切除时要特别小心，要防止赘生物脱落。

这个病例让人们看到什么是医生？在行医的实践中，他们的言行举止都与病人生死存亡相关，医生的职责是让病人恢复健康，把枯萎的小草变成春天的风景。他们不仅用医术救治病人，更是用道德，用精神，甚至用肉体去医治病人的创伤。

这个病例让人们知道先进的科学技术是社会发展的动力，高端的医疗设备是人们健康的伙伴。社会发展给人们带来更加幸福生活的同时，又滋生各种疾病，而且趋于复杂化。像这个20多岁男性青年患者的心脏病，如果没有彩超检查，对他这样的病只能雾里看花，医者痛在心里，爱莫能助。

李泉水说："1988年在江西全省首先开展彩超对各种疾病的检查，解决了很多急慢性复杂疾病的诊断。"经过一段时间实践后，他又果断地说："彩超应用于临床后，发现了不少先天性心脏病。"他又总结出很多病例，告诫医者和患者，一旦发现，要不失良机，就要及时进行手术治疗。他说："我检查心脏病人都要再三向病人及家属讲清楚病变程度和手术时机。"

2. 智谋攻难症

彩超的临床应用解决了很多疑难杂症。什么是疑难杂症？就是难以诊断的病，有的疾病会出现一种假象，像小孩捉迷藏那样转弯抹角，躲来躲去难以定性，让医生难以诊断的病。医师看病如同电工高空作业，稍不认真，在上面操作的工人摔下就成了事故。

有一次，李泉水接诊一位30多岁男性患者，肝脏出现一个1厘米左右的肿块，CT考虑是肝血管瘤，但不能确定，通过各种化验均无异常。他熟练地采取超声造影，应用灌注模式，B超显示图像是肝癌，超声诊断报告为小肝癌。

然后，他在超声引导下进行穿刺活检，证实是肝细胞癌，外科医师大胆采取手术疗法。手术成功，使病人获得新生。

由此，李泉水通过实践，从彩超显示对一些不同寻常病症采取相关方法进行治疗，获得成功，积累了经验。故他大胆地在江西医学院第二附属医院开展了大量的超声引导下的介入治疗。例如，对一些肝癌手术后复发的和转移性肝癌，他都采取用超声引导下注射无水酒精的治疗，取得一定疗效。

李泉水说："以前对肝、肾、胰腺等先天性囊肿的治疗，一般都采取手术手段，手术治疗总会给病人带来一定的痛苦，而且手术治疗费用较高，不少病人难以接受；应用超声引导下抽液硬化治疗，病人不需要住院，费用不到手术治疗费的1/5，很受病人欢迎。病人注射硬化剂之后，囊肿可以完全消失。使病人花少量的钱，既看好了病，恢复了健康，又不因一人生病花钱太多而影响家庭正常生活。"

1990年11月6日，江西省南丰县一位85岁的女性患者，肝左叶有一个8×11厘米大的囊肿，上腹部明显见到球样鼓起，因病人年纪大，手术治疗会有一定风险，况且病人和家属都不同意手术治疗。

这位病人是农村妇女，因身上长了巨大肿块，食欲很差，人也消瘦，行走困难。在当地医院住院较长时间，都没有治好，家里几个儿女很着急，觉得妈妈吃了一辈子苦，应该让妈妈安享晚年生活。故急切要求从县医院送省医院检查治疗。在家属的再三要求下，县医院派医生送到江西医学院第二附属医院普外科。普外科接诊后，科主任开出B超检查申请单。

李泉水从彩超检查中发现患者肝左叶有一个112×108毫米大小的巨大囊肿，占据了整个上腹部，胃严重受压。普外科主任也亲自看了彩超，认为囊肿这么巨大，要进行手术治疗难度很大，病人年纪大，又瘦得皮包骨，麻醉这一关就很难通过，而且可能需要输较多血，治疗费用要花好几万元，风险很大。但家属一再恳求医生，一定要千方百计治愈他们母亲的病。

外科主任感到为难，便和李泉水商量，是否由超声科采取抽液硬化治疗。李泉水反复考虑，同意外科主任意见：采取B超引导下抽液后注射无水酒精硬化治疗，这样对病人更安全，同时可以为病人节省一笔钱，当时估计只要300元。

但是，李泉水又觉得这么大的囊肿抽液硬化治疗在江西省内是首例，在国内也没看到过这方面的报道，心里不踏实，于是又叫病人家属带去做心电图，测量血压，结果均属于正常范围。

这时候的李泉水在掌握了这些数据之后，便大胆地进行无水酒精治疗。他说：“当我准备好一切之后，便开始消毒，然后在B超引导下抽出500毫升淡黄色液体。”接着他又反复注射10毫升无水酒精冲洗，抽干净后再注射15毫升无水酒精予以保留，起着硬化作用。一切做完之后，让病人卧床30分钟。当时她感觉身上舒服多了，再给她测量血压和心率，均属正常。

然后安排病人住在门诊观察室进行观察。到第二天见病人很正常，就由家属护送她回家，治疗费用只花去300元，并要求她过两个月再来院复查。

过了两个月，患者女儿告诉医生，抽液回家后像换了一个人似的，走路轻快多了，吃饭胃口好，饭量增加一倍以上。复查体重增加了5斤，囊肿缩小到45×40毫米。

第二年，病人又来医院复查，囊肿又缩小到10×15毫米，完全恢复了健康，和正常人一样。

所以，有的病看来复杂可怕，难以治疗，但只要诊断准确，对症用药，技术精益求精，像这样大的肝囊肿，仅花300元就治好了。

这天，病人几个子女都陪她到医院，非常激动地送来了感谢信，对医生表示深切的感谢。病人含着热泪拉着李泉水的手说：“我痛苦地熬了几年，是您救了我的命，是我的救命恩人，真是人民的好医生，我们全家人都永远感谢你！”

3. 雄心担大责

李泉水是一个最肯担责的医生，他不论在普通医生的岗位上，还是在主任、学会会长的领导岗位上，都是以身作则，身先士卒，坚守岗位，尽心尽责地做好自己的工作。

他看病最讲究责任，对病人极端负责的精神常常受到患者和同行的赞扬，病人都喜欢找他看病。他不仅工作尽职尽责，还十分关心体贴病人，常常遇到患者开药付钱时，身上钱不够，就从自己口袋里掏钱来借给患者，当患者来还钱时，他却说："我自己都忘记了，你还记得这么牢！"有几次遇上生活艰难的患者，买药付不起那么多钱，他就掏腰包给付了。事后当患者送钱归还时，他坚决不接受，患者说："李医生，我看病怎么能让你给我付钱？你借钱给我已经很好了，怎么不收我的钱？"李泉水同情地说："你有困难，作为医生，应该帮助你。"那位患者当场激动地流出了热泪，依依不舍地离开了诊室。

把事业心、创业心、学习的进取心集于一身的李泉水，发扬千里马精神，日夜兼程，勇往直前，不知疲倦地奔向事业和学业的最高峰。他有伟大的抱负，坚贞的毅力，又有"千里之行，始于足下"的信念，把零星的时间，细微点滴的收获积累起来作为基石，成为"全省顶尖B超专家"。

他发现患者病情较重、对治疗自己疾病缺乏信心时，就运用精神疗法细心开导病人，让病人树立起与疾病作斗争的信心。他每天接诊病人时，发现江西省农村患心脏病的人比较多，便向患者及其家属宣传先天性心脏病的危害，要掌握时机及时治疗。

他在《回忆录》中这样写道："从检查患者先天性心脏病时，我就认识到先天性心脏病掌握好手术治疗时机很重要，我检查心脏病人都要再三向病人及家属讲清楚病变程度和手术时机。作为一名医师就要对每位患者高度负责，使他们懂得手术时机的重要性，医师的使命就是要使经过自己医治的病人能够恢复健康。"他说："江西医学院二附院对我这种工作态度和对病人极端负责的精神给予高度评价。"

李泉水的这番话，是他从自己医学实践中总结出来的肺腑之言，也是他向医者们喊出的逆耳忠言。李泉水把"经过自己医治的病人恢复健康作为医师的使命"，提到"高度负责"上来认识，成为是他的经典名言。他的高尚医德得到了江西省卫生厅和江西医学院的充分肯定。1994年被评为江西省卫生厅特殊津贴获得者，选为硕士生导师，超声科主任，教研室主任，同年又被医学院评为江西省高等院校中青年骨干教师，医学院科技新星。1995年4月，被医学院破格晋升为教授和主任医师。

为了攻克心脏病，江西省首先在二附院开展房间隔、室间隔缺损和动脉导管未闭在食道超声引导下封堵。李泉水对封堵有严格的要求，提出封堵前，内科医生必须了解房间隔缺损的准确位置，了解房间隔缺损病人是否适合封堵。由于李泉水开展了经食道超声心动图检查，很多房间隔、室间隔缺损和动脉导管未闭的病人免去了开胸手术治疗而进行彩超实时引导下的封堵治疗。

李泉水开展了彩色多普勒检查技术，从全局高度非常重视临床应用，提高了对各种先天性心脏病的诊断，开设的研究课题"彩色多普勒对先天性心脏病血流动力学变化研究"获得了江西省卫生厅科技成果一等奖，江西省科技成果三等奖。

李泉水研究学术用于临床，而临床又体现着医生的医术。他常关注基层医院遇到的难题，这个难题就是超声医生不知道怎样鉴别，鉴别诊断是超声医生重要的医术。于是，他想到要提高超声医生的诊断水平，应该克服困难，主编一部《现代超声显像鉴别诊断学》。

怎样写好这本书？他请了全国著名超声专家、同济大学同济医院原超声科主任张青萍教授一起担任主编，组织了10多名有丰富经验的全国超声医学专家参加编写。经过艰苦努力，李泉水和同行们在短短两年内完成了130万字的书稿，由江西省科学技术出版社出版，面向全国发行，得到全国超声工作者的高度评价，被评为华东地区图书二等奖，成了他们离不开的工具书。

李泉水从青年恋上B超起，心里一直装着江西超声技术如何发展、提高的宏愿。愿望多多，也就奖项多多。仅1998年这一年，就收到5个奖项：1998年4月，在中国超声医学工程学会40周年大会上被评为优秀超声工作者；1998年5月，被评为江西省高等院校中青年学科带头人，学校优秀共产党员；1998年9月，被江西超声医学工程学会评为江西省突出贡献超声专家；1998年12月，被光荣评为国务院特殊贡献专家，享受国务院政府特殊津贴等。

第十二章　日思夜想为病人

1. 发明造影剂

李泉水从1981年10月起开始学B超至1990年，仅8年多的时间，就已快速成长为江西省顶尖B超专家。1990年后，几乎每年都上了一个台阶，诸如破格晋升为副教授和副主任医生、教授和主任医生，江西医学院科技新星、江西省高等院校中青年骨干教师，江西医学院优秀研究生导师等等。这引起江西省医学界的关注，师生们、同行们都投以敬佩的目光。李泉水从事超声医学工作18年，呕心沥血，兢兢业业，马不停蹄，奋勇直前，开创了江西省超声医学工程的崭新局面，创造了许多可歌可泣的业绩，在创业的路上仍然挺起腰杆，甩手大干。

熟悉李泉水的亲朋好友和同行们，从关心爱护出发，劝他应该保重身体，歇歇，您成就有了，名也有了，科学发展无止境，搞科研太累了，凭您一个人能撑起一片天吗?

但李泉水认为：我所走过的路程，所干的事业，只是给人民做了点事情，为国家做了点贡献，但党和政府给我的荣誉更多，我成绩的取得是和党组织的培养、老师和领导的教诲、同事的帮助和支持分不开的，应该感谢他们。我还要以更加努力奋斗的精神来回报党和人民。

现在他正在研究心脏病的课题，特别对先天性心脏病的诊断尤为重要。以往研究主要依赖彩超，但经过多年的实践，发现彩超对心脏内有无右向左分流，分流量大小显示不清楚，其直观性和准确性不如心脏右心超声造影。

为了能使心脏病人在手术前用上安全有效的右心超声造影剂，李泉水花了多少个日日夜夜，跑图书馆找资料，绞尽脑汁，才发明了无任何副作用的维生素B6加5%碳酸氢钠混合液。而以前要看心脏右向左分流的疾病，只是采用双氧水右心超声造影。

根据临床和资料证实，双氧水超声右心造影有许多弊端，双氧水溶液进入人体后，用量过大会对人体造成损害。尤其是有右向左分流的患者及婴儿患者，氧浓度过高对人体具有毒性作用，而且有一种叫过氧化氢与氧自由基合称为活性氧，它们在缺血再灌注损伤机制中起重要作用，使之产生负面影响。所以从静脉直接输入大量的过氧化氢对先天性心脏病患者有潜在的损害作用。

因此，使用双氧水溶液进行右心声学造影检查时，必须严格计算剂量，以免过多的双氧水进入人体而使机体受到损害。

临床应用双氧水右心室造影又有一些并发症的报道，患者会出现头痛、麻木等症状，严重的还会出现栓塞和出血，导致一过性失眠等。

此外，双氧水溶液也不是临床上的常用药，特别需要时要专门采购，保存时间又短，对病人和用药医院极为不便。

李泉水详细研究了双氧水用于右心声学造影会造成机体损害，副作用大。据此，他认为要选择一种效果好，副作用小，不需要特殊保存，购买方便，价格又低的右心超声造影剂，经过实验室和临床试验，在全国还无先例的情况下，率先研究出了维生素B6加5%碳酸氢钠混合液。其化学反应原理是酸碱中和反应释放出二氧化碳，反应的实质就是维生素B6中的分子式（HCL）与碳酸氢钠发生酸碱中和反应释放二氧化碳。维生素B6与碳酸氢钠结合在一起反应释放二氧化碳的过程是一个反应速度轻、恒定的过程，如果不用力振荡，需要20~30分钟才会达到最大气量。因此，在进行右心声学造影检查时，即使混合药和推药速度稍慢也不会明显影响造影效果。产生气泡量大，效果非常好。

那么，维生素B6加5%碳酸氢钠混合液与其他右心声学造影剂相比较，有哪些优点呢？李泉水说："①药物来源方便，适合各级医院普及使用，是临床最常用药。②价格便宜，为患者节约资金，创造出良好的社会效益。③操作简便。剂量固定，无需计算计量，也不需要临时配置，无论成人还是小孩都可采取静脉推注维生素B6300毫克和5%碳酸氢钠溶液4~5毫升即可进行右心声学造影检查。④产气速度快，产气量大，造影剂气泡密集，可清楚地显示出造影负性显影区，其高峰持续时间足以完成所需观察的内容。⑤毒副反应小，并发症少。经实验证明，维生素B6加5%碳酸氢钠发生反应的原理就是酸碱中和反应，并未涉及维生素B6结构的改变。因此也减少了因发生复杂的有机反应而产生的不良反应危险性。在用于右心声学造影剂检查的各种气体中，二氧化碳在血液中溶解度最大，消散速度最快，因此在血液中也是最安全的。在临床所有右心超声造影病例中尚未发现使用造影剂有任何不良反应。

李泉水公开宣布：我们发明的这种造影剂被推荐到1997年在南昌召开的全国超声心动图学术会议上作专题报告，受到与会代表们的高度评价。报告论文于1999年在《中国超声医学杂志》上全文发表。同年李泉水被评为江西省科技成果三等奖。还有15家医院为了更快地掌握这项技术，都请他去他们医院讲课，进行现场操作演示。很快这项技术就在全国各级医院得到普遍推广应用。

2. 神医的来历（一）

李泉水从医为人的道德和功夫都被病人赞不绝口，每当病人被治愈后，都感恩医院，感恩李泉水，饱受疾病折磨痛苦的患者甚至跪在地上对着李泉水说："李医生，是你救了我一条命，我们全家永远感谢您！"有的患者几经周折才找到李泉水，最终李泉水把他的病诊断清楚，治愈回家，他脱口而出说："李泉水是'神医'！是好医生。"

他们为什么这样说呢？李泉水从医几十年，脑子里都铭刻着"救病人"的意愿，不论何时或走到哪里，"病人"的影子就跟随到那里。他曾这样说过："我作为一名医生，日思夜想都是为病人。"自他从医出名后，找他看病的人越来越多，而这时候的他，更没有了自己的休息时间。他的医术高明，精益求精，别处看不准，诊断不了的，到了他的手上，哪怕3毫米左右的肿瘤都能通过超声都给你查得一清二楚。

同时，他的敬业精神更不在话下，不管病人是否拿到挂号，都是有求必应。常常中午或下午已下班，走在回家路上，只要有病人来求医，并说明从远在外省坐火车误了时间，他就放弃回家吃饭，返回诊室给患者看病。在旁的工作人员说："你也累了，一个上午看了30个病号，该吃完中饭下午再来。"他却说吃饭没关系，人家不远千里来找我看病，不能让病人失望。

等看完了这个病人，另一个千里之外的患者又来了。结果，这天下午两点钟才回家吃饭。

他的学生熊华花说："我清楚地记得，有一天快到中午下班时间，一个患者在检查室门口请求李教授给他的孩子做个心脏彩超检查，他们明显地来自乡下，父亲很难为情地说孩子心脏有问题，他很着急，可是他们没有钱，工作人员跟他解释已经下班了。李老师忙完手上的工作，听到这种情况后，说，算了算了，我来给他免费加做一个吧。就这样，老师加班免费给那个孩子做了超声检查。在平时工作中，只要患者来请老师做检查，无论有多忙，老师都从不拒绝，尤其是对那些家里经济困难的，从市外甚至省外特意赶过来请老师会诊的患者，老师总是热情地及时为他们解决问题。老师这种怜悯体贴、全心全意为患者着想的仁爱之心，一次次地打动着我，潜移默化地影响着我，在我从医的道路上他像一盏指明灯指引着我前进的方向，以一个个实际鲜活场景引领着我体会怎样才算是一位好医生，这比任何言语都更深刻。我明白了高超的医术更要以为患者着想的仁爱之心为基石，才能成为一位好医生。"

一切为了病人，病人至上的观念，不是现在才有，早在他刚走上医生岗位时都是这样做。一次偶然的机会，作者和他夫人秋平主任聊天时，她讲过这样一个小故事：那一年，曹秋平与李泉水恋爱关系确定时，约定星期天上午，李泉水要去拜见她母亲。但到了10点半，李泉水突然来了电话说："有病人，在看病。"小曹说："不是约好了上午去拜见我母亲吗？"泉水回答干脆："病人是上帝。"小曹又说："是你自己约定的时间！"泉水又回答干脆："取消！"作者问小曹："那你肯定很生气吧？"小曹微笑地说："我原谅了他，他心里装的全是病人！"

1990年9月20日，一位19岁男病人，高中毕业考上南昌一所大学，全家非常高兴，在农村家摆酒设宴。但他刚上大学两周的一天晚上，身体出现发冷发热，腹部疼痛。在学校医务室服药一周不见好转，老师和同学把他送到江医二附院。临床值班医生检查发现他左腰部叩击痛明显。经CT检查报告，左肾肿瘤不除外肾癌，需马上住院做手术。这时老师告诉他父母：CT检查考虑肾肿瘤，如果是肿瘤要把左肾切除。父母听了医生的话马上晕倒在地。然后他们拜托医生一定要诊断清楚，哭着说："儿子是我们的命根子，没有我儿子，我老两口也不活了！"

对此，医院很重视，立即通知学校，学校派来负责人和医院泌尿外科主任商量，决定全院扩大会诊。李泉水参加了会诊，他提出先做B超检查，看看再说吧。B超检查发现左肾上腺皮质内显示有一个约两厘米的低回声肿块，后方回声增强，边缘血管扩张，基本上像早期肾脓肿。于是，李泉水不同意做手术，建议消炎后一周再复查。泌尿外科主任根据李泉水超声诊断报告，采取消炎治疗，三天后病人腰痛明显好转，继续消炎7天后，B超再检查，肿块缩小了一半；半个月复查，肿块完全消失了。这个消息传到他学校，惊动了学校领导和师生，学校领导与家长分别送了感谢信。病人父母紧紧地拉着李泉水的双手激动地说："李医生，我们真感谢你！你真是一个神医！"

3. 神医的来历（二）

20世纪80年代末，当时江西全省虽然举办了基层医院超声人员学习班，但有些超声医师对复杂的心脏病还是不敢诊断；进入90年代后，许多心脏病人还是送往江医二附院来诊断。这使李泉水又想到全省基层医院超声诊断水平亟待提高，但要有一个过程。

由于面广，二附院超声科技术力量有限，李泉水又出一招，开通了与基层医院超声科的绿色通道，基层医院超声科只要有难以诊断的病人，而又一时无法送往二附院的，就用电话联系；如果遇到确实很复杂先天性心脏病，在电话里指导。对方还是检查诊断不了的，再送往二附院超声科由李泉水亲自检查诊断。李泉水认为这种方法虽然费力一点，但为基层医院减轻了负担，更为病人节约了看病费用。

1995年10月，李泉水就遇到过这样的先天性心脏病人，下面是治疗经过。

患者是11岁的农村男孩，患先天性心脏病，动脉导管未闭，活动后感到气闭，容易感冒，不爱运动，小孩父母亲带他到县城医院做彩超检查，超声医生诊断为房间隔缺损。基层医院超声医生拨通绿色通道电话咨询李泉水，说患者右心室肥大，肺动脉扩张到39毫米，左心室也增大。李泉水说："我叫他看看我主编的《心脏超声鉴别诊断学图谱》，对照书上写的房间隔缺损，心脏的变化。"对方看了书说，房间隔缺损左心室不应该增大，而该病人左心室也增大，所以可以排除。李泉水又再叫他看看降主动脉和左肺动脉之间有没有导管相通？他说看得少，没有经验，似乎有导管，但没有信心肯定诊断。

于是，李泉水叫他做一下右心室造影，采取维生素B6300毫克加5%碳酸氢钠溶液4毫升，摇一摇从左手静脉推注进去，看左右房室出现气泡情况。

他说，造影只显示右房室，肺动脉出现大量微气泡，左房室没有气泡。

李泉水又叫他再做一次造影，主要看肺动脉气泡有没有通过动脉导管到降主动脉一直到腹主动脉。第二次造影明显看到了肺气泡进入了降主动脉，延伸到腹主动脉。李泉水又叫他明确诊断先天性心脏动脉导管未闭。

但县医院不能做这种手术，故管床医生和超声医生一起陪病人及家属来到江西医学院第二附属医院。患者住进了二附院心脏外科。

李泉水重新给患者做了超声检查并做了右心室造影，证实基层医院超声诊断是正确的。但见较多微气泡进入到降主动脉，而左房室没有气泡。因此，李泉水考虑肺动脉高压比较严重，提出不能马上做手术。

因此，患者就转住进心内科，治疗肺动脉高压。

患者经过半个月治疗，待降肺动脉高压治疗后，再进行右心室造影，见肺动脉到降主动脉微气泡明显减少了，证明肺小动脉没有硬化，可以进行动脉导管结扎手术。

于是，患者又转到心脏外科。这个手术，一般心脏外科医生担心手术中会出现意外，要求主任亲自做。为了预防万一，外科主任对手术特别重视，严格观察病人血压和心率及呼吸情况，一边结扎，一边看病人的病情变化。结果，发现变化不大。

最后，李泉水建议结扎掉动脉导管！外科主任主刀，麻醉科主任参加麻醉，大家紧密配合协作，工作有序进行。

所有在手术台上的医生都提心吊胆，怕肺动脉高压出现意外。候诊在手术室外的患者父母心跳得厉害，全身冒汗，生怕手术不成功，失去儿子。

手术室的气氛十分严肃，大家屏住呼吸，室内寂静得一点声音都没有，只听见闹钟的嘀嗒声。

不一会儿，手术室传出手术完成的声音。这时大家才松了一口气，病人从手术室推出来，主刀主任微笑地向病人父母报告："手术非常成功！"那一刻，他们都高兴地跳起来，说："太感谢你们了！"

心脏外科主任说，应该感谢李泉水主任，没有他准确的诊断，我们是没有胆量做这台手术的，最好手术前要做心导管测量肺动脉压力，要增加很多费用，病人还要多受一次创伤。

病人出院时，其父母等家属都称赞李泉水医生是个神医，双手捧着一面锦旗，对李泉水说："您真是我们全家的救命恩人！是我们老百姓的好医生！"

4. 开局闯新路

李泉水身处二附院，眼观全省基层医院超声发展状况，需要再闯一条新路。他坐在小小超声仪器旁，发现基层医院超声对心脏病的诊断率仍然很低。认为，作为二附院超声科应主动担当起对基层医院超声医生培训和技术指导的任务。

李泉水列出了三条意见：

首先，要加强举办学习班，尽量多招收基层医院超声医生来科进修，采用多讲课、多示教、多指导的方法，增加超声知识，提高技术水平。他说："特别要抓住每个病人血流动力学改变，提出超声检查主要切面，老师讲课要鼓励学生一定要多提问，发现学生没有掌握的，必须要反复讲。直到学生学懂，能操作为止，所以要加强老师责任心。"

其次，要召开每年一次的全省超声人员学术会议。会议要从临床出发，了解基层医院最需要解决什么问题，组织专家在会上讲深讲透。要求参会代表多提问题，并把在工作中遇到的难题提出来，让大家互相交流、互相讨论，从理论与实践的结合上得到提高。

再次，他说："我正着手主编一本《心脏超声鉴别诊断学图谱》，邀请全国著名超声专家编写。为了使这本书达到国内一流水平，请全国超声心动图主任委员、中国医学科学院北京阜外医院超声主任、博士生导师杨浣宜教授和我一起担任主编，教授、博士生导师王新房、邓又斌、智光、简文豪等担任编委。"

这本书写出了特色，写出了水平。李泉水与杨浣宜等亲密合作，完成了一部全国极具特色的实用专著。

他在回忆录中说：

本书采取了独特的写作方法，把多种相似的疾病作了横向比较，纵向比较是"一病多图"的描述，而横向比较则为"不同疾病似一图"的鉴别描述，超声图像横向诊断可以避免许多误诊，要求更高一层。十几位全国超声专家从自己几十年的临床经验出发，抓住实用和需求两个主题，从诊断中较难鉴别问题着手，采用不同于一般超声诊断学的写作方法，既兼顾了心脏病超声诊断的系统性，又以心脏疾病血流动力学改变为线索，着重于有某些相同超声心动图疾病之间的改变而进行横向比较，不同的心脏疾病，可出现相同的血流动力学变化。

例如左室容量负荷加重，可由二尖瓣关闭不全、主动脉瓣关闭不全、室间隔缺损、动脉导管未闭等导致。这就需要在纵向鉴别的基础上进行横向鉴别，超声检查均可显示室间隔缺损，即出现多病一图。

又如主动脉位置异常可有法洛四联症右室双出口、左室双出口、大动脉转位、永存动脉干，超声检查均可显示室间隔缺损，即出现"一病多图"的描写，而横向比较则为不同的疾病一图的鉴别描述。因此超声检查就需要进行横向鉴别，需寻找心脏的最佳切面，以便显示最突出的不同点。

　　本书应用"比较影像学"详细介绍了以图像对比进行的相互鉴别，能拓展读者思路，加深理解，增强记忆，提高读者对疾病的鉴别诊断能力。同时为了便于读者理解，配了许多丰富的超声心动图图像和表格，有的图像极为罕见，也许是第一次出现。图下方有详细的文字解释，达到了图文并茂的效果。

第十三章　换巢筑新谋发展

1. 为了再创业

李泉水从事超声医学20年，至2001年已是享受国务院政府特殊津贴的专家，江西省高等院校中青年学科带头人，江西医学院优秀研究生导师。同时，又连续当选为江西省超声医学工程学会会长，江西省超声医学会超声专业委员会主任委员，超声学会工作又干得红红火火。正当他埋头研究超声医学工作时，却发生了一件意想不到而又改变他人生的大事。

事情是这样的，深圳市是国家改革开放的前沿，深圳市第二人民医院是三级甲等医院，具有高端的超声诊断仪器，急需要引进一名在国内具有一定知名度而又有管理经验的学科带头人。

深圳二院院长陈如山四处物色，都找不到合适人选，故于1997年底在武汉参加全国学术会议时，向大会主委会负责人请求，给他推荐一名50岁左右的超声学科带头人。这个主委会负责人便向他推荐江西省的李泉水，并说他是最适合的人选。

回到深圳，他经过了解，认为李泉水教授在全国算是年轻的专家，对科学技术钻研性很强，在甲状腺、乳腺、心血管、肝胆胰脾、肾输尿管膀胱等超声检查方面有很高造诣，超声诊断水平很高，在大学附属医院担任了10多年学科带头人、科主任、教研室主任，所领导的学科是省里重点学科。所以，他下定决心，花代价也要把他引进到深圳市第二人民医院（简称深圳二医院）。

深圳二医院想调他为学科带头人，李泉水当时根本不想离开江西，认为自己是江西这块热土培养长大的，应该为江西人民服务。故他对深圳二医院的几次电话都没有明确答复，也没有向本医院院长汇报。

但深圳方面要人有股磨劲和韧劲，从1997年12月起，院长陈如山多次给李泉水打电话，鼓励他到深圳工作，说深圳是国家改革开放的前沿，只要有志气、有能力，敢想敢拼，一定能干出一番伟大事业，多少国外有才华的年轻人宁愿放弃岗位上的优越待遇，选择到深圳来创业。

同时又怕李泉水不相信他们的话，就把飞机票买好，请他到深圳实地考察。第一次买了飞机票，李泉水没有前往，第二次又买好机票，再次发出邀请。盛情之下，李泉水只好应邀赴深圳。那是1998年1月的事情。

通过这次参观考察，李泉水亲眼所见亲耳所闻，发现深圳确实变化很大，到处都是热火朝天、生机勃勃的建设景象，他感慨万分，对陈如山院长的盛情邀请表示衷心感谢，但回江西后还是没有肯定的回话。

陈如山决心要把自己物色到的人才要到手。又向李泉水爱人发出到深圳考察的邀请，认为夫人做丈夫工作希望更大，并发出了商调函。

回到南昌，李泉水和夫人曹秋平都赞叹深圳建设的大好形势，但要立即离开家乡和亲人却有太多的东西难以割舍！夫妻一致意见：暂不离开江西。

1998年10月，深圳二医院领导未见回复，很是焦急，研究决定向李泉水的儿子发出来深圳参观的邀请。他们认为对他儿子进行攻关，效果可能更好。他儿子李皓，是江西医学院临床系的大四学生，毕业后可到深圳二医院工作。但李皓也没有回函。

1998年底，李泉水一家三口又被深圳二医院请到深圳市参观考察。深圳二医院见其儿子参与其中更为高兴，认为青年人接受新鲜事物更快。果真如此，当李皓一看见深圳市欣欣向荣的景象就被吸引了，心情激动，按捺不住内心的激动，当场向深圳二医院领导表示要做好父亲工作。深圳方面表示信心很足，认为李泉水入深圳指日可待。

半年多以后，由于这次参观的影响，李泉水思想变化很大，由不愿离开江西，转为决心离开江西到深圳去发展学术研究：攀登科学高峰，这是他从小就立下的志向，一直想寻找一个能够发展自己学术研究的更大空间，搭上一个平台，使千里马插上翅膀飞向天空！这是他藏在心底里的秘密。现在这心底的秘密被揭开了。

这时，他便鼓起勇气向院长龙怡道提出：同意深圳二医院的引进，要求调入该院做超声学科带头人。

早有思想准备的院长龙怡道没听完李泉水的话，就说："我不可能把你这样的优秀人才放走！请安下心来支持我的工作。"

李泉水本想说明，这是深圳方面想引进人才，机会难得……但见院长的表情，想到自己是在他身边成长的，就把话搁在喉管里，没有坚持自己的意见。

他思前想后，认为应当尊重老院长的意见，仍默默安心工作。

1999年初，深圳二医院院长陈如山见没回复，又来一招，把医院人事科长派驻在南昌，经常来做李泉水和夫人及他儿子的工作。

李泉水出于礼仪，认为对方真诚，便去找医学院领导看看，再回答对方。但医学院主要领导明确表态："学校是不会随便放你走的，你是江西省委组织部直接管理的著名专家，要调走至少要主管副省长批准，除非有充分理由对学校能做出特别的贡献。"这样，这件事又搁下来了。

但深圳二医院得知情况后，心情更为焦急，一定要想尽办法，把李泉水调来工作。

到这时，李泉水一心想再创业，理想与现实难以面对，五味杂陈，进退两难，在十字路口徘徊。

最后，他深层次理解了医学院主要领导的话，眼睛突然亮了起来，即刻大胆地向深圳二医院领导提出，与江西医学院联合办学，把深圳二医院作为江西医学院的教学基地，同意江西医学院每年安排学生到深圳二医院实习。那李泉水呢，继续招收江西医学院的硕士和博士研究生，并接受江西医学院一些优秀毕业生来医院工作，与江西医学院签订协议。

李泉水的建议，首先得到深圳二医院的采纳。同时深圳二医院向江西医学院院长发出邀请函，邀请他们到深圳考察洽谈。

江西医学院领导再三考虑，认为能在深圳开发教学基地，对本科生实习教学和研究生培养有好处，还可以请李泉水回学院为学生上课。这样做，对医学院学生的培养有益，可以走出江西到发展最快的深圳实习和工作，这是一条可以探索的路子。医学院根据李泉水的请求，和二附院院长商量，最后决定批准李泉水调入深圳二医院工作。

深圳二医院迅速为李泉水办完了市局各级审批手续。同时又安排人事科的3位同志提前到南昌，2001年12月30日，办好了李泉水调出的一切手续。

当天上午，李泉水和夫人及家属被接到南昌机场，但他上机走至机门时，突然抬头仰望着英雄的南昌城，向她告别，带着奋斗与执着，把热爱与感恩留给了家乡。

2001年12月31日下午，李泉水一家人踏上了深圳市美丽的土地，受到深圳二医院陈如山院长一行的热烈欢迎，并设宴招待。

李泉水拉锯式的工作调动拖了3年之久，就这样完美地落下帷幕。他再创业的愿望才得以实现。

2．关爱谈家常

入住这一天，正遇上李泉水感冒，精神疲乏。但当他上楼进了医院给安排房子时，兴奋地说："到自己家了。感谢院领导在院内租了一套130多平方米的过渡房，不然还要住宾馆。"曹秋平说："院长想得周到。所以，调动工作、搬家租房是很麻烦的事情，女人喜欢过稳定的日子。"

李泉水微笑地说："这点他们早有准备，对他们来说是小事，是后勤工作的事，对我们来说是大事，否则，请我们来，一家人没个窝，那怎么行呢？"

然后一家四口回到新房聊天，轻松地谈谈家常，泉水和儿子坐在沙发上，秋平和母亲坐在另一条沙发。李泉水见家安顿好了，非常高兴，本来感冒身体不适，到深圳市受到第二人民医院院长的热情款待，工作劲头被激发了，巴不得现在就去医院上班，所以把感冒忘了，还是岳母万冬秀说了一句："泉水，今天你累了，又是感冒，早点休息！"

　　这话提醒了曹秋平，说："妈，你不说，我忘记了。"便对着丈夫说："泉水，那你先服药。"

　　泉水微笑地说："我好了，身上没什么不舒服。"岳母微笑地说："想去上班了？"

　　秋平亲昵地说："他呀，他一想到工作就没病了。"她把脸转向丈夫加强语气说："你快把药服了去！"

　　泉水看着妻子微笑地说："真的，似乎感冒好了，服什么药？"

　　这时坐在边上一直没说话的儿子李皓说："爸爸，好在昨天妈妈给您打了一针，否则还上不了飞机。"

　　外婆接着说："你妈妈那一针打得快，不然看你爸爸那样子是上不了飞机。"

　　李皓又说："爸爸，现在稍好些，药还是要服，明天你还要去医院上班。"

　　泉水轻松地微笑着面对妻子、儿子和岳母，不在意地说："其实，我感冒是好了，你们要我服药，我就服。不把药服了，你们不放心。"

　　李皓笑笑说："您看，妈妈手上拿着药片端着开水，手也酸了。"泉水这时"呀"的一声："我怎么没看见！"

　　秋平严肃认真地说，"我对着你！还说没看见？"她话一出口，泉水显得有点窘，于是大家都笑了，泉水笑得更美。

　　"儿子比你懂事，晓得心疼妈妈，您还说没看见。"秋平笑着，边说边站起来，把药和开水端在丈夫面前，说："你是家里的主心骨，大家都围着你转，要看重自己身体。赶快服，早服早好。"秋平挨在丈夫身边，又说："感冒好了，工作就有精神。"

　　秋平母亲脸上还带着几分笑意，为女婿解释说："他虽对着你说话，但心思包括眼睛都在彩超上。"

泉水还有点窘的样子，说："我没注意看。"他刚说出口，大家又笑了，他自己也捂着脸笑。

秋平说："他呀，人在家里，心早飞到医院去了。"她马上转了话题，说："事情告一段落了，再休息两天。"

3. 去留话深圳

现在李泉水已坐在深圳市创业的平台上，勾起了3年前自己是去深圳好，还是留在江西捧热土好的一段艰难而醇美的回忆：

1997年12月16日。这天上午，李泉水在上班，接到深圳二医院的函，要把他引进到医院做超声学科带头人。

李泉水把这封函的字里行间看了个仔细，有惊有喜，有点坐不住了。他想，这事可能院领导知道，也可能不知道。

中午下班回到家里，见到妻子曹秋平，高兴得跳起来，爆出蕴藏在心中的特大秘密，让曹秋平母女傻眼了。小曹放下锅铲，由母亲接着继续炒，就坐在丈夫身边陪着他说话……

夫妇俩情绪稳定后，秋平问泉水："你想过没有？医院能放你走吗？"泉水说："我从看到函后，一直到下班的路上都在想这个问题。"

秋平说："这是个大事，你想想看，现在你不是一个普通医生，是二附院的骨干，不，还是医学院、卫生厅的骨干，得到医院重用的人才。"她稍停顿了一下，接着说："你在医院干出了很多成绩，但领导也很照顾我们，首先分给了一套145平方米的房子。"

李泉水虽给学生上课讲得头头是道，但对于家事的处理全听妻子的。有时即使想到一点，也没妻子想得那么全，所以他很佩服妻子。他常常在妻子面前夸她："这些我全不懂，要听你的，你怎么说，我就按你说的做。"他不仅在妻子面前夸妻子，在朋友、同学、同事面前也都常夸妻子能干，说："我的妻子也是大学毕业，是很优秀的，样样都会干。"

秋平听了丈夫一番夸她的话，微笑地说："你有自知之明。不过很多方面我都听你的。"她见母亲等吃饭，就说："有时间再讨论。"

晚上夫妻俩又说开了。秋平母亲万冬秀觉得新鲜，也坐在边上听，有时也插话。

秋平继续说："我总觉得难度大。"

李泉水说："下午我也反复想，医院、医学院和卫生厅都不会同意放我。同时，从感情上我也离不开他们，我是在医院、医学院、卫生厅的领导眼皮底下成长起来的。说实话，我从小失去父母，他们是我的再生父母，感情太深了！但是，我酷爱技术，决心再上一层楼！我心里很矛盾，离不开他们！"

他眼眶里滚动着泪珠。

第二天晚上，曹秋平对泉水说："还有个重要问题你考虑了没有？我是在南昌长大的，所有的亲戚朋友、同学都在南昌，可以互相关照，日常看病什么的，他们都找我们。还有你老家那些兄弟姐妹、亲戚朋友，虽然县城离南昌那么远，但总比深圳近多了，方便多了。你能说要走就走吗？我妈妈可以带去，但那么多亲人，那么多亲戚朋友可以带走吗？"秋平讲得实在，讲得动情。

老母亲万冬秀坐在边上，听女儿说了这些话，不断地点头说，秋平讲到她心里去了，说："秋平讲得好，其实我也不愿离开，从小在南昌长大，生活习惯全是南昌的。如真的要走，秋平可以跟你走，我留在南昌。"

李泉水听了岳母的话，立马从沙发上站起来说："那怎么可以？我走到哪里，把您带到哪里。您和我的亲生母亲一样！"

岳母听了女婿一番话，动情地擦了擦眼角的泪水，微笑地对秋平说："那就谢谢你了！"

最后，大家意见还是留在南昌好。

不过，说到深圳，是全国首批开放的城市，大人、小孩都知道，而且实行改革开放，深圳发展变化很快，经济快速增长的神奇故事不断传到内地，故深圳成为人人向往的地方，全国各地都纷纷组团，一批批去参观考察。

从1999年1月开始，李泉水更了解了深圳，更认识了深圳，想到创业要有个空间。平心而论，就全国目前情况看，要创业就要去深圳，深圳有着广阔的空间，空间大了，境界自然也就高了，学术研究的天地也就更高了，就可"任鸟飞"了：他的超声技术不仅与国内频频交流，而且也可与国际广泛接触、交流。

在深圳二医院的再三催促下，李泉水才向江西二附院写了报告，但他碰了钉子。

曹秋平见丈夫去二附院领导那里碰了钉子，思想包袱很重，提不起精神。

于是，为了支持丈夫再创业，过了两天的一个晚上，曹秋平打听到龙怡道院长在办公，就悄无声息地到了院长办公室。她轻轻地敲了三下，院长开门微笑地说："我猜，肯定是你，傻丫头。"

院长是长辈，叫她傻丫头，是对晚辈曹秋平的爱称。

寒暄之后，院长先切入主题："小李说我批评了他吗？"

"没有，没有，是我今晚专程来看望您。"曹秋平微笑地说。龙怡道说："小曹，你很聪明。"

秋平说："我要感谢您，一辈子都要感谢您，您做了我们的证婚介绍人，我有了这么美好的家庭，做什么事都是幸福的。"

"李泉水是我们医院、医学院难得的人才！"龙怡道对她敞开心扉说："说老实话，作为一院之长，要考虑全院的工作，有了李泉水在我身边，工作就多一份力量！你看，他所做的事，所学的超声影像诊断技术，都是自己钻研的。好医生，我们医院很多，但技术精湛全面，像李泉水这样的医生是难得的人才，卫生厅周厅长也是这么看的。"

曹秋平插话说："没有您龙院长手把手地教诲，泉水不会成长得这么快。"

龙院长插话说："我承认对李泉水是手把手教的，我手把手教的医生不止李泉水一个，李泉水是其中最优秀的一个。不过，这话只在这里讲，不然会伤了其他医生的积极性。"他说得有点动情，赶快去抹自己的眼角，免得在小辈面前失态。

见此，曹秋平看出了龙怡道院长心底里对李泉水的感情，其他话就不说了。

这时，曹秋平坦率而谨慎地说了几句话："现在关键是深圳方面盯住不放。泉水一生是酷爱医学技术的。他要有一个技术研究的空间，深圳的研究空间比江西大。这样的机会难得。李泉水能有今天，是您教诲的结果，吃水不忘挖井人，李泉水和我们家人对您一辈子永志不忘。"

龙怡道听了曹秋平的话，深情地望着她，没有说话。

最后他补充说："你要去找一下医学院主要领导。要小李自己去。"

一个星期后，李泉水去找了医学院的院长，回家时似乎身上轻松了不少。

4．贤助断双赢

一天上午，李泉水从医学院回来，对秋平简单地说，医学院领导不让我走，说除非要有充分理由或对学校能做出特别的贡献。但态度比较温和。

妻子听了他的话后，便说："今晚我们开个家庭会，大家商量怎么办？"

晚上，家庭会围绕领导意图展开讨论。曹秋平说，从我接触的领导都对李泉水十分关爱。他们现在是在领导岗位上，面对的是大学的全体老师和医院的全体医生，而不是你李泉水一个人，因此，也不能明确答复是让你走还是硬性地留住你。因为让人才外流，影响学校和医院的发展，职工要骂的。

理解了医学院领导的意见后，曹秋平说："你要调动，必须对学校做出特别贡献，领导口气已经放松了。"李泉水坦率地回答妻子的话："你说讲贡献，我是有贡献的。我这个人对党组织和领导赤胆忠心，所以能得到病人的爱戴和群众的拥护。现在深圳方面要引进我为他们的超声学科带头人，由于两地意见相持不下，可能会引起有关方面和众多同志的误解，以致对事业不利。因此我在家庭会上提出放弃去深圳的想法。我不去深圳，就没有这些烦心事。"

李泉水的话，引发妻子曹秋平和儿子李皓的批评，说他没有正确理解医学院领导的话，朝三暮四的，不是男子汉。

李泉水微笑地说："其实，医院、医学院的领导是很疼爱我的。"

儿子李皓说："我的理解是两院领导还是舍不得你走，你一定要走，必须为学校做一件特别的好事。"

曹秋平笑起来说，你父子这样理解是对的。她说："对于学院领导的意见，我是充分理解的。说实话，没有医学院和医院的培养，没有领导的慧眼，你能快速成长吗？种瓜得瓜，种豆得豆，谁培养了人不想自己使用？我是设身处地地为医学院考虑。"

根据医学院领导的意见，曹秋平又说："我认为深圳二医院应主动与江西医学院联合办学，实行合作共赢，作为江西医学院在深圳的教学基地，将理论与实践、教学与临床、教学与科研、实验与分配有机结合起来，使卫生、医疗事业发展得更快。"

最后，曹秋平说："现在深圳方面发现你这个人才要引进，是形势发展的需要，是社会发展的需要，也是祖国新时代社会主义现代化建设发展的必然趋势。你再不要三心二意，该断则断，大步地走进深圳这座富有活力的城市。"

曹秋平发言后，儿子李皓接着说："我很赞成妈妈的发言。我们不能用老眼光看待新事物，我觉得深圳二医院和江西医学院联合办学，实行合作共赢方式很好。爸爸走进深圳二医院，对江西方面和深圳方面都能作出突出贡献。

李泉水听了妻子曹秋平的发言，感触很深，夸妻子说："你怎么想出来的？合作共赢，联合办学启发了我，我要感谢你！"他对儿子李皓说："李皓支持妈妈意见，说明你懂事多了，看问题有思想有眼力，那我就听你们母子的意见。"由此，他心里踏实了，才大胆地要深圳二医院主动提出和江西医学院按照合作共赢的方式联合办学，对两地都能做出特别的贡献。

5. 超声大发展

2001年深圳二医院的超声科仅有5个房间，6台超声仪器，超声医生10名。随着医学科学快速发展，超声诊断应用于临床越来越普遍，所起的作用越来越显著。

当时深圳二医院陈如山面对超声规模和应用技术的状况，感到迫切需要解决超声学科带头人的问题。

如今，李泉水到深圳市第二人民医院担任超声学科带头人，陈如山院长如愿以偿，就把医院重建超声科的任务交给李泉水，并派他到北京、上海等地最有名气的超声科参观考察。而李泉水刚到深圳本来感冒未好，眼见二院超声科现状，感到重任在身，便马不停蹄，背起行囊，带领有关超声人员赶赴外地参观学习。

李泉水从外地参观回到医院，即把参观的收获向陈如山院长汇报，并写出重建深圳二医院超声科的报告，提出要装修超声检查用房1000平方米，按全国一流水平装修。

当时有些科主任有不同意见，认为现在医院临床缺少病房，给超声科这么大面积用房，简直要办成超声医院了。

但医院领导不顾一些科主任的非议，还是同意李泉水的报告，将1000多平方米的房区划为超声科使用，并按李泉水的要求进行装修。

按照全国一流标准，超声科安装了多媒体屏幕、超声工作站、自动叫号系统、检查报告统一打印等，所有疾病描写采取规范模板。科室详细介绍所开展的项目，将超声检查能解决的主要疾病进行板报宣传，科里超声医师特长通过宣传栏做介绍。检查科室分为介入室、心血管检查室、妇科检查室、腹部检查室和浅表器官检查室等，共22个检查诊室。

科室装修好了，还有两大问题非常棘手：一是需要增加10多名超声医生，二是需要增加10台仪器。这两大问题难倒了医院院长，陈如山问李泉水有什么好的办法？李泉水说出了自己的想法和意见。但眼下按照科室设置，超声医生缺口有10多个人，一下子要这么多超声医生，到哪里去请？李泉水急得团团转，左思右想，夜不能寐，最后向院长提出临聘医生。

陈如山院长很支持李泉水的工作，表示同意他的意见。

李泉水即刻和在江西医学院二附院进修过的医师联系，给他们比内地更高的工资，加上科里的激励机制，按工作量发奖金，实行多劳多得。他们听后同意应聘，这样很快就在内地聘请到了10多名医生。超声医生的问题就这样快速地解决了。

但10台B超仪怎么解决？如果医院应急购买，从申请到招标，到购买到货要近两年时间。这简直是给李泉水设置障碍！当时医院只能购买两台，缺口太大，怎么办？李泉水和陈院长想过几种办法都行不通。一是联系厂家借用10台，双方签好协议，以后招标首先解决，医院领导请示上级部门，回答说国家政策不允许。

二是让公司直接把彩超仪器放在科里使用，效益采取分成。结果请示上级主管部门，也没有批准。

怎么办？这使李泉水感到十分头痛，没想到购B超比招聘医生更难！如买不到B超，医生来上班做什么事？本来这是医院的事，怎么买B超仪也得学科带头人去做？这不是和石匠、木工做房子自带工具一回事吗？

于是，他又想到自己多年的老朋友——深圳市开立科技有限公司董事长姚锦钟，两人是深交，他公司是生产彩超仪器的。李泉水想想没有其他办法，只有向他求助。

李泉水对姚总说："我现在来深圳第二次创业，遇到这个难题只有向你求助，望您助我一臂之力。"还好，老朋友热情地接待了他。但姚总说，一下子无代价给10台彩超仪有困难，提出由医院写张借条，以后购买首先选择他们的品牌，这也是常理。李泉水对第三种方法很高兴，认为开立科技公司是对医院做贡献，老总终于伸出了友谊之手！

但是李泉水没想到的是，医院还是没有同意，理由是上面规定不能认定品牌招标，政策不允许！这等于给李泉水泼了一头冷水——他心里刚升起的一线希望被扑灭了。

李泉水在灰心一闪之后又生出不到黄河心不死的决心：想想当初学B超那么大的困难被我克服了，现正在创业路上，设法搞10台彩超仪这样的困难能难倒我吗？他不甘心，还是去同姚锦钟商量。

他坐在姚锦钟面前，提出："我们凭私人关系，开立公司不要任何回报，我不写借条，你就放置10台超声在医院让我们无偿使用。"

话说出之后，李泉水又想，大家会说我心太狠，这等于是将1台价值几十万元财产无偿送，开立公司能做得到吗？想想，这个办法也很悬！

那怎么办？……

姚锦钟低头沉思，一双眼睛盯着李泉水，没有说话。两人只是微笑。

然后，姚锦钟倏地站起来，紧紧地握着李泉水的双手，哈哈大笑地说："凭您来深圳再次创业的一股韧劲我佩服！我支援你！祝您创业路上一帆风顺！"结果，这10台彩超被深圳第二人民医院无偿使用了10年之久！

10名聘用医生、10台无偿使用的彩超得以实现之后，在医院爆出惊人的新闻：还没履职的超声学科带头人李泉水，可谓一拳打出一片天！让人目瞪口呆！

作为学科带头人，李泉水的工作没有到此结束，他有伟大的宏愿，他的拳头不仅是为了"打出一片天"，而且要打到全国去。他说："所有问题解决以后，我想一定要把科室做大，加快发展，使我们科在深圳甚至全国产生影响。"

2003年6月18日，邀请了中国超声医学工程学会郭万学等6位顶级专家来超声科指导工作，听取他们对科室发展的意见。郭万学会长看到科室的规模和条件已达到国内先进水平，表态说："同意将你们科室作为中国超声工程学会超声人员培训基地，每年开办学习班，招收全国超声学员。"

2003年10月，第1期学习班招收来自全国各地的学员140多名。讲课内容，李泉水根据当前医院超声人员最急需解决的问题，选择了以甲状腺、乳腺和妇产科疾病的超声诊断以及超声介入临床应用课题为主要内容，编写出教材，由老师讲课。同时，还邀请10来位全国教授讲课，把学习理论和实际应用有机结合起来。

2003年10月11日，是学习班举行开学典礼和培训基地隆重挂牌仪式的大喜日子！在开学典礼之后举行了挂牌仪式，中国超声医学工程学会郭万学会长、姚锦忠副会长在学习班开幕式上宣布：深圳市第二人民医院是中国超声医学工程学会培训基地！深圳市卫生局许副局长和医院陈如山院长在隆重的揭牌仪式上接下了培训基地的牌子。学习班的全体学员和医院的部分领导，参加了学习班开幕式和揭牌仪式。深圳特区报、深圳商业报、深圳晚报、电视台多家媒体记者参加了学习班开幕式和揭牌仪式，并进行了现场采访。

第十四章　唤起医界攻"甲、乳"

李泉水到深圳后，发现乳腺、甲状腺、淋巴结等浅表器官及外周血管疾病较多，他把它们作为超声诊断的主攻方向，故成立了浅表器官学会组织。（"甲、乳"是甲状腺、乳腺的缩略语，为方便阅读，本章用了缩略语，称"甲、乳"）。

1. "由不信到信"

李泉水说，科室影响大了，对科室主任来说压力更大。科里技术力量怎么样？新招聘的医生超声诊断能否担当下来？他想，可能还有一个成长过程。他的想法是：我们科超声的技术力量一定要想办法超过别的医院超声科，使患者在别的医院诊断不了，到了我们医院超声科要得到准确的诊断，不能使患者带着痛苦走出医院。

他想，为了达到这个目的，就必须要提高超声医生的诊断水平。怎么去提高呢？他提出三种方法。

一是提高科室医生的事业心和责任心，端正服务态度，使全科同志都发扬救死扶伤的精神，把病人当亲人，千方百计治好病人疾病，做个病人喜欢的好医生。

二是要做到敢于攻克难关，精益求精，坚持每周对疑难疾病的讨论。要认真做好病人随访工作，对自己检查过的复杂少见的病人，每月要坚持雷打不动地进行随访。发现与临床不符的病例要找出原因，进行总结，不断提高诊治水平。同时科里医生要有谦虚的态度，抽出时间到病房征求临床医生对超声工作的意见或建议，以便改正缺点和提高诊断水平。

三是科室人员要有工作热情，坚持加班加点，为病人做检查，要把病人检查预约时间由原来10天缩短至1~2天，在可能的情况下做到随到随检，为临床减轻对疑难病人的积压，做到早诊断早治疗，以解除病人的痛苦和后顾之忧。

李泉水认为科室要做强，关键要有优良的服务态度和过硬精湛的技术。要天天坚持优质服务，时时看好患者的疾病，别的医院做不了的，我们要做得超前到位；别的医院做得好的，我们要虚心学习，做到优质一流。

就在开业的第2天，也即2002年12月1日，一位香港男性患者右上腹部不适，低烧，食欲很差，在当地一家医院做了彩超检查，诊断为肝脏肿瘤，建议再做个CT检查，而香港CT检查要排队一个月，他等不及，欣闻深圳二医院超声科实力很强，而且得知李泉水教授超声诊断水平很高，就急匆匆地赶到深圳。

李泉水听了他的叙述后，立即给他做了超声检查。超声检查显示肝右前叶一个30×40毫米肿块，呈低回声，边缘不光整，后方回声增强，检查后报告："右肝前叶脓肿"。

为了使病人尽快痊愈，李泉水给患者在超声引导下抽出脓液150毫升。抽完脓液，又接着用生理盐水冲洗，装上了引流管，再注射甲硝唑，病人感觉舒服好多。

过了两天，李泉水问管床医生："病人情况怎么样？"医生说体温已经正常了。半个月后，病人再来复查，肝脓肿完全消失，病人痊愈出院。病人高兴地说："还是你们这里技术精湛，服务态度好。"

2004年8月16日，李泉水接诊了武汉市一位女患者，42岁。这位患者特别注意保养身体，在家每半年去医院检查一次。这次检查是一家大医院，做乳腺彩超检查，发现一侧乳腺有个3×4毫米结节，报告可能是良性。她做了乳腺假体手术，不想做X线钼靶检查。

这位女患者为了搞清楚自己的疾病，慕名来找李泉水做彩超检查。李泉水听了主诉后，认真给她进行彩超检查，发现左侧乳腺显示一个4×5毫米低回声肿块，边缘有毛刺状，隐约可显示小钙化，内部出现血流信号，把其分成BI-RADS4b类（美国放射学会提出的报告与数据系统乳腺影像分类）。李泉水考虑乳腺恶性肿瘤可能性大，故建议她做穿刺活检。

但她坚持不相信自己有乳腺癌，说："我祖宗三代没人患过癌症。"她说，她是家里最讲究卫生、注意保养的人，不同意穿刺。

李泉水面对过于自信的患者，不执行医嘱，没有办法。但他从医理念又不能放走任何有病的人，就耐心地对她解释："如果确是乳腺癌还是早期的，能够治好。"她还是不相信，说："我是不相信我有癌。"李泉水温和而又坚定地说："你乳腺这个结节，不像一般的良性结节，为了使你放心，应该穿刺活检。"此时，李泉水心想医生治病是医生的神圣的职责。他下定决心一定不能放她走，把她治好为止。如果放她走了，半年后发展到晚期乳腺癌，后果就不堪设想。

于是，就通知她爱人来取彩超检查报告单。

他爱人来院后，李泉水又再三向他耐心解释，告诉他："你爱人乳腺有点问题，需要马上做穿刺活检，希望你耐心做她工作，叫她不要怕，万一是早期的癌是可以治好的。"

李泉水对病人热爱、关心、温柔的态度，普遍赢得病人的赞扬。而此时面前的患者似乎还没有受到医生情感的感染，但对于他那灼热的坦诚、真切的救护精神有所触动。于是，在她爱人共同耐心地说服下，同意做穿刺检查。最后病理报告出来是："乳腺浸润性导管癌。"

事实胜于雄辩。她不得不承认自己身上有癌！接着医院外科医生给她做了保乳手术。通过治疗，恢复得很好。她微笑地对李泉水说："你真是神医！我没想到这么小的病变，彩超都能诊断出来，现在科学真发达。"出院后，她又介绍了很多患者到深圳二医院找李泉水做超声检查。

李泉水看到这位女性患者身体恢复了健康，带着满脸笑容地走出医院，内心里闪过了一阵幸福感。这个病例告诉我们，作为一名医生，只要有高明医术，能使患者化险为夷！同样说明，像这样执意拒绝医生耐心劝导，不执行医嘱的患者，最后乐意接受治疗，康复出院，显示了李泉水柔软的内心所蕴藏着的力量、果断和毅力！

2. 奋力攻"甲、乳"

李泉水为什么在超声医学领域成长这么快？他从小就有好奇心，对新鲜事物肯问肯钻。他的这个特点，促使他长大以后，特别是走在科学发展的宽阔道路上，像千里马那样勇往直前，钻研技术，不回头。从江西走向深圳，都是一个课题一个课题地有所创新。

他说："我是一名超声医生，怎样提高乳腺癌的诊断水平，使乳腺癌患者能早期发现，早期治疗，是我日夜思考的问题。我在深圳工作一段时间，发现乳腺癌和甲状腺癌病人很多，而这两种癌症的诊断主要依赖超声。我在江西工作时主攻心血管超声诊断，到深圳后，根据临床需要，决心改为主攻浅表器官的超声诊断，尤其是甲状腺和乳腺疾病的研究。"他这种理念，是科学发展观的具体体现，受到当地政府和人民的欢迎。

2005年4月2日，李泉接诊了一位22岁的女性患者，是从北京考到香港中文大学的研究生，通过彩超检查，发现她左乳显示一个8×10毫米肿块，边缘有毛刺，内部见三个钙化点，内部血流丰富。根据彩超显像特征诊断为乳腺癌，病理化验结果是乳腺浸润性导管癌。患者是独生女，是刚考进香港中文大学的研究生，父母听到女儿患癌症，当场昏倒过去。

说到癌，不懂医学的人认为是不治之症，等于判处死刑。但据新的科学发展理念，早期癌是可以治愈的。李泉水见此，当即向她父母耐心细致地解释，最后说："早期乳腺癌，经过手术切除是能完全康复的，不会影响她的生命和事业。如果你们同意在我们医院做手术，我可帮助联系住院，找一个技术水平高的主任医师亲自开刀。"最后在医院做了保乳手术。10多年过去了，每年还来找李泉水作彩超复查，一切都很好。

所以李泉水对乳腺癌和甲状腺癌具有特别的研究。

2005年10月10日，李泉水在会诊一位右侧乳腺癌的28岁女性患者，几家医院检查都认为是增生结节。但李泉水用手触摸，首先发现较硬，便叫学生和几位年轻医生触摸感受，并叫他们仔细看图像，内为低回声。他特别对年轻医生和学生指出，彩超要鉴别良恶性结节，关键点是看边缘光滑不光滑，恶性一般不光滑，尤其发现结节有明显钙化后方衰减，多为恶性。彩色血流对良性结节鉴别能提供重要信息，良性结节多数无丰富血流信号，如果出现血流信号千万不能放过，这位患者血流信号较明显，据以上多项超声特征，应该想到是恶性，分类至少4a类。

为了提高年轻医生和学生的认识，马上安排穿刺活检。第3天病理报告出来为浸润性乳腺癌。他对年轻医生和学生们发出忠告：我们当医生的万万不能让一个早期乳腺癌漏诊，使病人错过早期治疗！

李泉水又举出一个病例：

2006年12月17日，一位从湖南来的28岁男性病人，他右侧甲状腺彩超检查发现一个13×13毫米肿块，呈圆形，边缘尚光滑，内呈实性，粗大钙化，内有血流信号，其余甲状腺组织回声均匀，无异常。到多家大医院检查诊断为甲状腺腺瘤。其中有一家医院彩超检查结果报告：性质待查。他感到迷茫。为了搞清楚是否恶性，需要不需要做手术，专门从长沙来深圳找李泉水主任做彩超检查。

李泉水主任彩超检查发现是单发结节，内以粗大钙化为主，仔细探查，可以显示几粒小钙化，呈低回声，边缘欠光滑，彩色多普勒显示内有血流信号，边缘无血流包绕。如不认真分析，容易误为甲状腺腺瘤，他指给坐在旁边的学生看：这个结节如果是甲状腺腺瘤，一定要有包膜，血液只能沿着包膜环流，形成包绕血流信号；但这个结节边缘无包绕血流，就应该不考虑腺瘤，单发有钙化结节就要想到甲状腺癌可能，在IV区找到2个明显转移淋巴结，内血流丰富。因此彩超检查报告为：甲状腺癌淋巴结转移。手术后病理结果报告：甲状腺髓样癌淋巴结转移。

病人手术后见人就说，医生技术太重要了，我这个甲状腺癌检查了几年，到了多家医院都认为是良性，而李泉水主任彩超一检查，就诊断为甲状腺癌，并不需要穿刺活检，真是技术精湛的名医。

癌是可怕的，乳腺癌更可怕。他说："乳腺癌是女性第一杀手，发病年龄越来越年轻。乳腺癌早期没有任何症状，很多女性都不会专门去医院做乳腺彩超检查，有不少女性发现乳腺癌就已经是中晚期了。"他告诉人们，过去乳腺癌的诊断主要依靠X线钼靶检查，而今天超声显像检查是临床首选的检查手段，各级医院都可以开展这项检查项目。

李泉水废寝忘食地研究甲状腺癌和乳腺癌。因为甲状腺癌是常见的恶性肿瘤之一，现在呈快速上升趋势，目前位居我国癌症发病的第7位，近10年女性该病发病率上升幅度位居所有癌症之首。作为全国浅表超声影像诊断领域领头羊的李泉水，肩负重任，如饥似渴地在前沿阵地摸索着，强调甲状腺恶性结节以沙砾样钙化灶为主要表现，病理以乳头状癌为主。由于细胞供血不足导致组织蜕变、坏死而产生的钙盐沉积等方面的病理变化，故他告诫学生和同行们看到甲状腺结节钙化要十分谨慎，千万要搞清楚。

李泉水心灵深处发出猛攻乳腺癌的呼声，把危害人们健康极大的乳腺癌、甲状腺癌作为超声诊断的主要研究课题，唤醒人们迅速行动起来，为保护身体健康而奋斗。他多么希望能把医学研究理论推向一个新的领域，为医学卫生事业作出更大贡献。

3. 小指头故事

2006年7月20日，李泉水接诊了一位21岁男性患者，他是江西省玉山县人，左手小指不能伸屈，肿得比大拇指大了3倍。

以下是患者的主诉："我为了治疗这个小指头，跑了江西、浙江、上海等3个省市10多家医院，其中很多是大医院，就是看不出来到底为什么肿得这么厉害？开始在本县看，以后逐步坐车到浙江、上海等大医院看，拍了X线片，指骨无损伤，按炎症治疗无效。后找过一家医院采取中药外敷，同样没有效果，结果，肿得越来越大，痛得难受，白天黑夜都不舒服，更不能到田里干活。我想总有高明的医生能看出我这小指头里面到底有啥东西在作怪。我每次抱着希望走出家门，但都忍着痛苦回到家里。父母看到我四处求医问诊，终无一个良医看好这个小指头，听到我每天晚上痛得哭爹喊娘的，都起来揪心地在我床前直跺脚。母亲守在身边，替我抹抹眼泪，边抹边说：'儿子呀，到底中了哪个邪呀？'我父亲气愤地说：'那些大医院大医生都研究高级的病，难道我儿子这个小指头不值得研究吗？你们是怎么解除老百姓疾病痛苦的呀！'

"父母因为我的痛担心得无法睡觉，干脆就守在我房间里，那时我痛得疲惫了，迷迷糊糊地就睡着了。就是这样一天天痛着、熬着。他俩见我睡了，便走出我的房间，到厅里商量如何再让我找个有名气的医院看看。我是父母的心头肉，是他们未来的希望，我下面还有个15岁的妹妹，父母都把我们看成宝贝。所以商量来商量去，决定再借些钱，让我再去大城市的大医院进行检查。说实在的，每次出去看病，都是父亲跟着我，费用开支已花了1万多元。

"第二天，父亲和我先坐中巴车到县城，等到晚上坐火车到上海。因为晚上坐火车，第二天早上就可到上海，赶到医生上班挂头号，如果当天看了，就可当天坐火车回到县城。

"可出门在外，凡事身不由己。由于在去上海大医院途中堵车，到第三天才排上队，挂到了名医号。名医蛮仔细，认真看了X线片，骨头无损，就开了三天消炎药。我服后没有异常反应，肿倒有些消，但是还没有解除病痛。

"无法，我又到这个大城市的另一家大医院，那位医生听我介绍后，就说，还会痛，就把这个指头切除了去！当场我和父亲都反对，对着医院高喊："难道小指头就没有价值吗？"

"因在大城市住宾馆花钱厉害，三天消炎针打完了，就继续开了三天，带回家里由乡卫生院注射。消炎药用完一个星期后，小指头又疼痛起来。

"全家商量该怎么办？大城市的大医院的大医生都看过了，都奈何不了一个小指头，照样肿，照样痛。痛得我直叫爹直喊娘，说："我小小年纪，还没报恩父母，还没报恩社会，就这样无药可治了？'

"在万般无奈的情况下，父母商量，还是把我送到江西省人民医院去求医。外科医生看过后转B超科给我做了彩超检查，彩超医师也不知道什么病。

"2006年7月20日，我们父子俩拿着超声报告单，站在B超室，沉浸在无奈的绝望中，父亲眼眶里滚出泪珠，忙用手去擦。其中一位彩超医生见此非常同情，便介绍我们到深圳市去找第二人民医院超声科主任李泉水。

"就这样，我和父亲心里生出一丝希望，坐上去深圳的火车，找到第二人民医院李泉水主任。我俩见到李泉水主任，李主任和蔼可亲，并安慰我不要紧张。他手里拿着听诊器，一边听诊，一边听着我主诉，患者说：'发病已7个多月，到过十几家医院诊治，没有一点效果。现在我感觉全身无力，还有低烧。'"

李泉水给他测量体温37.8度，他首先考虑结核，用彩超检查了他的小指头，还检查了同侧的手臂和胸部。同侧上臂有一个低回声肿块，边缘毛糙，部分呈液性，胸腔有大量积水。

从这些表现来看，基本可以确定是结核。李泉水说："我给他小指头进行穿刺活检，病理报告不能明确报结核，我让他按结核治疗，要求患者把治疗结果告诉我。"过了一个月，他告诉李医师有明显好转。6个月后小手指肿大基本消除。

8个月后，他小指头全消肿了。他的亲戚朋友见他病好了，一个个议论纷纷，说医生的技术确实很重要，没有诊断准确，用再多再好的药也是白用，还会延误病情，这样一个身强力壮的年轻小伙子白白被病魔折腾了8个月！跑了十几家医院未诊疗好。"这些乡亲们说，这些大医生怎么连这么简单的结核病都看不出来？人家李泉水主任怎么一看就知道什么病，没开刀，更没切除手指头，只用抗结核药治疗，就治好了一个小指头及身上其他部位的结核，保护了10个指头完好无缺，治疗还免费。这医学实在太深奥了！

4. 从医说理念

综观李泉水攻关乳腺癌和甲状腺癌撰写的不少学术论文，展现了一位专家高深独特的见解。

他认为，对早期的甲状腺和乳腺疾病，早发现早治疗。他说："我是一个超声医生，怎样提高甲状腺和乳腺疾病的诊断水平，使甲状腺癌、乳腺癌早期发现，早期治疗，是我日夜思考的问题。"

其次，李泉水在江西医学院第二附属医院不论做内科医生还是做超声科医生，都十分重视和关心基层人民医院医生的治病能力和超声诊断水平。在江西发现基层医院医生对心脏病诊断率低，故提出举办全省超声人员学习班。他考虑大多数医生的治疗水平，认为治疗技术应该属于大多数医生，医学知识和医学技术不能垄断，不能为少数人所独有。如果所有医生治病水平都提高了，那病人一进医院就感到了一种轻松的氛围，就感受到了一种健康的福音。他从医的理念，一句话就是"大同世界"，这是李泉水追求的从医理念。

一位好的超声医师应该走出诊室，了解临床医生对超声科工作的需求。他说："我经常找甲状腺外科医生一起商量，了解他们对我们超声科有什么要求，超声检查怎样才能满足临床的需要？"他说，临床医师最不满意的是：对于超声检查报告，什么都是"性质待查"，"进一步检查"。这种报告没有参考价值。报告就是要根据图像特点能做出比较有意义的诊断。临床医生认为，甲状腺和乳腺疾病的诊断没有其他检查手段优于超声检查。

由此，他根据临床医师的意见，组织科室人员学习，反复讲解甲状腺癌和乳腺癌的超声显像特点，要抓住显像特点进行分析诊断得出结论。这说明，李泉水对超声人员要求很严，这个"结论"，就是超声的"诊断"，就是斩断癌症的一把刀。

科里曾有过一位有两三年工作经历的年轻医生，把乳腺癌诊断为良性纤维腺瘤，李泉水抓住不放，召集全科医生和研究生，打开彩超仪器，调出病人图像，仔细向大家讲解，边看边讲错在什么地方，一一指点，让诊断错误的医生心服口服，深刻认识到当医生对病人要有高度责任心和一丝不苟的精神，给年轻学生和研究生上了一堂生动的专业课。

由于他在医术上一丝不苟，精益求精。他的这种精神训练出超声诊治技术的高徒。他说，由于狠抓了这项工作，科室医生水平显著提高，临床发现我们的超声诊断准确性明显高于X线钼靶、CT和核磁共振的检查。因此，大部分乳腺癌和甲状腺癌的病人就是单凭超声诊断报告进行手术治疗的。

医生的职责和使命，就是医治病人，使之恢复健康。他说，作为一名医师，就要对每位患者高度负责，医师的使命，就是使经过自己医治的病人能够恢复健康。李泉水要求科室所有超声医师对每个病人都要想方设法地弄清楚他们的病症，还要求年轻医生发现问题及时请上级医生会诊，不要草率作诊断。

他要求科室超声医师充分利用超声检查的一切手段，把问题搞明白，二维和彩色多普勒搞不清的要进行超声造影；还诊断不了的，必须动员病人做超声引导下穿刺，做细胞学和病理学检查，千万不能放过任何一个有问题的病人！

这里"有问题的病人"就是指可疑的乳腺癌和甲状腺癌患者。超声医生要通过自己细致的工作，使其早发现，早治疗。这是李泉水向超声科医生发出的肺腑之言！

要做好与相关科室的密切配合工作。为了使乳腺癌和甲状腺癌达到最佳治疗效果，超声科的工作也需要其他科室的配合，尤其是甲乳外科的配合。他自告奋勇到甲乳外科，给科里医生讲解诊断甲状腺癌和乳腺癌的超声诊断要点，让他们更了解和支持超声工作，也要求甲乳外科医生和超声科医生多联系，尤其当发现诊断不符、或有错的时候，及时告诉我们，只有不断总结，才能提高诊断水平。

从此，李泉水通过超声专业学会和自己拥有的精益求精的诊断技术，宣传发动和发挥专业优势，造成对乳腺癌和甲状腺癌围剿的攻势，达到诊治两癌的最大收获。

李泉水积极开展超声诊治乳腺癌和甲状腺癌，引起深圳市民和社会各界的广泛关注，市各家媒体都前来采访报道，加深了大家对深圳市第二人民医院超声科的实力和所开展的项目的了解。这样，来这里看病的人就越来越多。很多市内外医院都将需要超声诊断的疑难病人介绍到市第二人民医院做检查；还有很多病人到了香港和其他城市大医院做了检查的，最后还要来深圳市二医院超声科做检查。

第十五章 携着百星到前沿

1. 信任与期望

李泉水走上了从医道路后，一往情深地专心致志于医疗卫生事业。同时，他还十分专注医学的实践，并细心地总结经验，积累了很多临床经验，并不停地撰写学术论文。

1991年6月和1995年11月，曾两次被派往美国短期学习彩超。1992年9月21日，被评选为江西省医学工程学会会长，同年被选为中国超声医学工程学会常务理事。

他说："我被选上省超声医学工程学会会长，是全省超声同仁对我的信任和期望，需要我带领全省超声工作人员快速发展超声事业，希望能为更多病人服务。"

2000年4月29日起，他连任江西省医学会超声专业委员会第四届主任委员，2008年7月1日起，他又连任江西省超声医学工程学会第三届会长。

为了全省超声医学的发展，他绞尽脑汁，关注每个目标的实现，要求所有事情，事无巨细，都要做到位。

上任会长伊始，他发表了一篇誓言，也是实践的目标："在南昌地区我每半个月组织一次疑难病例讲座，组织大家一起讨论。开始从我带头主讲，以后各大医院主任都分配任务，要求他们认真备课，讲课一定要生动。把难诊断、易误诊的病例分享给大家，要以图片说明问题。我认真进行总结，让每次参加的学员都感到有很大收获。由于内容丰富，参加学习的人越来越多，作为学会会长，要思考的问题是如何积极开展工作，如何活跃学术气氛，如何抓好专业人员学术水平的提高。我每年尽量举办一次高水平学术会议，动员大家积极投稿参会。为了发挥每个地区学术带头人的作用，我要求每个地区把通知发到每个超声医师手上，指定他们撰写参会论文，采取激励机制，对每次撰写论文数量多、参加会议代表多的地区给予表扬。会议通过专题报告、大会发言、疑难病分析等方式，让每一次参加会议的人员都有不一样的收获。"

从此，他以江西省超声医学工程学会会长的身份，将自己所学到的医学科学知识贯穿于超声工作实践中，步履踏实地探索超声医学治疗之路。1994年他大胆地组织南昌市部分三甲医院超声科主任编写《新编超声显像诊断学》一书，经过几年努力，在江西科学技术出版社公开出版。该书被评为华东地区新书二等奖，发行到全省绝大多数医院的超声科，使他们检查病人时有了参考书，有助于超声人员工作中遇到问题及时从书中找到答案。

李泉水在江西省连任会长后，不负众望，更加刻苦钻研业务，掌握了更多的知识和本领，他带领超声工作者不断开拓创新，并注重提高全省基层医院诊治疾病的能力。他在临床诊治病人过程中，解决了更多疑难病的诊治，促进了全省人民的健康水平。

2. 探索前沿路

李泉水是善于发现、善于接受和善于研究新鲜事物的学者，他自入深圳的几年里，通过超声实践，发现患乳腺癌和甲状腺癌等浅表器官及外周血管疾病的人很多，尤其患乳腺癌和甲状腺癌的人发病率高，而这两种癌症主要依赖超声显像来诊断。

他通过浅表器官专业学术会议进行探索性的深入研究，认为乳腺癌和甲状腺癌早期发现，早期治疗，会给患者带来福音。

所以，他下定决心，主攻浅表器官及外周血管疾病的超声诊断，先后在专业杂志上发表了150多篇对乳腺和甲状腺等浅表器官及外周血管疾病诊断的学术论文，主编超声诊断著作6部，已成为全国知名的超声专家。

他的学术理论和超声实践所积累的经验和操作技术已被普遍应用于临床。

此时，中国超声医学工程学会领导对浅表器官及外周血管超声在临床上的作用越来越重视，决定成立中国超声医学工程学会浅表器官及外周血管超声专业委员会，他们认为成立这样的超声专业委员会有助于让患者在疾病的早期得到诊断和治疗。这正符合李泉水的超声诊疗理念，总会领导决定由李泉水教授牵头，成立筹备小组，担任组长。

李泉水领导的学会进行前沿探索，分两个阶段、两个步骤。

第一阶段，即第一步

2007年11月7日至10日，在深圳市银湖会议中心召开会议，成立了中国超声医学工程学会第一届浅表器官及外周血管超声专业第一次专业委员会。

大会采取无记名投票方式，选举李泉水教授为主任委员，并选举副主任委员5名，常务委员26名，委员66名，聘任顾问一名。

在成立大会上，总会会长段宗文致开幕词，介绍现代超声医学发展迅速，分工越来越细，超声影像技术对浅表器官和外周血管起到重要作用。开展这方面的学术交流将有利于扩大医者的视野，提高对该疾病的认识，做到早期诊断，早期治疗，使广大患者尽早恢复健康，尽早回到家庭的怀抱。

这次大会，有来自全国各地250余名代表，收到论文120余篇，其中专题报告9篇，论文宣读30篇。会议内容新颖，涉及面广，紧跟医学发展前沿，包括甲状腺、乳腺、淋巴结、外周血管、阴囊、超声介入、超声造影、弹性成像等。

在第一次大会上，特邀美国著名超声专家纽约康奈尔大学JingGao（高敬）教授作了"颈动脉及四肢静脉的彩色多普勒超声检查"的专题报告，李泉水作了"超声显像对甲状腺良恶性结节诊断与鉴别诊断"的专题报告。

代表们听了专题报告，认清了医学超声的发展形势，大开眼界，拓宽了视野，表示要紧跟形势加强超声业务学习，不断提高医学诊疗水平。

2009年6月25~28日，由李泉水组织在南昌市召开了中国超声医学工程学会第一届浅表器官及外周血管超声专业第二次学术会议。会议由中国超声医学工程学会主办，浅表器官及外周血管超声专业委员会承办，江西省超声医学工程学会协办，参加代表300余人。

中国超声医学工程学会会长段宗文、副会长李建国等代表总会亲自到会表示祝贺。

大会邀请美国BENDICK教授作了《21世纪超声创新》，意大利Enricopapin教授作了《甲状腺和恶性内分泌肿瘤的前沿治疗方案：影像引导下的热治疗》，主任委员李泉水教授做了《超声显像诊断乳腺癌的现状和进展》等3个专题报告。

此外，国内有13名专家就乳腺、甲状腺、淋巴结、肾动脉狭窄、动脉硬化的基因治疗热点问题作了专题讲座，有54名学者在大会上发了言。

整个会议内容丰富，主题新颖，技术实用，业务前沿，充分显示了国内高频超声在浅表器官及外周血管疾病方面的广度和深度，基本上反映了我国超声界在该领域的新成果和应用水平。

大会收到论文262篇，内容涉及超声诊断、病例基础、影像比较、三维彩超、术中彩超、分子影像、计算机辅助、造影剂制备、指标量化评估等，其中以超声造影、弹性成像、微创诊治方面文章最多，也最受关注。

2011年9月22日至24日，由教授、主任委员李泉水组织在广西南宁市召开了中国超声医学工程学会第一届浅表器官及外周血管超声专业第三次学术会议，会议由中国超声医学工程学会主办，浅表器官及外周血管超声专业委员会承办，广西超声医学工程学会协办，得到广西医科大学第一附属医院的大力支持。

参加会议代表来自全国28个省市共200多名。大会收到论文392篇，此次会议以甲状腺、乳腺超声规范诊断为主题，在甲状腺、乳腺规范诊断上作了深入探讨，并在超声介入、造影、三维彩超、弹性成像等方面作了深入交流。

写到这里，请读者不妨回顾一下，这三次浅表器官及外周血管专业学术会议，参会人数一次比一次多，只是第三次会议是高峰论坛，到了200人，会议收到论文是392篇，是一次比一次多。特别使人注意到，第一、二次会议，都请了外国超声专家讲课，还有李泉水主任委员对甲状腺、乳腺专题研究方面，作了重量级的专题报告，这就为研究浅表器官及外周血管疾病的超声诊断打下基础，引导代表们对诊断浅表器官疾病进行探索性研究，逐步积累了丰富的知识和经验；从论文的内容和质量来看，学会所探索的路子是宽敞而扎实的，所带领的队伍是坚强而信心百倍的，所研究的方法是准确而卓有成效的。

所以，我们就把第一次至第三次专业会议作为第一阶段，也是第一步，从第四次至第六次专业会议作为第二阶段，第二步。

第二阶段，即第二步

3. 发展创平台

李泉水所带领的学会，经过前3次的探索，步子越来越稳，越来越大，呈现出一种梯形发展趋势，而且还是站在前头寻求前进的目标和方向。

正如他的学生熊华花所说，他到了深圳几年里，"总结出甲状腺癌的超声诊断特征，率先提出甲状腺超声体检在甲状腺癌筛选中的重要性，在全国范围乃至全球范围内，将甲状腺、乳腺、外周血管的超声研究推到一个全新的阶段。"

是的，他站在前头寻求方向和目标，还有第4次的2013年，第五次的2015年，第六次的2017年浅表器官及外周血管专业委员会的学术会议等待召开。

时年2013年10月24~26日，在深圳市召开了中国超声医学工程学会第二届浅表器官及外周血管超声专业第四次学术会议，参会代表400余人，收到学术论文412篇，其中专题讲座13篇，大会报告29篇，会议交流370篇。

第四次学术专业会议，同时进行浅表器官及外周血管超声专业委员会换届选举大会，李泉水再次当选为主任委员，选出副主任委员9名，常务委员39名，委员116名。

这次会议同时成立了中国超声医学工程学会第一届浅表器官及外周血管超声专业青年委员会，选举李泉水兼任青年委员会主任委员，副主任委员3人，委员65人。

2015年11月5~8日，在福建省福州市成功召开中国超声医学工程学会第二届浅表器官及外周血管超声专业委员会第5次学术会议。

本次会议有来自全国各地代表450人，收到学术论文500余篇，其中专题讲座15篇，大会报告39篇。

此次会议增设了青年学术论坛，这是本次会议的亮点之一，充分展现了年轻人的才华。会上有19位青年发了言，评选一等奖1名，二等奖3名，三等奖6名。很多与会代表都向组委会反映，本次授课专家水平高，经验丰富，讲课内容新颖，具有很强的临床实用性。

2017年11月23~25日，李泉水亲自组织在杭州召开了中国超声医学工程学会第二届浅表器官及外周血管超声专业第6次超声学术会议暨换届选举大会。

这次会议，除了学术交流外，主要任务是进行换届，要成立专家委员会。

李泉水在开幕式上致开幕词。接着，他第一个作关于甲状腺诊断规范和良恶性鉴别诊断报告。浙江大学第一附属医院蒋天安教授代表浙江省医学会超声专业委员会致欢迎词。开幕式制作了多媒体幻灯，介绍浅表器官及外周血管超声专业委员会成立10周年的辉煌历程。

这次会议有来自全国的代表550人，共收到论文600余篇，其中专题报告15篇，大会报告40篇，设了青年论文演讲比赛项目，选出20名青年代表参加，评出一等奖1名，二等奖3名，三等奖5名.

会议论文内容涉及浅表器官及外周血管各脏器，不少论文是关于新技术新项目的，很多论文达到国际先进水平。

本次会议要进行换届选举，成立全国浅表器官及外周血管专家委员会，按总会章程规定，主任委员和副主任委员只能担任两届，从主任委员下来，李泉水担任名誉主任委员，还被选为全国浅表器官及外周血管专家委员会主任委员。

在全体委员会上，李泉水作了学会发展10年的工作报告。在整个全委会的过程中都很隆重，内容丰富多彩。由各省市组织的超声人员的自编自演文艺节目，气氛很热烈，形成了超声科技人员勇攀医学科技高峰的浓厚氛围，大厅里灯火辉煌，美妙动听的音乐响起，歌声和乐声在空中荡漾，迎来了超声医学一派灿烂的春天。

全会通过自下而上的10年总结，评出了有突出贡献奖7名；经过认真评选，大家一致认为，李泉水在担任主任委员的10年里，为学会的发展做出了巨大贡献，充分发挥了委员和常委、副主委的作用，使学会显示出了强大的生命力，出现了一派喜人局面，在中国医学超声工程学会十几个专业委员会中成为优秀学会。

为此，总会段宗文名誉会长给李泉水颁发了突出贡献奖杯和名誉主任委员及专家委员会主任委员证书，中国超声工程学会会长李建国和李泉水合影留念。

4. 学会有特色

李泉水带领浅表器官及外周血管超声专业委员会在后来的3次会议中，每次会议都有新的发展，新的特色。

首先从人数上说都是一次比一次多，如第4次400人，第5次450人，第6次550人。参会人数不断增加，体现了学会有高度吸引力、号召力。超声学者和超声工作人员热爱超声医学，他们都在追求超声这门学问，追求做个能为病人治病的好医生，都想在学会这个平台上吸取更多的营养，使自己快速成长起来。因此，他们热切期盼两年一次的相聚机会，多学一些知识和技能武装自己，还可以在一起相互交流，相互学习，见识超声世界，相聚在学会平台上，形成了一支激战病魔的强大超声大军。

其次，这几次会议收到的论文一次比一次多。第4次412篇，第5次500篇，第6次600篇。学术论文在这里不仅是医学超声学者和超声工作者学问的标记，更是为消灭病魔而制造的各种武器。会议还举办了青年论文演讲比赛，评出

一、二、三等奖，增加了激励机制。

这些论文都是高质量高水平的，其中不少论文是有关新技术的临床应用研究，很多论文都达到了国际先进水平，论文主题新颖，技术实用，业务前沿，充分展示了国内当前高频超声在浅表器官及外周血管方面应用的广度和深度，基本上反映了我国超声技术在该领域的新成果和应用水平。

第三，第二届第4次会议成立了浅表器官及外周血管专业青年委员会，这是学会的亮点。在任何国家、任何时代，青年都是主流，都是时代发展的主旋律，是时代发展的中流砥柱。

说实话，缘于自然规律，人生从小学到中学，到大学，到研究生，到博士，都是进入30岁以后了，就是再强壮的体魄，也需要比他们更年轻的青年作为后备力量，让年轻人在年长的科学家、专家身边，吸取营养，快速成长起来。因此，学会成立青年委员会，不仅是尊重青年，更以青年人作为一个科技组织的独立整体，让有才华的中国年轻科技人员能独立开展活动，出更多的成果。

第四，第二届第5次会议比第4次会议更深入一步，增设了青年学术论坛，更体现学会主持人和总会领导的苦心，使人们看到老一代专家对青年科学工作者是如此关爱：让青年人闪亮登场，展示自己的才华。

同时，让人们看到，这次会议还增设了青年论文演讲比赛项目，选出20位青年代表参加，评出一等奖1名，二等奖3名，三等奖5名。论文"演讲比赛"已超出学会技术的范围。但为了培养年轻科技人员的科学兴趣，促进青年技术人员整体素质的提高，更显示出青年超声工作者坚强自信的力量。这就告诉我们，超声科学技术不是枯燥无味的，而是生机勃勃的。

第五，成立专家委员会：第二届第6次会议，还成立了浅表器官及外周血管专家委员会。这就意味着老专家们为了帮助年轻科技人员，把促进青年成长的平台搭在家门口，拆除门槛，方便他们更快地走上学者的阶梯。

第十六章　探索学会新路子

1. 建培训基地

从2007年成立中国超声医学工程学会浅表器官及外周血管专业委员会以来，李泉水作为主任委员，每年举办全国性继续教育学习班，有来自全国各地150名学员，其学习内容为乳腺、甲状腺及外周血管疾病。

为了更快提高超声人员对浅表器官及外周血管疾病的诊断水平，李泉水向中国超声医学工程学会领导建议：成立超声人员培训基地，挂中国超声医学工程学会的牌子，招收全国各地超声人员，但以本地学员为主，由浅表器官及外周血管专业委员会全国著名专家授课，内容主要为临床最需要的诊断规范以及临床上容易遇到的一些诊断难点，其目的主要是帮助基层医院超声工作者提高超声诊断水平。

（1）2003年，中国超声医学工程学会会长郭万学同意把深圳市第二人民医院超声科作为中国超声医学工程学会的人员培训基地，并举办了全国继续教育第一期学习班，来自全国各地的学员140多名，以甲状腺、乳腺和妇产科疾病为主要内容，由全国著名教授讲课。

（2）2013年7月，学会批准在浙江金华市成立中国超声医学工程学会的培训基地，并举办第一期学习班，学员160人。

（3）2014年7月21日，在湖南省岳阳市成立了中国超声医学工程学会培训基地，在岳阳市第一人民医院挂牌，同日举办了第一期浅表器官及外周血管超声诊断学新进展学习班，李泉水在学习班上讲了"乳腺癌超声诊断与进展和超声对甲状腺良、恶性病变鉴别诊断的思路及方法"的专题课。来自全国各地超声学员280余人，学员听课后，认为有很大收获，给予李教授以很高评价。

（4）2016年12月23日，在深圳市罗湖医院集团成立中国超声医学工程学会培训基地，并举办全国浅表器官超声诊断及新进展学习班，罗湖医院集团副院长张天峰致开幕词，总会段宗文名誉会长、李建国会长、马晓猛秘书长、罗湖卫生局局长郑理光、罗湖医院集团院长孙喜琢、李泉水主任委员、北京协和医院超声科主任李建初教授参加了揭牌仪式。学习班人员都是来自全国各地的医院的超声人员，共300名。

2. 学会"弹钢琴"

李泉水带领学委会成员研究学术理论。对于如何提高超声诊断水平，使超声诊断应用于临床，让他费尽心思，为此，他充分发挥学会副主任委员、常委、委员的作用。他学习毛主席教导的"弹钢琴"工作方法，做到各司其职，各尽所能，10个指头都要按下不同的音符，这样才能弹出有韵律且漂亮的节奏来。

凡是涉及全委会的事，事先都要召开会议，通过副主委、常委研究讨论，形成初步意见，再提交全委会讨论，不能个人包揽一切，要让全委会做出决定，这样才能有号召力。他所召开的副主委、常委、全委会议，工作做得何等细致，让大家都有事做，畅所欲言，献计献策，充分发挥了他们的聪明才智，把学会的工作当成自己的事情一样去完成。所以一届一届的学会工作都做得很出色。总会领导说出肺腑之言："李泉水主持的浅表器官及外周血管专业委员会工作，为学会发展做出了巨大贡献，在中国超声医学工程学会十几个专业委员会中成为优秀学会。"

（1）2008年7月19日，在南昌市召开了副主委扩大会议，讨论了下一年度召开全国学术会议的地点、内容，邀请哪些国内外教授、专家，会议规模形式如何规定，这些都要求每个人充分发表自己的意见，提出好的建议。

（2）2009年6月份，在南昌市召开第二次浅表器官及外周血管专业学术会议。会议讨论以下内容：

①会议由中国超声医学工程学会主办，中国超声医学工程学会浅表器官及外周血管超声专业委员会承办，江西省超声医学工程学会协办。会前举办了江西省超声医学工程学会年会，会议人员同时参加第二次全国浅表器官及外周血管超声专业学术会议。

②确定会议规模400人，并确定会议地点。

③决定知名专家授课内容。

④要求各省市学会副主委、常委、委员应该做的工作，规定每个省最少组织稿件10篇以上。

⑤确定接机、接站人员及详细分工情况，做好接待工作。

⑥会务组分为学术组、后勤接待组、膳食组、注册报道组、材料组、幻灯组、住宿组。各组安排专人负责，抓好落实。

（3）2010年11月11日至12日，在海南召开常委扩大会，会议总结了过去一年学会工作，讨论了第三次学术会议地点和内容，决定以甲状腺和乳腺超声诊断规范作为会议主题，目的是提高超声人员对乳腺和甲状腺良恶性病变的鉴别诊断水平。会议决定，2011年在广西南宁市举办一次浅表器官及外周血管疾病超声高峰论坛。

（4）2012年11月12日至25日，在海南省海口市召开了常委扩大会议。总会领导段宗文名誉会长、李建国会长、贾建文副会长及马晓猛主任莅临指导工作。

大会主要议题是：总结本会以往工作，商讨如何更好开展学会工作，扩大其在超声界的影响力。会议决定第4次学会暨换届改选会议，改选大会放在深圳市召开。要求全国各省市做好委员推荐工作。强调推荐候选人一定要在浅表器官及外周血管超声诊断方面做出成绩的，在本专业有一定威望，工作积极性高，在当地有号召力的专家。

在换届改选大会上组建青年委员会，要求各地大学附属医院及省市级医院多推荐一些博士、硕士毕业的研究生，发挥年轻人在学会中的作用，体现出学会活力。

（5）2014年4月11日至13日在福建省武夷山召开了中国超声医学工程学会浅表器官及外周血管超声专业委员会常委会。

大会议题主要是讨论关于组织参加在西安市召开全国第12届超声医学学术大会暨庆祝中国超声医学工程学会成立30周年活动，讨论专业委员会工作。研究决定2015年第5次浅表器官及外周血管超声专业会议定在福建省福州市召开。由福建省超声专业委员会主任委员薛恩生教授具体组织协办。会议内容主要以规范化检查为主题，会议规模500人左右，要求福建省成立一个强有力的接待组，做好接机送机、会议保障、会务安排工作。

（6）2015年5月14日至16日，在山西省太原市召开中国超声医学工程学会浅表器官及外周血管专业委员会常委会，进一步落实2015年11月福州会议各项工作，成立仪表参展组、会场策划组、后勤组、学术组，落实汇编印刷，讨论青年论坛如何进行，评出一、二、三等奖，确定名额、金额及赞助公司。

（7）2016年4月27日至30日，在广东珠海市召开了副主委扩大会议。会议研究了下面几项工作：

①2017年11月，在浙江杭州市召开第6次浅表器官及外周血管超声学术会议暨换届改选大会。

②定于2016年6月30日至7月2日，在杭州市召开常委会。

③积极建立中国超声医学工程学会培训基地，举办各级继续教育学习班。

④《浅表器官超声医学》出版4年，发行量很大，得到超声人员的高度评价，出版社要求第2次出版，请各位专家在原有基础上修改撰写，把浅表器官以前没有写进去的内容加进去，把现有新技术、新进展编写进去，争取成为一本高水平的工具书。

（8）2016年7月1日至3日，在杭州市召开了浅表器官及外周血管超声专业委员会常委会，会议主要落实2017年11月在杭州召开全国学术会议各项工作。要求常委在本地区做好工作，动员大家撰写论文，争取发表更多论文，参加会议的人员超过500人。

会议讨论了2017年浅表器官及外周血管超声专业委员会成立10周年的纪念活动，大会要开得非常隆重和高水平，要评出突出贡献专家，制作奖杯，发给奖金。要出版《学会辉煌的十年历程》专辑，制作多媒体介绍学会10年所做的各项工作。

大会内容有专题报告、大会发言、青年论文演讲比赛等形式，会议期间同时进行换届改选。要求大家积极做好工作，发动当地超声人员撰写论文，尽量争取多人参加会议。

（9）2017年，在深圳市召开了专业委员会副主委会议，总会领导段宗文名誉会长参加，主要是总结学会工作，讨论换届具体工作，如何落实11月份在杭州召开的学术会议暨换届工作。蒋天安主任将到会汇报会议各项筹备工作。

（10）2017年7月7日，在合肥召开了委员及青年委员会议，向全体委员和青年委员汇报学会工作。

3.　学会有亮点

纵观中国超声医学工程学会浅表器官及外周血管超声专业委员会10年历程，是超声成像诊断学术研究的新鲜事物，李泉水和中国超声医学工程学会的领导、教授学者们面对超声成像技术的发展，适时地成立浅表器官及外周血管超声专业委员会，自然组成一个团队，对以甲状腺、乳腺、淋巴结等为中心的浅表器官疾病进行探索性的研究，把超声医学技术推向前沿，获得了新的亮点。归纳起来有以下几条：

（1）浅表器官超声专业委员会，是研究、攻关、治疗浅表器官疾病有效的群众性的学术组织，是面向浅表器官疾病的一支强大队伍。浅表器官超声专业委员会组织机构严密，从主任委员、副主任委员到常委、委员都有实质性的工作，对学术研究都可发表见解和意见。同时学会的主持者李泉水教授潜心钻研技术，对新技术特别感兴趣。

（2）学会有着鲜明的奋斗目标。李泉水教授在江西发现心血管疾病突出，就研究主攻心血管的超声诊断；到了深圳后发现甲状腺、乳腺等浅表器官疾病突出，就改为主攻浅表器官及外周血管的超声诊断。根据深圳区域发病现状，中国超声医学工程学会领导决定，成立浅表器官及外周血管超声专业委员会（以下均称浅表器官专业委员会），获得领导的共识，一个中国超声医学浅表器官专业委员会就这样诞生了。而且成立后，立即开展卓有成效的工作，一干就是10年！

（3）学会的职责明确突出。学会就是研究学术的组织，学会的主持者的主要任务，就是带领全国超声队伍学技术、攻难关、谈体会、写文章，在这个领域形成了人人讲学习、谈提高、论学术、比贡献的氛围。据不完全统计，10年来大会共收到论文2286篇，同时还主编专著4部。

在市场经济不断冲击下，这些"纯学术"的教授、学者、超声专业的工作者们，没有为物质刺激、利益驱动而左右他们"纯学术"的信念，他们只为看病而立，为钻研医术而战。

（4）坚持学会正常化的工作，形成一套严格的制度。他们规定学会5年换届一次，规定主任委员、副主任委员任期两届；换届选举有总会领导到场指导。每次召开委员会，事先要召开常委会，讨论研究确定明确的主题：本次会议讨论什么问题解决什么问题；并设有接待组、接机送机组、学术组，膳食组、材料组、幻灯组等等，多至7~8个组，分工精细，有专人负责。

（5）每次会议都设有讨论疑难病症的内容，这些都反映在大会收到的论文里，因为有疑难病症就有论文著述。

他们对疑难病症的讨论就是一次对疾病的攻关。比如第1次学会论文内容，就是紧跟超声医学发展的步伐，包括甲状腺、乳腺、淋巴结、外周血管、阴囊、超声介入、超声造影、弹性成像等。

第二次学会论文内容涉及超声诊断、病理基础、影像比较、三维超声、术中超声、分子影像等等，其中以超声造影、弹性成像、微创诊治方面文章最多。

第三次会议，以甲状腺、乳腺超声规范诊断为主要内容，对甲状腺、乳腺规范诊断上做了深入探讨，并在超声介入造影、三维超声、弹性成像等方面做了深入交流。

第四次会议，论文内容涉及浅表器官和外周血管各个脏器，其中不少论文是有关新技术的临床应用研究，如弹性成像、超声造影、射频消融等。

第五次会议，论文内容涉及浅表器官和外周血管各个脏器，其中不少论文是关于新技术新项目，还有很多论文已达到国际先进水平。

（6）成立青年委员会。2013年10月24日至26日的换届改选大会，在成立浅表器官及外周血管超声专业委员会，同时又成立了浅表器官及外周血管超声专业青年委员会，青年超声工作者就可开展独立活动，发挥青年优势，学会就显得有生气，有活力。

（7）2015年11月5日至8日，在福州召开中国超声医学工程学会浅表器官及外周血管超声专业委员会第六次超声学术会议暨换届改选大会上，又增设了青年学术论坛。

与会代表都向组委会反映，本次授课专家水平高，经验丰富，讲课内容新颖，具有很强的临床实用性。由于发挥了青年超声医生的作用，使学会后继有人，显示了中国超声医学工程学会浅表器官及外周血管超声专业委员会有着潜在的强大生命力。

（8）2017年11月23日至25日，由李泉水亲自组织的在杭州召开的第六次超声学术会议暨换届改选大会上，又增设了青年论文比赛项目，选出20名青年代表参赛，评出一等奖1名，二等奖3名，三等奖5名。

这次会议是浅表器官及外周血管超声专业委员会的10年总结会，大会开得隆重，气氛活跃，内容丰富多彩，有自编自演的文艺节目表演，文艺晚会开得很成功。

第十七章　笑迎前沿八方客

　　李泉水一步一个脚印，一步一个台阶，硬是拼着自己的努力，到达了医学超声影像诊断的前沿阵地，成为全国超声医学的著名学者、教授、博士生导师。

1. 迈步创大业

　　李泉水原是江西省超声学科带头人，2001年被深圳市第二人民医院引进为超声学科带头人，其工作业绩和超声影像诊断水平得到医学界的一致公认和社会的好评。2016年又因形势的发展和工作的需要，被罗湖医院集团聘请为特级超声专家和学科带头人。

　　他是怎么又被引进罗湖医院集团担任学科带头人的呢？李泉水告诉笔者说："我本在深圳二院干得好好的，对二院很有感情，而二院对我也很好，大家很尊重我。但罗湖医院院长说，罗湖医院是全国首先开展公立医院集团管理的，是全国重点医改单位，压力大，困难多，诚恳地要我去帮帮他。在他们一再请求之下，我身不由己，才决心迈开大步，走上第三次创业道路。"

　　罗湖医院在全国首先开展公立医院集团管理试点，实行资源共享，所有罗湖区5家医院、23家社区统一由集团管理，人员统一分配，对慢性病、无人照顾的老人，送医送药上门。这种医改得到国家卫计委表扬，在全国作为医改好的典型推广。

　　罗湖医院集团是三甲综合医院，承担辖区医疗、教学、科研、急救、康复和社区全科医疗服务等工作，是罗湖区域医疗中心。

作为特聘专家和学科带头人，到罗湖医院集团该先做什么？迈步创大业。

罗湖医院集团领导意识到，随着医学科技发展，超声学科在医院发展中担负着重要作用。李泉水作为超声学科带头人，上任伊始，和超声科主任一起设计装修，按照他的要求，其装修标准要达到国内一流水平。院里规划超声科室要搬至新的地点，面积要增加一半以上，达到2000平方米，超声仪器增加一倍以上，全科共有70台，90人，面向全国招聘。

新装修的科室按照全国一流标准进行装修，3间超声介入室，严格按照手术室要求进行装修，开展了甲状腺结节介入治疗，超声引导下甲状腺肿瘤穿刺细胞学检查，乳腺良恶性肿瘤穿刺活检，以及各种肿块穿刺活检。

新装修科室分为：浅表器官超声检查室、心血管超声检查室、腹部超声检查室、妇科超声检查室、胎儿三维检查室、盆底检查室，设立了母婴室、会诊通道、教学室、自动打印装置、语音报告、信息化危急值上报告（超声工作站上填写，系统自动发送医师工作站）。候诊室有3个大显示屏，显示候诊病人信息，有一台大电视滚动播放科室资料和专家介绍的简历。

那么，超声科质量该如何管理呢？超声科建立了完善的医疗质量管理体系，科室设立质控园地，员工文化生活园地。科室分为4个组，每个组实行组长负责制，定期对复杂疑难病例进行追踪讨论，每月召开质控小组会议，认真实施并落实各项医疗质量安全管理目标。

2. 超声上特级

应该说，罗湖医院这次装修是高档次的，改变了罗湖医院的面貌。但李泉水通过外地参观，结合自己的实践经验认为，自己是全国浅表器官及外周血管超声专业委员会主任委员，应努力提高超声科在全医院的地位，在全院各科医疗中受到重视，夯实超声科的基础建设，成为一个强科。所谓基础建设，就是要抓好制度的规范化，医学超声业务上的精益求精，建设一个培训基地，不断提高超声影像诊断水平。

培训基地是重点学科的标志。李泉水受到罗湖医院领导的重托，胸怀大志，面向全国，决心为罗湖医院打造一个承担辖区医疗、教学、科研等等的综合医院作出贡献。因此，在抓好一般装修之后，要着力建设超声学科。他日夜兼程，废寝忘食，带领全科同志共同努力，经过一年的艰苦奋战，至2016年11月前把本来只是跟普通科室一样的超声科室，经过精致装修，打造达到了全国一流水平。各项条件都符合要求：单科一处就有31间检查室，在门诊，有急诊室、妇产科门诊、住院部病房、麻醉科、泌尿外科、生殖科、体检科都放了超声仪器，每天都安排超声医师检查病人。

根据罗湖医院的汇报与申请，区卫生局上报深圳市卫生局，组织市专家评审，认为罗湖医院超声科已具备重点学科条件，被评为罗湖区重点学科。

按照超声学科要求，特聘高级教授李泉水为全国浅表器官及外周血管超声专业委员会主任委员，按要求其工作的科室必须设立浅表器官超声的全国培训基地。

有了培训基地，每年可以举办全国继续教育学习班，推广甲状腺和乳腺超声诊断的规范，推广新技术新方法，为我国培养更多的超声诊断医师。

于是，特聘高级专家李泉水向中国超声医学工程学会申请全国培训基地挂牌。总会领导段宗文名誉会长、马晓猛秘书长专程来到罗湖医院考察。医院院长非常重视，大力支持，李泉水作了详细汇报。

总会领导听了汇报，接着全程参观视察了超声科，认为新装修的超声科规模大、标准高、质量好、环境优美，每项条件都符合标准。总会批准罗湖医院集团超声科为全国超声人员培训基地。

2016年12月24日，罗湖医院集团超声科正式挂牌为中国超声医学工程学会培训基地。这一天，隆重举行了挂牌仪式，由副院长张天峰主持，总会秘书长马晓猛、罗湖区卫生局长郑理光、中国超声医学工程学会浅表器官及外周血管超声专业委员会主任委员李泉水以及有关方面负责人徐金锋、吴瑛、刘莉教授等领导出席，名誉会长段宗文教授和李建国会长等给罗湖医院集团授牌，深圳广播电视台、深圳市特区报等媒体记者出席了挂牌仪式并进行了报道。

继续教育学习班即时开学。来自全国各地医院的超声工作者350人参加会议，这时，李泉水教授走进课堂，学员们热烈鼓掌。李泉水授课题目是"多模态超声对甲状腺良恶性结节鉴别诊断技巧及方法"和"超声诊断报告书写规范及医疗差错防范"。李泉水讲课抑扬顿挫，生动精彩，有实用价值，深受学员赞赏和欢迎。

李泉水有个特点，讲课后不马上离开课堂，让学员提问题，而有些学员课堂上没有完全理解的问题，喜欢课后向教授个别提问、交流。李泉水了解学员心理，讲课后注重同这些学员交流，消除他们脑子里的疑问，使自己上的课，他们听了都能理解消化。

由于这些基层医院来的超声医生，有的基础较差，对新技术新方法学习较少，临床上碰到的难题难以解决，李泉水了解了这些学员情况，就不厌其烦地一一解答，直到他们弄清楚为止。

还有几个学员对超声影像诊断有些把握不准，要求留下来到科室看李教授检查病人如何鉴别诊断。温暖、热心的李教授都一一指点，讲解得很仔细，学员听后感激地说："李教授真是诲人不倦，我们深受感动。"

自2016年以来，罗湖医院集团超声科坚持每年举办一次全国继续教育学习班，每次学习班的学员都超过350人，为深圳市及全国浅表器官超声影像诊断和超声技术发展起到积极的推动作用。

在短短几年里，罗湖医院超声科在李泉水学科带头人的带领下，发生了翻天覆地的变化，超声科和甲乳外科成为罗湖区重点学科，超声科原来没有正高医生，现在有4名教授、主任医师，硕士、博士研究生增加到15名，超声科基本可以开展各种新技术新项目，一年一个台阶，在全国影响力越来越大。为此，得到医院和区卫健委表扬，李泉水被评为好医生。

3. 笑迎八方客（一）

2016年1月，李泉水到罗湖医院集团超声科后，由于开展了新技术、新项目，吸引了不少疑难病人。原来遇到疑难病人，都介绍去深圳市或广州市大医院做彩超检查，而现在变成了深圳、广州市各医院遇到疑难病人，他们的超声科医生和手术医生都介绍到罗湖医院来检查。原来医院甲乳外科住院只有十几张病床，甲状腺癌和乳腺癌病人基本上都到广州市中山大学附属医院去做手术，而现在全国各地不少患甲状腺和乳腺疾病的病人需要做手术，都喜欢到罗湖医院甲乳外科。

李泉水认为，来找自己诊断治疗的病人越来越多，是对自己工作的肯定和认可，更要谨慎地做好方方面面的工作。对于外省来检查的病人，来不及预约，自己手上病号再多，也要千方百计地加号给他们做，解除病人的心头之急。

李泉水精湛的技术，优质的服务态度，吸引了全国四面八方患有甲状腺和乳腺等浅表疾病的病人前来求治。病员之多，这是罗湖医院从没见过的，现选8个病例与读者分享。为了阅读方便，分两节与大家见面。

（1）黑龙江省哈尔滨市有个病人孙某，女性，时年65岁，在家里甲状腺肿胀难受。经当地多家医院诊断都是甲状腺癌，医生动员她做甲状腺全切手术。但医生又告诉她，做了手术，要终身服药。她的子女不让母亲做手术，认为做手术要受一次痛苦，还要终身服药，受一辈子痛苦。故四处了解，想找一个技术精湛的教授为母亲解除痛苦。

结果，在网上病友群有人向他们推荐深圳市罗湖医院李泉水教授。病友介绍说，李泉水教授对甲状腺和乳腺疾病诊断有丰富经验，只要是经过他的检查就基本可以确诊良恶性，会明确告诉你是否要做手术。就是甲状腺癌从图像上他可以看出是低度恶性，如不超过1厘米，就叫病人可以一直随访观察，不需要马上做手术，半年复查一次。

儿女们听了病友介绍，为母亲治病，更是增强了信心，来不及到网上预约，立即购买火车票，由其丈夫和儿子陪同，三人坐了20多个小时火车，匆匆赶到深圳罗湖医院，找到李泉水教授，现场说明情况，要求加号就诊。

李泉水从医都是为病人考虑，急病人之所急。对外省来看病的病人更加同情与理解，听了他们的诉说，同情他们坐了20多个小时火车很不容易！故要千方百计为患者尽早解除痛苦，为她加了号。

到了下午一点多钟，没有吃中饭，给千里迢迢赶来的患者孙某做检查。经检查，李泉水发现患者甲状腺两侧有多发性增生结节，左侧叶见一个含粗大钙化结节，考虑是良性结节的粗大钙化，是液体吸收后机化所致，给它分为2级。为了使她家人放心，下午进行穿刺细胞学检查。第3天，病理结果出来，报告为增生结节。

看到这个报告，在场的患者与家人都非常激动，其儿子高兴地说："我们太感谢李教授了，使我母亲免去了手术的痛苦，我和爸妈这么老远赶来太值得了！网上评价李教授诊断甲状腺、乳腺疾病和病理结果基本是一样的，真是名不虚传！是神探！"

（2）山西省太原市有一位男性患者朱先生，时年39岁，因患微小甲状腺癌在当地多家医院看过，都动员他做全切除手术，但病人不同意。后又去过北京几家大医院，都建议他做全切手术，但他不想把甲状腺全切除，终生吃药。后又跑了几个地方，四处求助，没有结果。患者不甘心，他不相信全国这么多医院，找不到一位高明医生。最后，他从病友群中找到深圳市罗湖医院超声科李泉水教授。

2020年8月7日，他从北京乘飞机到了深圳市罗湖医院找到李泉水教授，见面之后，说明来得急，无法预约，请求给他加号。李泉水听后点点头，脸上呈现几分笑意，给他做了彩超检查。发现患者甲状腺右侧叶中部有一个类圆形极低回声结节，大小5.6×5.8毫米，内见极少微钙化，结节内没有显示明显血流信号；左侧叶显示一个4.8×4.5毫米的结节，评分7分以上，考虑分为5级，甲状腺癌可能性大。听到癌，患者朱先生顾虑重重，大半天提不起精神。

李泉水见此，便温和耐心地向他解释：甲状腺癌多为经典型甲状腺乳头状癌，是一种恶性程度很低、发展极慢的癌，一般不超过1厘米，是以观察为主，到1厘米后做手术也不晚。这种癌多不影响生命，我们称它为"幸福癌"。

在这里，医生的耐心、温柔、说清病理，就是给患者开了一剂最好的药，李教授的话语，消除了患者的重重忧虑。患者听了医生的一席话，脸色由黑变红，害怕的心理马上消除了。高兴地说，"那我按照教授的话，半年复查一次，看看结节的变化。我来时还是找您！谢谢李教授！"

（3）河南省洛阳市有一位女性患者名叫赵某，时年31岁。她在当地几家医院检查，都发现乳腺左右两侧各有一个肿块，分类为4A类。院方要求两侧乳腺做穿刺活检。

患者接受不了，为什么？她不相信有那么严重，身边还有刚满3岁的小孩离不开母亲，丈夫知道多家医院检查都怀疑4A类（因为按医学划分，乳腺肿块2~3类是良性的），4A类恶性可能性为2~10%，需要穿刺活检。故患者心里很焦急，不知如何是好，便到处打听哪里有更好的医院和著名的教授。

正在两夫妇焦急万分时，网上病友向她介绍：深圳市罗湖医院有个李泉水教授，4A类乳腺肿块到他那里彩超检查后，不少病人只分到2类，2类是良性的，找他检查最让人放心。因为他技术精湛，很多病人在当地检查是恶性的，但通过他检查诊断是良性，可以免去穿刺活检。

于是，2020年8月12日上午，患者在丈夫陪同下乘飞机赶到罗湖医院李泉水教授那里，请求他加号做检查。那天病人特别多，到中午12点，还有12个病人未检查，轮到她时已经是下午2点多钟了，午饭未吃，李教授还是认真地把她检查完。

但李泉水检查给他们带来了曙光：发现右侧乳腺是增生结节，只能分2类；左侧乳腺肿块边缘比较光滑，内部回声均匀，一个粗大钙化，内部血流供应不丰富，弹性成像是软的，是乳腺纤维腺瘤；纤维腺瘤最多只能分3类，不需要穿刺，暂时可以不做手术，半年复查一下。

患者夫妇听到李泉水教授的报告结果，激动的心情难以形容。患者赵女士含着眼泪说："天呀，我真怕是乳腺癌！在家里那几个医院医生都说我可能患癌，要我穿刺活检，我孩子这么小，越想越难受，我在被窝里不知哭过多少遍，孩子怎么办？家里怎么办？"

她带着满脸泪水微笑地说："李教授，您是病人的救星，把我的病诊断清楚了！不然，我要被他们吓死的！"

李泉水说："现在您应该笑了！记住半年复查一次，看有什么变化？"最后，他们夫妇一定要请李医生吃餐饭表示谢意。李泉水说："看到你们笑脸比吃饭更甜。"

（4）广西壮族自治区北海蒲县一位姓孔的女性患者，时年38岁，患乳腺肿瘤。

不知情的人要问：孔某已在当地医院做了彩超和钼靶，明确定为恶性肿瘤，为什么又要去专门找李泉水做检查呢？

原因是这样的：孔某在北海浦县，因乳腺肿胀不舒服，便在当地医院做了检查，通过彩超和钼靶检查，报告结果是4A类，要求患者做穿刺病理检查。

她怀疑当地医院检查不准确。过了不久，在爱人陪伴下，到了省级大医院做检查，使她失望的是：省级医院报告结果也是4A类，可能是恶性肿瘤，要她做穿刺活检。

她十分害怕穿刺，如万一穿刺病理报告是乳腺癌更接受不了。夫妻俩想到癌症很害怕，吃不下饭，睡不着觉，父母、儿女更为她担忧。

于是，孔某和丈夫到处打听，哪里的医院和医生检查乳腺癌的水平高？结果问到从深圳治疗乳腺肿瘤回去的病友，她也是患乳腺肿瘤，像讲故事一样说她到深圳的经过。她说："我也有一个乳腺肿块，通过好几家大医院彩超和钼靶检查都怀疑是乳腺癌。"

但那个病友不甘心，从网上查到深圳罗湖医院李泉水教授诊断乳腺癌的水平高。于是，她便有信心了，和爱人乘飞机到了深圳罗湖医院。

她说："李泉水教授真好，态度和蔼，经他一检查，奇迹出现了！他微笑地当场告诉我是良性，是炎症性肿块。听李医生一说，我开心死了！李教授把我收住院，做了手术，病理报告是炎性肉芽肿，现在已痊愈。"

孔某听了病友的现身说法，信心百倍，便和爱人买了飞机票，很快到达深圳罗湖医院。患者孔某说，我们找到李泉水医生后，急匆匆地说明了情况，要求加号检查。

她说："他正在机上做检查，那天请他检查的病人很多，都在排队。因为我们是外地刚去加号的。李医生很好，中午没吃饭给我做完检查。他交给我的检查报告是乳腺纤维瘤，分为3类，他温和地带着微笑对我和爱人说：'你放心，没什么问题，可以不治疗。但要半年复查一次，看有什么变化。'"

孔某说，我和爱人拿到报告单，听到李医生这么说，高兴死了！我们夫妇商量好，他饿着肚子给我做检查，要请他吃中饭，那时已是下午两点半了。李医生微笑地说："这是我做医生的职责，看到你们高兴就好了。"

4．笑迎八方客（二）

上一节记述了黑龙江省哈尔滨市等4省市4名甲状腺、乳腺疾病患者，前往深圳市罗湖医院集团超声科李泉水处就医情况。本节以同样方式记述上海市、新疆乌鲁木齐等4省市甲状腺、乳腺病患者前往名医中心李泉水处就医情况，还有广东省广州市等地不少甲、乳患者前往李泉水处就医。这说明，深圳市罗湖医院集团超声名医中心已成为全国甲状腺、乳浅表疾病超声影像诊断中心了。

（5）2021年7月9日上午，上海市24岁的女士名叫黄某。由丈夫陪同她到深圳罗湖医院找李泉水教授做甲状腺彩超检查。这一个月，她在上海三家大医院做了彩超检查，报告结果不一样，其中两家医院彩超报告为3级，考虑良性可能性大，而上海某大医院彩超检查报告为4级，遂进行了超声引导下的穿刺细胞学检查，检查报告为甲状腺乳头状癌的可能性大。但她夫妻俩不相信，要找这方面的顶级专家检查。

于是，她爱人在医学160网看到了患者对李泉水教授的评价，个个都夸李泉水教授彩超诊断甲状腺癌是绝对权威，有的患者说他诊断符合率不低于穿刺活检。还有不少病人说自己虽做了穿刺，还是怀疑医院诊断不明确，到了李教授那里一检查就明确诊断了。有的病人不相信自己甲状腺是良性的，因多家医院彩超检查报告均为5级，考虑甲状腺癌，病人直接要求穿刺一下，穿刺结果是增生结节，本来都办好了住院手术的，结果免去了不必要的手术，既省了钱也免去了手术创伤的痛苦，更免去了长期服用优甲乐代替甲状腺功能。也有的病友说做了两次超声引导下的细胞学检查，都确定不了良恶性，结果到深圳找李教授做了彩超检查，就明确诊断为甲状腺癌。

在网上病友的推荐下，她夫妻俩决心要到深圳找李泉水教授彩超确诊一下。

结果，李泉水教授彩超检查，发现甲状腺左侧叶一个34×26毫米大小结节，边缘较光滑，呈等回声，内可以显示微小钙化，边缘和内部有较丰富血流信号，阻力指数高，弹性成像硬，在甲状腺左侧叶下极显示一个肿大淋巴结，内有血流信号，故诊断为甲状腺左侧叶癌，已经很大，Ⅵ区有淋巴结转移，需要手术治疗。

至此，李教授超声诊断与病理相符合，黄女士夫妇才放心回去。

（6）肖某，男，时年66岁，湖北省武汉市人，因患甲状腺疾病于2020年10月12日来深圳检查，经武汉多家医院彩超检查，诊断为甲状腺癌，分为5级，外科医生动员他手术切除，但他不同意手术切除，怕手术后终身服药，一辈子难受。患者一家人便四处打听高明医生，给他解除病痛。后经一位病友向他儿子介绍，甲状腺要不要做手术，到深圳找李泉水教授做彩超检查就知道了。病友告诫说，千万不要随便做手术，否则，后患无穷。

于是，儿子陪着他父亲来深圳罗湖医院名医中心找李泉水教授检查。现场根本没有号，所有检查人都在排队。已在等待检查的病人告诉他儿子，我们今天来检查的都是一个月前网上预约的。他儿子想想没有办法，就直接找到李泉水教授要求加号。李教授见患者是从武汉远道而来的病人，即告诉前台护士说，只要是远程来检查的，再多病人也要加班加点给他们检查。

所有预约患者已检查完了，当然，肖某是最后一个了，时至下午1点半，李泉水仍没吃午饭。他检查发现，病人甲状腺呈网格状，不均匀，右侧叶有一个低回声结节，边缘不光滑，没有钙化，内有少量血流，很像恶性肿瘤。但结节呈椭圆形，弹性成像反复从多角度测量都是软的。李泉水从检查开始，见患者思想负担很重，也为他担忧。检查之后，告知不是恶性的，他神情放松了，便轻松地告诉病人儿子，基本上考虑是良性的，不需要手术。

为了使患者及家属放心，下午又给患者作了穿刺检查，结节近1厘米，百分之百能穿刺。穿刺结果是淋巴细胞性甲状腺炎。李泉水告诉病人：穿刺已经确定是良性，放心！可以不用管。

至此，病人及儿子大喜！病人儿子千感谢、万感谢。他儿子说："本来都在武汉联系的医院住院做手术的，后听说李泉水教授技术精湛，对疾病能明察秋毫，或可使我爸爸保留住甲状腺。现在李教授诊断不是恶性的，我们全家人都万分感谢，名医就是不一样，能使患者免去不必要的痛苦，给病人带来欢笑。"

（7）宁夏回族自治区银川市有位女患者名叫黄某，时年57岁，原在本市大医院超声检查双侧甲状腺钙化结节，分到4级，考虑甲状腺癌，外科医生看到彩超报告，动员患者做甲状腺全切术。

患者儿子听了心里有些担忧，不想把母亲甲状腺全切除，便到处打听有没有这方面权威教授，请他给母亲检查一下，听听他的意见，需要不需要做手术治疗？

结果她儿子看到网上病友介绍说，要真正知道需不需要做手术，只有到深圳找李泉水教授检查才解决问题。病友还说，很多原来认为要做手术的经过他仔细检查后，都不需要马上做手术，有的根本不需要做手术。李泉水教授诊断明确，会给患者解释得特别清楚。

患者儿子听了病友的话，2020年10月20日乘飞机匆忙到罗湖医院，请求李泉水教授给他母亲加个号。李泉水见到患者母子俩，微笑地点点头说："你们从宁夏银川远道而来，辛苦了，我给你母亲加个号。"

接着，李泉水做彩超检查，发现患者双侧甲状腺多发性结节，有的呈蜂窝状，有的呈囊实性，两侧均可见粗大钙化结节，后方有带状声影，从各个不同方向看，结节不呈圆形，内没有血流信号，弹性成像反复测量，硬度值除钙化外，其他地方不硬。

李泉水再追问他病史，病人说十几年前，两侧甲状腺肿大很明显，现在反而肿大不明显了。于是，听了患者主诉，李泉水肯定地告诉病人和家属："双侧甲状腺是良性结节，钙化是良性结节钙化，请放心，根本不需要治疗。以后一年检查一次就可以了。"患者母子听后非常高兴，儿子说，今天中午我一定请您吃饭，感谢您为我妈妈免去了手术，我马上打电话告诉家里人，让他们放心。李泉水听后马上谢绝，微笑地说："你们高兴，我也高兴。"

（8）马某，男性，时年42岁，新疆乌鲁木齐人。他原甲状腺癌全切术后两年，当地有两家大医院彩超检查，又发现左右侧颈部II、III区有肿大淋巴结，考虑淋巴结转移，需要做第二次手术；如果要做第二次手术有一定的难度，两侧II区和III区清扫淋巴结范围比较大，病人难以接受，故不十分相信。

为了进一步确诊，到处打听有没有这方面经验丰富的教授。结果在160网病友给他推荐，说："你不要轻易清扫，你已做过淋巴结清扫，再做手术清扫创伤更大，你去找李泉水判断，只有他能为你解决问题。"

因此，患者于2020年11月20日乘飞机到深圳市罗湖医院，找到李泉水教授加号检查。

听完患者主诉后，李泉水给他加了号。经过反复仔细检查，发现双侧颈部淋巴结无钙化，结构正常，血流供应不丰富，像增生淋巴结。

为了使病人放心，李泉水下午请自己助手对较大有怀疑的淋巴结进行了病理检查。结果，病理报告是淋巴结增生。

病人见此欣喜若狂："压在我身上的石头落地了！"马某激动地对李泉水说："这一个多月来，我都考虑双侧颈部淋巴结转移问题，我吃不下睡不着，天天想着又要进行一次大手术！如果淋巴结清扫不干净怎么办？我的身体变成医生的试验品了！想着想着，禁不住簌簌流下泪水。现在，您给我诊断清楚了，我万分感谢！"

第十八章　师道传承开讲啦

1. 开学寄心语

李泉水1994年被南昌大学评为硕士研究生导师，医学教育生涯中第一次带研究生。他意识到，自己肩负医学超声影像诊断的重任，现在又增加带研究生的重任，任务非常艰巨。要培养出合格的研究生，首先自己必须是一个优秀的研究生导师。

开学典礼之后，李泉水向读研学生宣布：今天开始上课了！

根据南昌大学（原江西医学院）颁发的文件规定，优秀研究生导师要求非常严格。李泉水说："我决心要做一个优秀研究生导师，现在把国家对优秀研究生导师的要求向你们宣读，请大家监督我。

"要遵守教师职业道德规范，为人师表，爱岗敬业，以高尚的道德情操和人格魅力感染、引导学生，成为先进思想文化的传承者和社会进步的积极推动者；谨遵学术规范，恪守学术道德，自觉维护公平正义和风清气正的学术环境；要有责任心和使命感，尽职尽责，确保足够的时间和精力，及时给予研究生启发和指导；有仁爱之心，以德育人，以文化育人。要培养学生有深厚的学术造诣和执着的学术追求，关注社会需求，推动知识文化传承发展；熟悉国家招生政策，明确培养研究生目标。要有先进教育理念，重视课程前沿引领，创新教学模式，丰富教学手段；不断提高指导能力，着力培养研究生创新能力，实现理论教学与实践指导之间的平衡，助力研究生成长成才。"

他说："以上是国家对研究生导师的要求与期望。我将不辱使命，有决心、有信心把自己锤炼成优秀研究生导师。"

李泉水说："下面我希望每个研究生要担当起历史使命，努力培养自己深厚的学术造诣和执着追求，为国家、为人民、为患者作出毕生的贡献。感谢党和国家，我有幸成为你们的导师，你们也有幸成为我的学生。我们携起手来，共同创造医学超声的辉煌。过去，我们都是称同志，称朋友，今天是老师、是学生，是师生关系。今天我要讲讲师道传承。"

他稍作停顿，观望着研究生的神情，微笑地说："现在，师道传承开讲啦。"

"什么是师道？说法众多。我十分赞同一个说法，师道是超越，师道不是炫耀，而是照耀，超越束缚。中国的文化博大精深，十分丰富，希望你们年轻一代要把它继承下来，发扬光大。我作为导师，为你们指明前进的路，把我所学的知识和技能毫无保留传授给你们。希望你们要发扬超越精神，去追赶时代的步伐，完成三年读研计划，实现自己的伟大抱负。我们科研的工作者应该在师道传承的灯塔照耀下，冲破捆住我们手脚的束缚，把科研工作开辟出新天地。"

2. 带教研究生

李泉水教授在学习研究并熟悉掌握了关于做优秀研究生导师和优秀研究生有关规定的基础上，精心制定了带教规划和教学方案，细化了具体要求和措施，突出抓住四点。

（1）读研德先行

所谓德，这里是指政治、道德。导师应教育学生首先注意提升思想政治素质。研究生要热爱祖国，一切为了祖国，这是最大的政治，最高尚的道德。作为读研学生，要摆正自己的位置：一切为了祖国，为了人民，为了病人。他认为带研究生是实现国家人才发展工程计划的一部分，中国古代有着"十年树木，百年树人"的说法，说明培养人才、促进科技发展是一项伟大而艰巨的任务。我国要实现新时代中国特色的社会主义现代化，亟须许许多多高端人才，这是一项政治任务，又是伟大的历史使命，没有高层次的技术人才，现代化是不能实现的。

李泉水认为，硕士、博士研究生是国家培养的最高学术人才，谁掌握了尖端科学技术，科学技术就为谁服务，无产阶级掌握了科学技术，就要为无产阶级、为社会主义、为人民大众服务。因此，研究生们要热爱祖国，热爱社会主义，与祖国同命运共生存，把自己的青春和手中的医学科学技术贡献给国家和人民。因此，研究生没有政治素质，就没有灵魂，也就没有人生价值。

李泉水无论是上课，还是和学生交谈中都像讲故事那样生动有趣，深入浅出。把医学超声的重要性、特殊性，从小到大，从近到远，讲深讲透。他说，研究生读研，就是要努力贯彻"救死扶伤，实行人道主义"的方针，将来报效祖国，报效社会；学习技术的目的，就是为国家多做贡献。因此，大家要深刻认识时代赋予的重大责任和历史使命，扮演好自己的角色。这个角色，就是对社会担当的一种责任，这种责任在时间段里就是体现一种历史使命，完成了这种责任和使命，就是对国家对社会的贡献。

因此，在读研期间，每位学生都要努力学习马克思主义，学习毛泽东思想，树立正确的世界观、人生观、价值观，应具备高尚的无产阶级道德情操，坚定地为实现共产主义远大理想和新时代中国特色社会主义现代化而奋斗不息。谁能脚踏实地、不辞辛劳地完成岗位上的每一份工作，而且能用高科技对国家对社会高频率地做出自己的贡献，就是一位有远大理想的人。

（2）起步有理想

李泉水带研究生，都要跟学生做一次正式对话，对他来说，是例行一项程序和责任。对学生来说，是人生中一次最深刻的记忆。

现任深圳大学第一附属医院教授的学生熊华花说："导师跟我第一次正式对话，讲如何才能成为一名更好的医生，如何规划自己的三年研究生学习和生活，并要求我写一份详细的书面规划。这次对话，对一个刚进入研究生门槛的、年仅20多岁的学生来说，记忆非常深刻。我循着老师的指点，满腔热情而又满怀信心地沿着宽阔的道路一步步走下去。"她说："如果说这样语重心长的谈话，让我印象深刻，对于未来如何努力成为一个好医生，有了大概的轮廓，那么在跟老师学习的日常中，我更从老师对待病人的一件件小事、一个个细节中体会到了该怎样成为一位真正的好医生。"

由于熊华花接受了李老师的教导，以坚强的决心，夜以继日地钻研超声诊断技术，32岁时就晋升为副主任医师，36岁被评为教授、主任医师、硕士研究生导师。

老师，这个神圣的称呼，被称为是人类灵魂工程师，这是苏联加里宁说的，一点不假。因为好老师不仅要向学生传授科学知识，而且要塑造学生的灵魂，也像工程师一样。李泉水教授不仅滔滔不绝而又抑扬顿挫地向学生输送科学知识，也同时为学生塑造了灵魂，培养了高尚的道德与情操。

不是吗？学生熊奕用亲身经历可以说明这个问题。在江西医学院毕业时，本来对超声医学不感兴趣的他，却被安排在江西二附院超声科实习，有缘做了李老师的学生，正是李老师精湛的医术，高尚的医德，传奇的故事，渐渐地引导他投入超声医学的怀抱。

他说："在20世纪八九十年代，超声科仅仅是一个微不足道的小科室，超声医学还是可有可无的专业，人们戏称为是照顾关系户的学科，是医生护士的疗养院。"

由于李泉水和前辈们的艰苦努力，才引领着超声医学不断进步，他们的榜样力量鼓舞着学子们，引领着越来越多的后辈逐渐加入超声医学。熊奕继续说："我还记得李老师和心血管内科大咖持续进行学术斗争故事，改变了当时江西心脏内科的诊疗方式。记得一位先心病患者前来会诊，李泉水做出了明确诊断，提高了心脏外科主任的手术成功率。正是在这时，我开始对超声医学产生了浓厚的兴趣，开始决定往超声医学方向努力；也正是李老师的不断鼓励，才让我有勇气报考李老师的硕士研究生，也让我有信心在超声医学领域不断进步，树立起远大的奋斗目标，让我在超声医学领域崭露头角，成为具有创新思维的超声医学研究者。"

他又说："在李老师的鼓励和影响下，硕士研究生毕业后，我主攻胎儿筛查，成为全国知名专家、教授、主任医师、博士研究生导师、深圳大学附属第三医院副院长，被授予中国超声医学工程学会优生优育专业委员会副主任委员等职。"

（3）机子当课堂

李泉水上课，遵循理论与实际相结合的原则，从实际出发，不拘形式，灵活运用教材，密切联系临床，把超声诊断仪当课堂，把病例当作切入口。切入口处讲懂、讲深、讲透，自然把教材内容都讲完了。学生听来非常鲜活有趣，醍醐灌顶，是一种享受。

下面是李泉水在超声诊断仪上边检查病人，边讲解，给学生授课："我亲自带学生，每检查一个病人都认真讲解，特别是阳性病人，给他们讲发病机理、解剖特点、超声显像表现，诊断时要求抓住要点，如何进行鉴别诊断。看到先天性心脏病室间隔缺损时，首先要求他们掌握血流动力学变化，室间隔缺损在没有肺动脉高压时的情况，收缩期左心室血流经缺口射入右室，由于右室也在收缩，左向右分流血液直接从右室流出，进入肺动脉，使肺血量增加，回到左房左室血量增多，容量负荷加重，导致左心房左室增大。在没有引起肺动脉高压时，右心房右心室没有变化。学生初学时都误认为室间隔缺损，左室的血分流到右室，首先是右心室增大，经过我的详细讲解，他们才恍然大悟。根据血动力学变化，很容易判断什么部位分流，通过超声显像切面寻找缺损口，看五彩血流出现部位，测量血流速度，左室和右室之间压力差很大，分流速度快，在没有引起肺动脉高压的情况下，分流速度可达5米多，分流速度越慢，证明肺动脉压力越高。通过向学生们讲解房室增大原理，显示血流直接征象，很容易就记住了先天性心脏病室间隔缺损超声显像诊断的知识。不少研究生认为房间隔缺损产生杂音是心房水平左向右分流引起的，在彩超检查时，通过心尖四腔和大动脉短轴切面显示缺损部位，测量心房水平左向右分流的速度，分流量再大，也难以达到1.5米，而正常二尖瓣和主动脉瓣血流速度一般超过1.5米，但听不到杂音。这种讲解他们容易理解，记得非常牢。房缺病人测肺动脉血流速度，一般都达到了两米多，告诉他们左房血流通过房间隔缺损进入右房，舒张期进入右室，加重了右室负荷，右室排血量增多，导致肺动脉血流速度增快，引起了杂音。边检查边讲解给他们听，很快就记住了这个病。这种讲课形式很生动，使学生一辈子也忘记不了。

学生李振洲说："老师总会围绕病例问一些问题，我常会有回答不够到位的地方，老师反而耐心地从疾病的基础着手，为我分析来龙去脉，每次听后都会有醍醐灌顶之感。"

李泉水既坚持每天上机，又带教研究生。又要处理科内科外纷繁工作，实在不容易。但他做到了。

他说："我为了培养好每个研究生，都是自己亲自教，除了医院开会外，上班日的每天上下午，我都坚持上机检查病人，并教学生，处理科里的事多数在下午4点以后。我想作为科主任和研究生导师，必须要技术过硬，得到科室人员认可。如果担任科主任就不上机检查病人，诊断水平就不会提高，临床医生有疑难复杂病人就不会请你看，在科里就没有威望。科主任是学科带头人，就是在科里技术是一流的，走在全科人员前面，在科里，大家遇到解决不了的病人就会请主任会诊。"

科里有的医生对阻塞性黄疸病搞不清楚，他说："我就一边检查一边同他们讲，阻塞性黄疸病人有几种病可引起：第一种最常见的是胆总管结石，发现肝左右叶胆管明显扩张，就从胆总管往下追查，如果病人发作绞痛，应该是结石阻塞胆管，随着扩张的胆管往下找，可以显示出结石阻塞部位。结石回声强，后方出现声影。第二种发现胆总管以上胆管出现扩张，病人无疼痛，多为肿瘤阻塞，如果胰管无扩张，肿瘤应位于胆总管。第三种胰管扩张，胆总管明显扩张，病人症状不明显，黄疸逐步加深，应是壶腹部或胰头部恶性肿瘤，病人适当饮水后，可以显示胰腺头部，从而鉴别出肿瘤是胰头还是壶腹部。第四种如果超声显示胆囊缩小，胆总管不扩张，那阻塞就在肝总管部位。胆管阻塞有胆管内阻塞和胆管外压迫阻塞，超声检查可以清楚显示出来。通过这样系统地和研究生、科里医生讲解，他们遇到阻塞性黄疸的病人就能做出诊断与鉴别诊断。"

（4）迈步朝前沿

李泉水对在读研究生，都鼓励支持他们多做些前沿研究；前沿研究，更长心眼，更长知识，更长水平。所谓前沿研究，就是如同一栋楼房的选址和打地基，关键和方向性的问题是基础问题。所以，科学的前沿研究更能锻炼人，更能看出方案的总设计师的水平。李泉水站在学术的顶尖上指导学生做前沿研究，个个都做出成果。

学生熊奕说："李老师不仅极力鼓励支持学生多做些前沿研究，同时也鼓励学生不拘形式，大胆地去开拓未知的领域。"他说："正是在硕士三年打下的扎实基础，培养了我开阔的思维，也让我在日后的专业发展方面游刃有余，成长为一名理论、实践、科研、创新的全面人才，一名在专业领域不断耕耘的合格的超声医生。在硕士研究生学习期间，老师一直给予我们启发式的指导，鼓励我们要勇于开拓，不墨守成规，用认真坚持的态度对待每一名患者、每一份工作、每一项科研，一步步成长为胎儿超声领域的知名专家。"

学生李振洲说："在科研方面，老师对我们要求同样严格，并极力鼓励支持我们选择好的目标，多做些前沿研究。硕士阶段，我做的是心肌超声造影对急性心肌缺血的诊断。当时医院实验条件有限……深圳各大医院在这方面也没有研究经验供我借鉴，我有些想退缩，但老师鼓励我勇敢尝试，并亲自带我到南方医院，找到当时做心肌超声造影的泰斗刘伊丽教授。她听了老师的讲述后，刘教授欣然支持，派出了她的得意门生陈小林博士亲自来深圳帮我做实验。

"实验过程几经起伏，老师不断鼓励着我，给了我一些重要的指导，后来又在心脏外科、介入科老师的大力支持下，实验终于得以顺利完成，开创了我科研究生做超声动物实验的先河。"

他又说："在老师的帮助下，我得以在美国学习一年多。这是我人生中最重要站点之一，极大地开阔了自己的视野，为今后的职业发展奠定了很好的基础，明确了努力方向。"

3. 教法立新篇

（1）病例教学法

李泉水给学生上课不拘形式，围绕研究生教学的总要求，细化成一个个的小课题，遵循理论联系实际、又从实践上升为理论的原则，有纲有目，纲举目张，把问题讲得透彻。

他讲得最多的是病例教学法。初读研究生，往往理论懂得很多，而碰到具体病例却束手无策，如同明亮的眼睛前面出现一团迷雾，显得软弱无力，看不进去，诊断不了。

根据初读研究生的这个特点，李泉水选择病例，让大家讨论。学生熊奕说："每当碰到特殊病例，老师总是会围绕病例展开讨论，用开拓性的思维理论结合实践，讲解相关的超声基础知识、临床知识，诊断思路深化地印入学生的脑海，让我们能举一反三，融会贯通，每每听来都获益良多。"

病例教学的形式，主要有：一般病例，边检边解，不受时间限制，只要有学生上机，随检随解；还有典型病例，即为疑难复杂的病例，先组织学生观看，后边看边解读。如前面讲到先天性心脏病、室间隔缺损较为复杂，随着检查的部位一一讲解给他们听，学生很快就记住了这个病例。

（2）随时提问法

随时提问，不是老师事先没有准备，随心所欲，主观随意，想问哪个问题就问哪个问题，问过就算了，学生没有学习压力，感到轻轻松松。这样的提问，十之八九学生学不到什么知识。

提问是老师教学中的一个主要环节，或者说是教学的一种手段，讲课中提问、背诵、测验、考试等都是教与学的组成部分，是衡量教学相长质量的标志。

怎样提问能引起学生深刻思考？提问是一种学问。老师要了解学生从自己所传授的知识中学到了多少，有几招：一是这堂课上了，下堂来提问；二是板演答题（如数学）；三是发小纸条测验，但最多使用的方法是提问。不论是小学、中学、大学，提问都是有责任心的老师使用的法宝。但大学的提问是高层次的提问。一般学生都害怕提问，有些学生胆小怕难为情，答不好会在同学中没面子。

而李泉水为了验证读研学生的学习效果，时不时地向学生提问。

李振洲说："李老师对学生要求是严格的，每次跟着老师上机，最怕的就是老师提问，每当碰到特殊病例，老师总会围绕一些问题，包括相关的超声基础知识、临床知识、诊断和方法，回答了一个问题之后，又会更深入地问一些相关的问题。"这是学生最害怕的地方。"相关"问题很广，回答不出，就在老师面前露馅。

李振洲没想到的是，他第一次回答虽不够正确，老师听了不仅没有批评，还温和地做了相关的解释。他说："提问环节结束后，我常会有一些问题回答不够到位的地方，老师总能从疾病的基础着手，为我们分析疾病的来龙去脉，每每听来都会有醍醐灌顶之感，获益良多。"

熊华花接着又说："老师的授课生动有趣，非常具有感染力，总是不失时机地给我们讲解超声原理以及在具体疾病中的超声诊断要点，启发我们思考；老师讲解的知识多是书上没有写到的，将各种知识点串联起来，不但要我们记住超声诊断要点，而且还要我们记清楚诊断思路以及鉴别诊断要点，使我们融会贯通，举一反三，对超声学习更有兴趣。

（3）病人随访法

为了提高超声医生的诊断水平，超声科还制定了一个制度，就是每个医生都备一个小本子，叫"随访本"，带在身上。李振洲说："老师要求每个医生每个月都要随访至少20个病例，还要上交老师检查，当作医生诊疗回头看的制度，从而检验自己诊断是否正确，是否成功。"

李泉水对大家说："我们给病人下的每一个诊断结论是否正确，这需要随访手术病理结果或其他检查结果来印证，尤其遇到有诊断不符的病例，需要再调出图像进行分析，吸取教训，并且长期坚持，这样才能不断提高诊断水平。"

随访本到底对于学生读研起着怎样的作用呢？学生熊华花说得很透彻："老师也要求我们对疑难病例进行随访，务必追踪到最后结果，经过这样的日积月累，必定对超声诊断和手术的病理结果之间的关联有更客观的认识，这种不断学习和纠错的过程，是一种有效地提高诊断水平的方法，在这过程中，我的超声诊断水平得到了很大提高，不知不觉在患者和临床医生中提高了知名度。"

所以，这种随访本，实际上是医生看病的自我监督手册和善后工作记录本，也是病人治疗过程中修复身体变化的记事报告单，更是超声医学学术研究的原始资料，是读研学生的一份成长记录。

（4）无声示范法

李泉水从医的路上，不管遇到病人是什么身份，都一如既往地做着他认为该做的事情。

日常工作中，不论有否学生跟随，李泉水都以普通的医生身份出现，严谨从医，仁心为人。对于病人，他不仅有怜悯之心，还有热爱之心。他不管是对本市的病人，还是农村基层医院转送的病人，都以一颗强烈的爱心和足够的耐心来对待；不管是对待心情焦虑、带着病疑的病人，还是千里迢迢、慕名而来的病人，都很热心，用自己深厚的专业功底为他们仔细检查，准确诊断，耐心答疑，使患者带着愁脸来，端着笑脸去。

这些细微的生活小事，不仅感染着病人，也感染着读研学生。

他常常为检查病人延迟下班。就是上午工作到12点以后，碰到远地来求医的患者，饿着肚子为他们做检查，有时给病人检查到下午两点以后才下班。

这是常事。有一天，快到中午下班时，碰到一位农民带着儿子来求医，请求李泉水为其检查心脏病。患者父亲很艰难地说孩子心脏有问题，很着急，可他们身上又没钱，工作人员解释说已经下班了。

李泉水听到情况后，没有考虑其他，只说："算了算了，我来给他免费加做一个吧。"就这样，他加班免费给那个孩子认真地做了超声检查。这位农民满意地带着孩子，千谢万谢地说："您真是我们老百姓的好医生！"

　　这一天，是刚读研不久的学生熊华花跟着老师上机，第一次碰到李老师处理这类小事情，心里感慨万分，后来记录了老师无声示范的一段话："在平时工作中，只要患者来请老师做检查，无论有多忙，老师都从不拒绝，尤其对那些有困难的、从市外甚至省外特意赶来请老师会诊的患者，老师总是热情地及时为他们解决问题。老师这种怜悯体贴、全心全意为患者着想的仁爱之心一次次地打动着我，潜移默化地影响着我，在我从医的道路上，像一盏指路明灯指引着我前进的方向，以一个个实际的鲜活场景引领着我：体会怎样才算是一位好医生，这比任何言语都更深刻。我明白了高超的医术更要以为患者着想的仁爱之心为基石，才能成为一位好医生。"

第十九章　天道酬勤出高徒

怎样才算优秀的研究生导师呢？学生们是这样说的。

1. 老师是灯塔

说老师是灯塔，是对老师的敬仰和尊重，是比喻老师像灯塔那样照耀着他，关爱着他。

说起灯塔，如海岸的灯塔，它的射程可达30海里左右，光的强度相当于数亿烛光。灯塔的射程和光的强度，足以照耀广袤千里的原野和海洋，滋润和供养自然界无数生灵。

讲起李泉水老师，他有着广阔的胸怀，像水那样滋润和包容着他的学生们，促使他们快速成长。故他们将发自肺腑之言脱口而出："李泉水老师是一座灯塔。"像熊奕、李振洲、熊华花、郭国强、李建辉、许晓华、董常峰等等学子，把对老师致敬的感情说在嘴上，写在纸上。

学生许晓华说："李老师的话像灯塔为我指明了方向。"

1999年的夏天，他从医学院本科毕业后入伍，成为一名光荣的军医，并被分配到江西武警总队医院工作，通过笔试和复试，高分录取为江西医学院影像医学与核医学99级硕士研究生，正式成为李泉水老师的一名研究生。

他说面试时，"初次见到李老师，就被他的外貌及人格魅力所吸引，李老师目光温和而有神，谈吐谦和而有力。"

许晓华从1999年至2002年在读研的3年里，与李泉水亲密接触，受益终生。他说："师者，所以传道授业解惑也。"李老师常常教导我们首先"要以德为先，要做一名品德高尚的医生。"

当时江西在全国的经济发展比较迟缓，农村看不起病的人挺多，来到省城南昌的患者都是病比较重且又缺钱，每每遇到这样的患者，李老师在尽力给他看好病的同时，在医院允许的范围内减免收费或给他们多检查几个部位，甚至自己拿钱给他们补足药费。李泉水对许晓华说："作为一名医生，病人的利益永远要放在第一位。"他深深地把老师的言行刻在自己的心里。

2012年，是许晓华从部队转业来到深圳市第二人民医院的第7个年头，他担任普通医生。不久，新成立的香港大学深圳医院向他抛来了橄榄枝，代价是放弃固定编制到一个新型体制医院，家人都反对。他正在犹豫不决之时，李泉水知道后，鼓励他去试试，并亲自带他去香港大学深圳医院参观考察，对许晓华说，这个医院硬件强、位置好、理念新，你还年轻，在那里应该另有一番天地。在李老师鼓励下，他做出了人生的一个重要决定——辞职去无编制的港大医院工作。

到了新的医院又遇到新的问题。老师接到电话后，笑呵呵地对许晓华说："没事的，你只要做好自己的事，提高自己的专业技术，是金子总会发光的。"李老师的话像灯塔，为他指引了方向。于是，他从自身做起，时常跟踪超声发展新动向，为医院的发展谋划着未来。

2018年底，许晓华被任命为香港大学深圳医院超声科的顾问及超声科主管，有了新的平台和发展机遇，如何带领全科同仁共同发展，科室一定要在新技术新项目上有所突破。这时又想到李老师说的："超声造影与介入超声应该是未来超声科突破的方向，朝这两方面努力可带来较好的效果。"于是，他便带领全科医护人员集中精力在这两方面下功夫，不到一年半时间，科室月均造影工作量由原来的不足20例发展到突破了300例；在造影学术方面，也向深圳市其他几个老牌的三甲医院看齐。

许晓华注意到李泉水导师用启发和引导方式进行教学，要求学生注重临床思维的锻炼，总结许多疾病的超声图像，有着同病异像和异病同像的特点，并提醒学生一定要注意在诊断时多想几个问题，拓宽自己的临床知识面。他说，李老师尤其注意科研能力的培养和发掘，要求学生们注重临床与科研紧密结合。还对他写的论文作了深入指导，要求他读研期间多做总结，多动笔杆，勤思考，白天看到什么疑难病例，晚上要记录下来，认真翻书查资料。

李老师还要求其他学生把学习过程中的体会系统总结起来，写成医学报道甚至论著。所有这些对研究生教育都很深刻，收获很大。老师这些教诲，许晓华当作医学超声经典，脑子豁然开朗，眼前似乎架起了美丽的立交桥。

许晓华受到老师的悉心指导，读研期间发表了几篇学术论文，还获得了江西医学院最高奖"育才奖学金"。

许晓华说，李老师教导我们，学医学要"勤"字当头，加上合适的学习方法，就可以事半功倍。老师不仅这样说，他自己也是这样做的，除了白天的繁重工作，无数个深夜里，在二附院2楼那狭小的办公室里，不是忙碌地查阅文献资料，就是伏案撰写学术论文。

他深有感触地说："老师常常说，一名好的超声医生就是检查技术与诊断水平的完美结合。毋庸讳言，在医学知识的浩渺世界中，没有什么捷径可走，把简单的事重复一万遍就成了专家，尤其是检查技术方面。"听了老师格言般的话，他连续拍了两下脑袋，脑海里闪出了一座高大的灯塔，眼前的超声路子忽地亮了起来。

许晓华刚开始学习心脏超声检查时，探头放在患者胸部，经常老半天都显示不出好的心脏切面，每每看到老师的探头放在患者身上，就什么都显示得清清楚楚，为老师的高超技术所折服。老师见他的手法还不对，总是微笑，不厌其烦地指教，许晓华慢慢地体会自己的手法不对，大约两三个月之后，终于有了进步，可以把一些复杂的切面显示出来。

就是这么一个简单动作，许晓华经过两三个月的摸索练习，才有了成就感。可见，李老师说的话是治学的格言，是走向超声医学之路的一盏明灯。

同时，李泉水还经常要求学生，在科室求学，凡事都要勤快，跟随其他老师学习时，要帮助老师多做些事情。李老师说，"但凡遇到勤快的学生，老师都是非常愿意教你们的。"他遵循老师的教导，业精于勤，经常主动帮助科室其他老师做事，慢慢地得到科室多位老师的悉心指导，进步很快。

2. 魅力缘何方

在这次采访中，郭国强和好多学生在回忆自己成长时说，是受了李泉水老师人格魅力的影响。

所谓人格魅力，是指一个人在性格、气质、能力、道德品质等方面具有的很能吸引人的力量。不错，李泉水不仅在性格、气质、能力、道德品质等方面吸引着学生，而且在学识、技能方面同样吸引着学生们。因为一个想成才的学生都是注视着老师的才华、言谈举止和处事的能力。他们发现李泉水身上所具备的性格、气质、能力、道德品质，正是自己所渴求的。当这些优秀品质和精湛技术自然散发的时候，学生就会被吸引，学生所需要的，李泉水身上都具备。所以，李泉水作为一个相当完美的人，正如学生所说的"是我生命中重要的贵人"，他还是一座相当丰满的知识宝库。

学生郭国强，把老师的形象深深地刻在脑海中。他说，"我深味老师的崇高医德和为人师表，自己无论任何时候遇到迷茫困惑或者挫折时，都会想到老师的鼓励和指引。"

那么，郭国强是怎样渐渐走近老师的呢？在2000年9月刚开学不久的一天上午，上《超声诊断学》课，课程表安排的老师是李泉水，当初选择医学影像专业时，就听说过李泉水是江西老乡，是江西医学院第二附属医院名气很大的超声医生。在没见到老师之前，想象中，既然是国内超声大咖，那肯定是比较严肃，是让人敬而远之、戴着黑框近视眼镜的白发苍苍的长者。

然而，当老师走进教室时，见到的形象却大相径庭，"老师头发乌黑，梳理得整齐有型，年轻帅气而不失儒雅，并没有看到想象中的老学究、黑框眼镜的老师。上课的时候，李老师完全脱离课本，但讲的内容几乎与课本一致，且讲得通俗易懂，形象具体，思路清晰，声音洪亮，就像讲故事一样，又拉家常，不缺严肃，却让人轻松，大家听得津津有味，饶有兴趣。"同时老师在课堂上还动员我们以后都从事超声工作，并鼓励我们读他的研究生，还给我们分享了他在超声界的影响，以及他的一些优秀学生。

从那时起，郭国强和一些同学激情澎湃，谈起理想，夜不能寐，"李泉水"成了他们心中的偶像，心想，以后能做李泉水老师的一名研究生，该多好啊！

郭国强2003年学校毕业，由于家庭经济的原因没有选择考研，就去了浙江一家三甲医院从事超声诊断工作。工作后了解到当时浙江的很多大医院，心脏超声的测值正常范围，以及心脏疾病的超声诊断模板，都是参考借鉴老师的心脏超声论著里的内容，同时碰到的同事都讲"李泉水老师给我上过课，我是他的学生"，一股光荣感在他身上流露。

每每此时此刻，郭国强心情都不能平静，一种莫名的自豪感和喜悦感袭上心头。老师的学术影响力和对超声事业的贡献，激起了对李老师的敬仰和崇拜。

功夫不负有心人，2005年，经过自己不懈努力，郭国强终于有幸成为老师的一名研究生。他说："毫不夸张，刚刚知道录取结果的那段时间，我好几天都没有睡着，更多的是幸福感，但是也有紧张和忐忑：紧张的是，老师专业技术那么厉害，在国内影响那么大，自己是一名初出茅庐的菜鸟级小辈，跟名声这么大的一位超声大咖相处，除了受宠若惊，更多的还是源于自己不自信的诚惶诚恐的小紧张，生怕自己什么都不懂。"

直到2005年11月的一天下午，郭国强当时在图书室看书，突然接到老师的电话，电话中老师问了一些在学校的情况，更多的是一些学习生活的琐碎事情，电话里，老师声音平易近人，语气中充满着对我生活的关怀和学习的鼓励，还谈到要我好好学习英语和统计学等。通话时间不长，但是这次通话，又让我重新认识了我的老师，他语气平缓和蔼，中肯而又带着满满的关爱，逐渐地让我不再那么紧张和忐忑，这让我不得不对老师的宽厚包容油然而生敬意。

2006年，我来到了深圳，老师知道我来深圳的那天下午，特意安排了我的一位师兄去接我，师兄帮我办好了入院学习的手续，还帮我找好宿舍并详细交代一些事项，让我初次在深圳这陌生的地方感受到家的温暖与温馨。我想，这还要感谢老师培养的优秀师兄，但更要感谢的是，老师对我这个新的学生的体贴与照顾，无微不至，情真意切，让我感动不已。

他说，在老师身边的两年，了解到老师学识渊博，学术上精益求精，对学生学术上严格要求，生活上热情关爱，是我学习的楷模。

记得有一次，一位中年妇女带两个不满五六岁的孩子，找到李老师要求加号检查，两个孩子都是严重的地中海贫血，是从湛江坐汽车来的。当时已过了12点，老师二话没说，就让我登记，把两位小孩肝胆和心脏检查完，当时我有点小不满，可老师认为患者从那么远的地方来到深圳，说明对我们比较信任。老师还说严重的贫血可能要长期输血，家里有两个这样的患者，对一个家庭打击很大，平时工作要站在患者的立场考虑问题，能帮到患者，在不违背原则的情况下一定要帮助他们。

是啊，人何尝都是一帆风顺？特别是在疾病面前，医务工作者需要一颗仁爱的心！

这时看到老师的举动，并听到老师谆谆教诲，不由得身上一阵寒栗，醒悟到老师不仅是给患者治病，更是给自己上了一堂鲜活的政治课，心里对老师肃然起敬，这就是老师的人格魅力！

郭国强回忆着老师对工作的敬业和对生活的热爱，时时处处都产生潜移默化的影响。他说，老师经常告诉我们，年轻人要吃得了苦，吃得了亏，但也要懂得劳逸结合。他主张一个人要会学习会工作，也要会生活会运动。

深圳市第二人民医院后面有一座海拔200米高的山峰，它位于笔架山公园，便是李泉水常去进行爬山活动的场所。工作余暇，或者下班后他都要去爬山，也常带学生去爬笔架山、游公园。学生们看到老师身材魁梧，身体很棒，矫健轻快的步伐都傻眼了。

2008年，郭国强和另一个师兄跟着老师去重庆参加学术会议，当时会议结束有半天等机时间，老师主动提出自己出钱打出租车去参观红色教育基地：渣滓洞和白公馆，重温《红岩》与江姐、小萝卜头的故事，使学生们受到一次深刻的爱国主义教育，深知今天幸福生活是无数革命先辈们用流血牺牲换来的。

之后，老师和学生同吃九宫格火锅及当地特产，一起肩并肩地合照，一起开玩笑讲故事，此时，老师俨然像一位兄长，一位好友，一位无话不谈的知己。老师虽然工作中严谨缜密，但生活中没有架子，和蔼可亲，平易近人。

郭国强深情地说："李泉水老师不仅是一位勤勤勉勉，不计得失的好医生，也是一位热爱生活、热爱运动、热爱祖国的好老师。"学生之所以这样赞扬他，是因为在他身上时时处处都散发出一种使学生永远无法忘记的人格魅力。

其实李泉水的人格魅力，不仅表现在培养研究生上，更表现在打开超声医学发展的局面上，在创立各个学会和第一、第二次创业的路上，都是他的人格魅力在闪光。同时为了国家超声医学卫生事业的发展，由他主持或牵头召开国家级或省市级多次学术会议，使各地超声科医生相互学习，交流学术经验，显示出他的魅力和魄力。

2001年刚去深圳创业时，当时的第二人民医院创建全市超声重点科室，缺乏10台B超仪器，在节骨眼上，连院领导都想不出办法，而他独辟蹊径，硬是拉住开立公司领导，以高超的智慧和坚强的毅力，说服了深圳市开立公司董事长，无偿提供10台B超仪器，放在医院超声科使用了10年，让在场人员都傻眼了。这是近千万人民币的款项啊！

3. 好学求探索

李泉水教授始终怀着一颗年轻的心，工作朝气蓬勃，不知疲倦，因而照到学生身上就是一缕缕阳光，使学生们茁壮成长。学生李振洲是这样说的："老师的心态一直非常年轻，对新鲜事物始终保持好奇心，始终坚持不断学习新知识。他常常教导我们：学习是一辈子的事，在人生不同阶段要有不同的目标，不断努力，才能在激烈的竞争中占有一席之地，才能成就自己，而不至流于平庸、辜负年华。"

李泉水始终保持年轻好学的心态，一直跟随他学术专业的发展，朝着前沿方向不断探索着，为国家作出贡献。

李泉水的好学精神来源于好奇心。开始他怀着好奇心，见到什么都要问都要学。后来他遇到超声医学就锲而不舍，经过苦学，没有老师指导，也成了顶尖的超声医学专家；之后，他努力钻研，在江西，以心血管超声研究为主进行攻关；到了深圳，就以乳腺、甲状腺研究为主进行攻关，都做出了重要贡献；最后他大胆实践，深入研究，不断总结经验，撰写了学术论文187多篇，发表于国内外的重要期刊上。并且组织全国超声医学的著名学者，主编成了《新编超声显像诊断学》《现代超声显像鉴别诊断学》等6部超声医学巨著，字数在686.7万字以上，对国家超声医学事业发展作出了不可替代的重要贡献。

李泉水培养了一些优秀的研究生，他还举办各种超声医学学习班、进修班，共49期，学生人数达3600人以上，在江西成了超声医学的鼻祖。

李泉水从小家境艰难，父亲因病无钱医治，在他6岁时就已经去世，留下母亲带着哥姐以种田为生。由于家中贫困，母亲只好选择他一人上学，他努力学习，但在他15岁时，母亲又去世，后由哥嫂供他继续读书。由于他的好学上进，最终成为全国医学超声专家，在国际上也有一定影响。他的好学精神，秉承了中国古代文化衣钵，使中国博大精深的文化更充实、更丰富、更具有强大的生命力。

学生熊华花又生动地描述了老师好学、探索出成果的画面，她说："老师永远怀着一颗年轻的心，对于新事物充满好奇和探索精神，在国内大多数医院还在手写超声报告，电脑还没有普及的20世纪末，李老师就率先在国内带领科室使用电脑PACS系统打印超声报告，顺应时代发展的潮流。2001年，李老师作为学科带头人，被引进到深圳市第二人民医院，在建设科室的开始，李老师就将超声PACS系统全面铺开，每个检查室都配备了电脑和PACS系统，既节省了手写超声报告花费的时间，提高了效率，又增加了超声报告的准确性及图文并茂的可读性，又可保存大量珍贵的图像和报告资料，为今后的研究提供了可重复查阅的信息，不失为一项重大突破。"

她毫不夸张地说，"在短短几年内，李泉水老师成功地攀登上了另一座高峰，真是一个奇迹，其中的独特的眼光和远见卓识，以及钻研精神是我学习的榜样。"

李泉水年轻的心态，好学的精神使他向超声医学不断探索着，潜移默化地影响着他的学生们，无形中成为研究生心中的偶像和学习榜样。

4. 润物细无声

李泉水热爱学生、关心学生就像慈父那样，经常了解他们的困难，每月都给他们发一些生活补贴，尽其所能地为他们提供好的学习和生活条件，很多情况下都默默无声地想着他们，为他们营造良好的学习氛围和生活环境。

学生董常峰说，老师在学术上严格要求他们，还和我们探讨人生、理想与家庭，无话不谈。他说："李老师永远是那么的亲切、平易近人，事事设身处地为学生们着想。每逢中秋、端午、春节等重要的传统节日，李老师便请学生们一起吃饭，给了我们家人般的温暖与关怀。对于他自己身边所有的人，不管是病人、同事、学生还是朋友，他都永远是那么和蔼可亲、热心助人，面对同事的会诊请求，从来不推脱，大大方方地分享自己的经验，别人向他寻求帮助的时候，总是尽力而为，他的这些为人处世的风格，也对学生们有着潜移默化的影响。"

熊华花又说："在生活上，老师像慈父般地关心着我们，了解我们的困难，为我们排忧解难，尽最大的可能帮助我们。记得我还在读研期间，老师就把他新买的相机借给我，让我回老家过年，好给家人照相用；后来听说我想买个照相机，他知道我经济不宽裕，特意给我500元让我自己去买，在那时，500元不是个小数目，我至今想起来感激不已。我用这个照相机为自己、为家人留下了无数张珍贵的照片，一看到这些冲洗出来的照片，我就想起老师对我的恩情。"

李泉水不仅关爱学生，甚至多次给一时没带钱或带钱不足来看病的患者，也经常发生借出钱，事后拒绝归还的佳话。

学生郭国强一谈到李老师关心体贴学生，就滔滔不绝地讲出一个又一个的故事。他说： "除了老师的工作态度和生活方式影响着我以外，他对学生的个人生活也是无微不至、事无巨细的关怀。2008年7月，在老师的耐心指导和无私帮助下，我圆满毕业，并有幸留在老师身边工作。但工作多年，由于种种原因，我个人的婚姻问题一直没有着落，老师是看在眼里，急在心里，一直积极帮我物色合适的女孩，但都是因为我个人的原因导致没有成功，老师从来没有气馁，一直把我当成自己的小孩一样。我深深记得，老师两次在征婚机构自掏介绍费给我找对象，让我感激不尽。后来受到老师家庭和睦的影响，加上老师后来不断努力，最终我有了幸福的家庭和两个可爱的女儿。"

第二十章　磨破袖子铺学路

1. 立志写本书

为了解决全省超声医师没有超声工具书，李泉水立志自己编写一本《新编超声显像诊断学》。

20世纪80年代后期，医学超声在我国是初期的发展阶段。那时超声诊断方面的书在全国不多，县、地级医院的超声医师很难买到一本超声诊断的书，要提高超声医师的诊断水平，主要靠组织上有计划安排临床的本科生或大专生到省级医院进修。那个时候，全国医学院校招影像系专业学生很少，绝大部分医学院没有设置医学影像专业，故基层医院超声医师稀缺。

李泉水在江西医学院第二附属医院工作时，想到全省地、县医院超声医学要发展，需要普及提高业务能力，立志要编写一本《新编超声显像诊断学》的书。他想，这是对江西省超声事业的一大贡献，也可对全国超声事业发展起到推动作用。

于是，他从1985年开始就认真收集资料，把经超声检查诊断过的病人进行登记，把临床表现、有关实验室检查等资料详细记录下来，把每一个手术病人的手术情况记在本子上，对少见的特殊病人亲自到手术室看外科医生做手术、看看术中见到的情况是否和超声显像图像一致。有一例患者胆囊内充满了结石，把胆囊（大小5×10厘米）切下来数了一下，有140多个绿豆大小结石。

为了写好心脏疾病这部分内容，他开始到手术室观看室间隔缺损、法洛四联症、二尖瓣和主动脉瓣病变的手术情况，与超声显示图像进行对照，对感染性心内膜炎、二尖瓣和主动脉瓣赘生物显示大小数目、瓣膜脱垂程度在术中进行对照，并请手术医生把有关情况测量后告诉他。

为了写好缩窄性心包炎这部分内容，他与心脏外科取得联系。每个缩窄性心包炎病人，超声诊断后，就请心脏外科医生收住院，对于X线拍照没有显示钙化、凭X线拍片很难做出诊断的病人，他更是认真对照手术见到的变化情况，生怕诊断错了影响手术进行。从80年代初期起，李泉水对每个诊断过的缩窄性心包炎病人，都会要求手术医生详细记下手术所见到的心包粘连程度。以后通过经验积累，对不十分典型的缩窄性心包炎，他都能明确诊断。

为了编写出一本高水平实用的超声医学书，李泉水坚持超声诊断与手术及临床治疗进行对照，写作前随访病人记录本就已记了12本。在超声诊断方面积累了大量资料后，他觉得内容很丰富了，于是1990年1月开始主编第一本《新编超声显像诊断学》，1993年1月25日完稿，共22章，500多幅图片，60万字，由江西科学技术出版社出版。

出版社第一次出版超声诊断方面的书，特别重视，安排最有经验的叶禾花编辑负责。她反复修改文字，编辑过程中反复提出修改意见，于1994年5月份最后一次修改结束，9月由江西科学技术出版社公开出版发行：第一次印刷8000本，超声工作人员人手一册，成为工作的良师益友，很多初次开展超声工作的医师都拥有了这本书。不少市、县超声医师说，没有这本书找不到的诊断答案。过去，他们遇到难以诊断的病人都介绍到省级医院来确诊，现在只有极少数人，实在不明白的地方和难以解决问题的，就直接打电话问李泉水。

这本书1995年被评为华东地区新书二等奖。

2. 责任如使命

在第一本书《新编超声显像诊断学》出版过程中，李泉水脑子里就逐渐孕育着第二本书。他是有着强烈责任心的学者，在解决面前许多技术问题之后，又出现新的问题。故他开始主编另一本书了，书名是《现代超声显像鉴别诊断学》。

在进入90年代后，李泉水和同事们在看病中，发现不少疾病超声显示的图像相类似，其中有不少病人超声显像几乎是相同的。进修医生见到这类情况把握不准，要求会诊。李泉水从会诊的病例中，发现病人肝内许多肿块一时难以确诊，例如肝内小肝癌与血管瘤及肝局灶性增生结节、肝炎症假瘤等很复杂。缺乏临床经验和诊断水平的医师，很容易把小肝癌误认为血管瘤，超声报告如提示是肝血管瘤，病人认为是良性的就不会引起重视，认为无关紧要，不一定会去医院进一步检查，等过了一段时间后，肿瘤明显增大，成了晚期肝癌，就失去了手术机会，无法挽回。

例如有一位病人患了肝病，到一家医院作超声检查，发现肝右叶有一个不到1厘米稍高回声结节，当时医院直接报肝血管瘤。肝血管瘤是良性，患者认为血管瘤这么小，是良性的，根本不需处理就回家了。但一年后到医院复查，结节长到7厘米，成了晚期恶性肿瘤，因无法做手术治疗而离开人世。

这位医师就是缺乏经验，没有掌握好鉴别诊断方法，碰到不同疾病的病变，图像显示不典型时不能鉴别出是哪种病。

李泉水曾经遇到一例20岁的男性病人，上大学体检时发现左肾有一个肿块，超声医师报告左肾上有肿块，建议进一步检查。CT检查报告，左肾肿瘤，考虑肾癌，学校马上派车送到南昌大学二附院，泌尿外科医师根据CT报告，打算做左肾切除手术，学校知道后，急速告诉其父母。他是父母独子，刚考上大学，全家人欢天喜地，还设宴招待了亲戚朋友。现在听医院说儿子左肾患上癌要切除，都昏倒在地，说不想活了。

医院见状，便扩大会诊，大家一致建议让李泉水做彩超检查，看其检查结果，再确定是否手术，然后制定手术治疗方案。

经李泉水仔细检查，发现左肾上极有个肿块，边检查边分析图像特点，进行炎症肿块与肾癌图像鉴别，发现肿块内无血流，后方增强，边缘毛糙，结合临床，符合早期肾脏脓肿的超声表现，可以排除肾癌，并告诉管床医师按炎症治疗处理。

当把彩超检查结果和治疗方案告诉病人父母，其父母听后，立即跪下向李泉水不断磕头致谢，感谢救命恩人，一辈子忘不了。

病人经过一周消炎后，李泉水再做彩超检查，肿块缩小了一半，病人腰疼也基本消失了，体温正常，半个月后肿块完全消失，恢复了健康。

李泉水在回顾超声检查病人的病例中，说："对于这个病人我终生难忘，作为一名超声医师，掌握好鉴别诊断是多么重要！从此，下决心要着手主编一本超声鉴别诊断学。"因此，他开始进一步收集超声难以鉴别的病例，每检查一位疑难病人都要进行认真登记，写出详细鉴别要点，看手术和临床治疗的结果。

怎样把这本书写出特色？首先考虑这本书要有权威性和影响力，能得到我国超声人员的喜欢，他左思右想，觉得每章都要请最有名的专家撰写；那么主编呢，应该是在全国超声界最受崇拜和让人敬佩的人。他想到了张青萍教授。张教授60年代开始从事A超，70年代开展B超工作，他是我国最早的B超专家，具有丰富的临床经验，是武汉同济大学附属医院超声科主任、教授、博士生导师，中国超声医学工程学会副会长，湖北省超声医学工程学会会长，全国各地很多超声医师都是他培训出来的。同时，李泉水还邀请全国知名大学的知名超声教授参加撰写。他想，"我一定有信心有能力写出一部最受我国超声界欢迎的高水平的参考书。"

书的框架构思好后，1995年2月，李泉水亲自编写大纲，大纲要求全国参加编写的25名专家，编写时要充分体现出超声诊断这门技术的优势，掌握好4个要点，要写出特色，写出水平。

全书共分5篇37章，每章分若干节。第一篇为超声基础，第二篇为腹部，第三篇为妇科，第四篇为心血管，第五篇为颅脑、浅表器官及胸部。

具体操作是：1.事先要把纲要、写作要求和章节，用书面的形式发给每位编委，要求一年半完成初稿；初稿出来后，统一发送给出版社责任编辑叶禾花和我们两位主编，对书稿共同认真修改，然后将修改稿发回每位编委，要求半年内修改好；2.发回的书稿由责任编辑叶禾花和两位主编共同讨论。1998年5月定稿后，交由江西科学技术出版社出版。

全书一共130万字，有890余幅图片，其中彩图180余幅。绝大多数图都配以相应的示意图和注释，图文并茂，利于读者阅读理解。

书出版后，很多读者给予高度评价，认为该书在编辑方法上做了一种新的尝试，对各种疾病进行横向比较，扩大了读者思路；对于重要的技术数据列出表格，配了示意图，让读者阅读时一目了然。

该书于1999年度被评为华东地区医学新书二等奖。

3. 专攻出成果

任何经验、知识都是从实践中总结出来并提升为理论的，然后再回到实际中去指导实践。李泉水所撰写的超声鉴别诊断论著就是这样从实践中来又回到实践中去的。

他和杨浣宜教授主编的《心脏超声鉴别诊断图谱》论著，是超声医学界著名的教授、学者，默默无声、呕心沥血地从超声医学实践中总结提升出来，是一部具有很大影响力的超声影像专业书。

1998年6月，李泉水发现一个11岁、一个15岁小孩，分别在不同时间里彩超检查，查出较复杂的心脏病，都因为没有早期诊断，未能及时治疗而离开人世。他目睹平民百姓的治病艰难，本应可以治愈的病人，因为医疗中的种种原因未能救活而感到痛心，这两个病例使他终生难忘。

本来，历史的车轮已进入20世纪90年代，那时彩超已在医院临床普遍使用，对心血管疾病检查诊断是首选的手段。"因为彩超是实时显像，能直接清楚显示心脏内部结构变化，功能改变，显示出心脏病变部位大小，血流动力学变化，可直观看到血流在心脏内速度变化，能准确地看到瓣膜狭窄和关闭不全程度，有没有瓣膜脱垂和赘生物等，很多先天性心脏病免去了创伤性导管检查，心脏病诊断及时，能大大缩短病人的住院时间，节约了费用。"

但是李泉水面对先进高端的医疗仪器，发现有些超声医师对彩超的鉴别不准确，导致彩超不能充分发挥作用，病人不能得到应有的诊断，感到心里不安。

由此，他日夜想着如何快速提高现有超声技术人员的诊断水平，把彩超的优越性充分发挥出来，让更多患有心血管疾病的病人能及时得到早期治疗，回到健康人群，回到家庭中去。

眼下他最担心的是心血管疾病中的先天性心脏病彩超的鉴别诊断能力有待提高。这几年每年办超声人员进修班，有些学员觉得超声诊断最难学的是复杂性先天性心脏病，进修半年后，对先天性大动脉转位等疾病都没有掌握好，血流动力学改变理解难以过关。

心脏疾病因病变部位不同，出现各种各样表现，作为一名彩超医生，必须要将各种疾病的血流动力学了解清楚，要懂得追查各种心脏疾病的原因，有一定心内科工作经验的彩超医师，更容易掌握好彩超对心血管病的诊断。但我国绝大多数超声医师都是没在心内科工作过，更无心脏疾病的临床经验。

因此，要快速提高彩超医师对心血管病的诊断水平，应有长期计划，有针对性地举办超声人员的进修班、学习班，把离岗进修和在岗学习结合起来，选购一些心血管疾病彩超诊断的专业书，以及相关的参考书作为学员的教材。但是，不怕辛劳而又细心的李泉水找遍了南昌市各家书店，都没有这方面的专业书籍和相关资料。

于是，他又雄心勃勃，下定决心，于1998年6月开始主编一本《心脏超声鉴别诊断图谱》。他认为只要集中精力，专心攻关心脏超声，一定能编出高水平的书。

他说，决心定了，思路有了，应尽快组织全国知名彩超专家进行编写。为使这本书有权威性，真正成为高水平的参考书，故邀请了国内最著名心脏超声专家、全国超声心动图主任委员、中国医学科学院阜外医院超声科主任、博士生导师杨浣宜教授共同担任主编，全国超声心动图副主任委员和部分常委担任编委。这样，由11位国内著名心脏超声专家组成了一个编委会。

然后，由编委对全书结构、各章节内容、写作提纲、要求与方法进行认真讨论，形成方案，便于执笔人操作。

各位专家利用彩超对各种疾病系统在纵向描述的基础上又提高一步，要采取独特的写作方法，将多种相似的疾病作一横向比较。纵向比较是"一病多图"的描述，而横向比较则为"不同疾病以一图"的鉴别描述。超声图像横向鉴别诊断可以避免许多误诊，有更高层次的要求。整本书要从实用和需求出发，从诊断中较难鉴别的问题着手，采用不同于一般超声诊断学的写作方法，既兼顾了心脏疾病超声诊断的系统性，又以心脏疾病血流动力学的改变为线索，着重对具有某些相同超声心动图疾病之间的变化而进行横向比较。不同的心脏疾病可能出现相同的血流动力学变化，例如左心室容量负荷加重，可由二尖瓣关闭不全、主动脉瓣关闭不全、室间隔缺损、动脉导管未闭等导致，这就需要在纵向鉴别的基础上进行横向鉴别。又如主动脉位置异常可有法洛四联症、右心室双出口、左心室双出口、大动脉转位、永存动脉干，超声检查均可显示室间隔缺损，即出现"多病一图"的现象。因此超声检查就需要进行横向鉴别，需寻找心脏最佳切面，以便显示最突出的不同点。本书要应用"比较影像学"详细介绍以图像对比进行相互鉴别，力争扩大读者思路，加深理解，增强记忆，提高读者对疾病的鉴别诊断能力。

经反复策划，本书共十三章，即：第一章超声心动图的检查方法与新进展。第二章左心室容量负荷过重。第三章右心室容量负荷过重。第四章左右心室流入道和流出道梗阻。第五章右心室流入道梗阻和流出道梗阻疾病。第六章紫绀型先天性心脏病。第七章心脏扩大与肥厚扩张疾病。第八章心包疾病。第九章心脏肿瘤、血栓及赘生物。第十章主动脉。第十一章冠状动脉。第十二章下腔静脉扩张疾病。第十三章人工瓣膜功能障碍。

本书以实用性和可读性为主线，为了便于理解，配了许多丰富的超声心动图图像和表格，有的图像极为罕见，也许是第一次出现，图下都有文字解释，力求达到图文并茂的效果，不仅适合超声工作者和高等医学院校师生阅读，也适合心脏内外科医生参阅。

本书经反复修改，于2005年2月由江西科学技术出版社出版，在全国公开发行，不少读者纷纷来信评价，说这书非常实用，遇到难以诊断的疾病就查阅这本书进行对照，最后得到准确诊断。有些基层医院超声医师就把这本书放在彩超仪器边上，遇到问题随时在这本书上找答案。

4. 浅表超声书

李泉水主编的3本超声医学的专业书公开出版发行之后，在医学界产生了很大反响，基层医院的超声医师，在工作中普遍把它作为有实用价值的参考书使用，其影响力远远超出人们的主观想象。

身居中国超声医学创始人的上海第六人民医院周永昌教授和中国人民解放军北京总医院郭万学会长，他们主编的《超声医学》第三版，是全国超声医学奠基专著，被列为"全国超声医师上岗培训指定教材"，全书篇幅很大，内容系统全面，作为每位超声医师常备书使用。但由于部头过大，内容过深，阅读和携带都极为不便，急需编写一本适用于不同病症的超声医生，随身携带方便，内容精炼，观点明确，具有较强权威性而又有实用价值的超声医学专著。

故此，两位著名的超声医学创始人根据广大超声工作者的要求，并与有关专家共同讨论，决定编写一套《超声医师培训丛书》。这套丛书分为10个分册，有《颅脑及外周血管超声》《眼科超声》《心血管超声》《腹部超声》《肌肉骨骼超声》《浅表器官超声》《妇产科超声》《儿科超声》《超声医学基础》《超声治疗》。同时，将其中的《浅表器官超声》交由李泉水主编，认为李泉水是中国超声医学工程学会浅表器官及外周血管超声专业委员会主任委员，而且对甲状腺和乳腺疾病超声诊断经验极其丰富，已积累了大量资料，具有主编超声医学专著的丰富经验与足够的能力。

同时，为了年轻超声医师携带方便，这本《浅表器官超声》不写全部浅表部分超声，决定将书分为六章，即涎腺、颌面颈部、甲状腺、甲状旁腺、乳腺、浅表淋巴结。对于肌肉骨骼、外周血管、眼科超声等部分另列分册，以后再由李泉水教授主编一部最系统最完整的《浅表器官超声医学》，供全国超声医学诊断工作者阅读。

为了使这本《浅表器官超声》成为超声工作者实用工具书，李泉水又和全国知名专家、本学会的几位副主任委员反复商量如何写好。大家认为这本超声学著作很重要，要写出高水平。过去一些超声医师没有经验，有的责任心不强，对一些病人出现过误诊、漏诊现象，以致失去最佳治疗时机，延误了病人的治疗。所以，在主编这本书时，他们郑重其事吸取一些教训，总结了自己多年来许多宝贵的临床经验，参阅了国内外大量医学超声的相关文献，关注国内外有关超声医学研究的最新进展和最新成果，吸收他们的好经验和好技术。

该书内容新颖全面，实用而可读性强，并配有许多丰富的图像和表格，使读者容易理解，达到图文并茂的效果。

本书2008年10月完稿，2009年6月由人民军医出版社公开出版发行，全书36万字。

5. 担责写好书

读者读到这里，不难理解李泉水教授为什么要主编《浅表器官超声医学》这本书。李泉水从医的核心就是热爱病人，看重病人，他接诊每一个病人总是拿出100%的精力、智慧和医术倾注在病人身上，精心对待病人，尽职尽责把每个病人治好，让他（她）恢复健康，继续为家庭为国家做贡献。

他不仅仅满足于为个别病人担当责任，现在要扩展到社会上去，勇敢地自觉地担当起对社会的责任。他说，"我作为中国超声医学工程学会浅表器官及外周血管超声专业委员会主任委员，有责任带领大家快速提高浅表器官及外周血管疾病的超声诊断水平，同时要组织全国知名超声专家主编一本内容最全面、代表全国最高水平的浅表器官超声医学的书。我们这个学会的专业在超声诊断中起到重要作用，多少甲状腺癌、乳腺癌病人希望超声医师能早期做出准确诊断，得到有最有效的治疗。"

这是他的肺腑之言！他敢于担当全国超声医学医治浅表器官疾病的社会责任。

他告诉大家，乳腺癌目前是女性最可怕的杀手。他列出了全国癌症发病情况：2020年，中国新发癌症病例457万例，位于全球第一位，其中乳腺癌42万，在全球发病绝对数第一，2020年，中国癌症死亡病例300万例，位居全球第一，死亡前10位的癌症分别是：肺癌71万，肝癌39万，胃癌37万，食管癌30万，结直肠癌29万，胰腺癌12万，乳腺癌12万，神经系统癌症7万，白血病6万，宫颈癌6万。乳腺癌位列第7位，女性癌症死亡病例中乳腺癌位列第一。乳腺癌的诊断主要依靠超声显像。近年来，由于超声仪器配有高频探头，经验丰富的超声医师连几毫米的早期病变都能诊断出来。

但目前超声医生诊断水平参差不齐，有不少基层医院超声医生容易对乳腺疾病出现漏诊误诊现象。李泉水说，他手上接诊的基层医院转来的两个女性病例，就是把恶性乳腺疾病诊断为良性，没有引起病人重视，失去了最佳治疗机会，无法保住生命。为此，他感到痛心。

李泉水深感自己作为浅表器官专业委员会主任委员，应千方百计提高浅表器官超声诊断水平，把对个体病人责任扩展到社会责任，于2009年3月召开学会常委会会议，提出自己要主编《浅表器官超声医学》这本书，副主委担任编委，大家讨论一致叫好。大家都认为全国浅表器官及外周血管超声顶级专家都在我们学会，这本书一定能编出高水平。

经过编委充分讨论，李泉水又反复思考，并翻阅了国内外有关书籍，拟出写作提纲。全书定为十五章，每章列出了若干节。分别为：第一章眼睛，第二章涎腺，第三章颌面颈部，第四章甲状腺，第五章甲状旁腺，第六章乳腺，第七章浅表淋巴结，第八章阴囊，第九章阴茎，第十章腹外疝，第十一章肛门及直肠，第十二章颈部血管，第十三章四肢血管，第十四章肾血管，第十五章肌骨系统。要求每位编委每章分别阐述解剖、病理生理、相关临床表现、重要实验室检查、各种疾病超声表现、超声诊断要点和鉴别诊断方法，并要介绍术中超声、介入超声、三维超声、超声造影、弹性成像，对特殊类型疾病要附病理对照图，要有强烈的视觉效果，使读者一目了然，印象深刻。

经过两年半时间的反复推敲，李泉水亲自修改斟酌，完稿后，于2013年4月由人民军医出版社正式出版，全书106.5万字。印刷5次，销量2260册，在网上许多读者作了高度评价，说是近期医学界难得的一本工具书，内容最完整，可读性强，遇到难题，这本书上都能找到答案，很受欢迎！

第一版发行后，根据出版社意见，决定出第二版，并提出增加二章，一章是甲状腺介入诊断与治疗，另一章是浅表部位结核。2015年3月，李泉水开始组织全国浅表知名专家编写《浅表器官超声医学》第二版。2016年7月完稿，交给人民军医出版社责任编辑郭威，2017年9月正式出版发行，全书130万字。

6. 写好前沿书

李泉水站在世界科技发展的前沿，俯瞰医学超声技术发展的大好形势，心里有许多感慨，激情所至，又引发了他的超越精神，去谋划一件利国利民的事业。他看到电子技术和计算机技术迅猛发展，其注意力又在小小B超仪器上盘旋，尤其是彩色多普勒诊断仪，真是"金山银山"！

他说："现在临床上普遍采用彩色多普勒诊断仪，具有全数字化和宽带等先进技术，无论从图像的清晰度，还是微细分辨率等方面都得到了极大提高。特别近几年来三维彩超仪的应用，更能直观地显示器官和病变组织的血流信息，使彩超诊断从以解剖、病理为基础的形态学和血流动力学相结合综合考虑诊断。并采用彩色多普勒能量图和声学造影剂的二次谐波成像以及速度向量图等新技术，进一步扩大了超声诊断的临床应用范围，提高了诊断水平，使超声诊断在临床医学中占有越来越重要的地位，已经成为临床医师确诊疾病的主要手段。"

由于超声仪器的发展，导致临床应用范围扩大，超声医学分工也就越来越细，中国超声医学工程学会根据临床实际需要，成立了11个超声专业委员会，分别是：1.超声心动图专业委员会；2.腹部超声专业委员会；3.妇产科专业委员会；4.颅脑颈部血管超声委员会；5.计划生育超声专业委员会；6.浅表器官及外周血管超声专业委员会；7.肌骨超声专业委员会；8.介入超声专业委员会；9.眼睛超声专业委员会；10.医疗仪器超声专业委员会；11.超声治疗专业委员会。

这么多超声专业委员会成立后，全国要增加多少超声医师？医师要进修，要培训，就需要超声专业书，医师上岗后，还要有专业书做参考，不论哪个医院都要给每个医师提供教科书等有利条件，让他们提高超声业务水平，很快适应工作。

因此，为了满足广大超声人员专业发展需要，李泉水再下决心主编一本内容包含11个超声专业委员会的书。

如何写好这本书？李泉水反复考虑，这本书一定要保证高质量高水平。因此，他想，首先要聘请各个超声专业的专家参与编写。他说，内容涉及面太广，内含知识太多，要写好有一定难度，但表示要想尽一切办法写好，"我一心要为中国超声事业做贡献。"

于是，他邀请北京大学教授李建国一起担任主编。李教授又是中国超声医学工程学会会长、博士生导师，同时还邀请了40名全国各大医院专家参加编写。

李泉水工作做得很细很扎实，自己列出编写章节，要求详细，与李建国一起商量讨论，全书共列五十五章，如涉及基础理论、彩超仪器、头颅、心脏、血管、腹部、妇产科、计划生育、浅表器官、肌骨、眼睛、介入超声和超声造影等等，要求尽量附上清晰度好的超声图像，力求做到图文并茂。

这本书整个主线要扩大读者思路，提高对疾病的超声诊断与鉴别诊断能力，资料翔实，理论联系实际，深入浅出，成为超声医学工作者值得阅读的参考书。

2011年6月完稿，发给北京科学技术文献出版社，又经多次反复修改，于2015年3月公开出版，175.2万字。

该书出版后，受到超声学术界人士的高度评价，很多省超声工作者都说，这是我们超声专业的百科全书，超声检查碰到什么疑难问题，在这本书上都能找到答案，且和其他超声书不同的是，条理性很强，重点突出，简明扼要，让人看了极好理解。尤其是书中提出如何进行鉴别诊断，扩大诊断思路，印象深刻。所以，此书很受欢迎，发行量很大。

李泉水每年都举办全国继续教育学习班，许多学员在学习班上听了课后，余味绕梁，印象很深，遇到什么不能解决的问题，都到这本书上找答案。有些外省学员说，李泉水教授主编的《现代超声显像学》太实用了，遇到不明白的问题都要从这本书上找解决方法。另外，还有新疆等地的超声医师，直接和李泉水联系，购买此书。

读者朋友，当您捧着一颗热心阅读完李泉水主编的6本超声医学巨著的时候，目睹他走了30年的光辉历程。这30年，李泉水风雨兼程、日夜奔波地做着一件事情，这就是热衷于国家超声医疗卫生事业，为病人看好病，给病人带来欢笑，把快乐与幸福送进他们的家庭，让每一个人都保持强健的体魄，把"东亚病夫"的恶言踩在脚下，直挺挺地立于世界之林。

李泉水作为一名教授、学者，胸有大志，都想把自己所学的知识和技术分享给广大超声工作者、病人和超声的爱好者，所以，他在超声医学的工作中和临床上，把所得到的点滴经验都收集起来，加以总结提炼；根据各个工作阶段总结的经验，组织学会委员、常委、副主委都撰写学术论文；同时联系、聘请全国其他省市大医院教授、专家、学者编写书籍，然后由他主编，或者聘请最有名的教授、专家共同担任主编，共同研究编著工作。

为了主编这6部超声医学巨著，李泉水可谓呕心沥血、绞尽脑汁。他说："我作为一个三甲医院超声科主任，每天都要上机检查病人，担任科室疑难病会诊，指导研究生学习，一天时间安排得紧紧的，哪里有时间主编这么多部著作？主要是充分利用夜晚时间撰写专业著作和学术论文。节假日医院工会发电影票或组织外出活动，我很少参加，把时间都用于查阅文献、撰写著作上，经常晚上工作超过12点。为了防止打瞌睡，喝几杯浓茶。由于每天晚上在书桌上写作，很多件毛衣的袖子都磨破了。

李泉水为啥这么拼命钻研学术？要待遇要享受，什么都有，他就是想用自己的意志、智慧、毅力，把不知多少件衣袖上的碎片铺成一条医学之路，让所有的病人、超声医护工作者和广大群众走向健康幸福的天堂。

至今李泉水感到欣慰的是：一个农村的苦孩子，如今成了超声医学专家，他把自身超声医学发展的科学成果，装满6节车厢的"和谐号"列车，驶向北京城，向党的百年华诞献礼！

李泉水大事年表

———————————

1950年

12月16日，出生于江西省玉山县文成乡后垅村一个贫农家里，父亲李连忠，母亲叶菊花，种田为生，后垅村解放后，李连忠家分到10亩田地。1957年8月前，年少在家，6~7岁就跟随父母到地里拔草。

1959年

该年9月至1962年7月，在玉山县三湖公社杨宅中心小学读书，放学砍柴，采猪菜。

1962年

该年9月至1965年7月，在玉山县姒姆初中读书，周末上山砍柴交伙食费。

1965年

该年9月至1968年7月在玉山中学读书，1966年10月被学校选为红卫兵代表，和全县、全校代表一起前往北京接受毛泽东主席亲切接见。

1968年

该年7月至1969年3月，回乡在玉山县三湖公社金交大队后垅村务农。

1969年

该年3月至1972年9月，被三湖公社金交大队聘为后垅小学老师。

在教书期间，发现村里农村文盲多，便主动向大队党支部提出办夜校，组织中老年班学文化，教男女社员认字，学习毛主席著作，学习雷锋。通过学习，村里农民精神面貌大变，改变了农村的不良风气。

由于后垅小学和农民夜校办得出色，学校教育质量在全县被评为第一名，本人被评为全省学习毛主席著作积极分子，后垅小学被评为全省教育战线的一面红旗，又推荐到全省参加宣讲团，前往南昌、抚州等地进行宣讲，介绍先进经验。

1972年

1972年9月被推荐到江西医学院读书。大学二年级入了党，成为光荣的中国共产党党员。

1975年

1975年本科毕业于南昌大学医学院（原江西医学院，留校，分到第二附属医院工作）。

1978~1979年

在南昌大学医学院青年教师提高班学习。

1979~1981年

在南昌大学（原江西医学院）第二附属医院内科工作。

1981~1987年

在南昌大学（原江西医学院）第二附属医院工作，任主治医师、讲师。

1992年

1992年6月，破格晋升为副主任医师，副教授。

1994年

1994年5月，荣获江西省卫生厅特殊津贴，被评为硕士研究生导师，超声科主任，教研室主任。

1995年

破格晋升为主任医师，教授，被评为江西省高等院校1995~1997年中青年骨干教师，被选为江西医学院学位评定委员会委员，被评为江西医学院1990~1995年科技新星。

1998年

享受国务院政府特殊津贴，被评为江西省教育委员会高等院校中青年学科带头人，江西医学院优秀共产党员，中国超声医学工程学会优秀工作者，被评为江西省超声医学工程学会突出贡献专家。

1999年

被评为江西医学院优秀共产党员。

2000年

被评为南昌大学医学院（原江西医学院）南昌大学优秀研究生导师。

2001年

被江西省教育厅评为2001~2003年江西省高等院校中青年学科带头人。

2001年

2001年12月，第二次创业。成为深圳第二人民医院学科带头人，担任超声科主任。

2002年

2002年7月，评选为博士研究生导师。

2003年

在深圳市第二人民医院工作时，被评为深圳市名医。

2004年

在深圳市第二人民医院工作时，被市卫健委评为深圳市卫生系统优秀共产党员。

2004年

该年12月，被评为深圳市第二人民医院"十佳医务工作者"。

2006年

在深圳市第二人民医院工作，带领科室全体成员共同努力，成为深圳市第一个超声专业重点学科。

2006年终，被深圳市卫生局评为2005~2006年度优秀共产党员。

2007年

所领导的医院超声科，被医院评为教育工作先进集体。

11月，在深圳市主持召开第一届第一次中国超声医学工程学会浅表器官及外周血管超声专业委员会第一届第一次成立大会暨学术会议，被选为主任委员。

2008~2009年

被深圳市卫生局评选为优秀共产党员。

2010年

深圳市卫生系统开展评比，被深圳市评为"医德医风十佳"。

2015年

2015年，深圳大学第三附属医院开展医改试点，被引进到深圳大学第三附属医院（即罗湖医院集团），担任学科带头人。

2016年

在罗湖医院集团开展超声工作，由于成绩显著，深圳大学第三附属医院（罗湖医院集团）超声科被中国超声医学工程学会授予全国超声人员培训基地。

2018年

在深圳市罗湖医院集团超声科工作，被江西超声医学工程学会评为"卓越贡献奖"。

2019年

由于多年以来对超声工作作出的突出贡献，被中国超声医学工程学会授予"突出贡献奖"。

担任多项学术职务

1.中国超声医学工程学会浅表器官及外周血管超声专业委员会第一届、第二届主任委员；

2.中国超声医学工程学会浅表器官及外周血管超声专家委员会主任委员；

3.中国超声医学工程学会浅表器官及外周血管超声专业委员会名誉主任委员；

4.中国民族卫生协会超声医学分会专家委员会副主任委员；

5.中国超声医学工程学会常务理事；

6.中国超声医学工程学会腹部专业委员会常委；

7.全国超声心动图学会常委；

8.海峡两岸医药卫生协会超声专家委员会委员常委；

9.中华医学会超声专业委员会第三届、第四届委员；

10.江西省超声医学会工程学会第二届、第三届、第四届会长；

11.江西省医学会超声专业委员会第三、第四届主任委员；

12.江西省医学会第十二、十三、十四届理事会常务理事；

13.广东省医学会超声专业委员会第五、六届常委；

14.广东超声医师协会第一届、第二届常委；

15.深圳市超声医学工程学会第二、第三届副会长；

16.深圳市医学会超声专业委员会第三、第四届副主任委员；

17.深圳市医学会第六、第七、第八届常务理事。

18.被聘为多家知名超声专业期刊编委及常委编委：诸如《中国超声医学杂志》《中华超声影像学杂志》《中国医学影像技术》《临床超声医学杂志》等。

学术成果

（一）长编巨著

1.《新编超声显像诊断学》

2.《现代超声显像鉴别诊断学》

3.《心脏超声显像鉴别诊断图谱》

4.《浅表器官超声》

5.《浅表器官超声医学》

《浅表器官超声医学》发行后，根据出版社意见，决定出第二版，并提出增加两章：一章是甲状腺介入诊断与治疗；另一章是浅表部位结核。2015年3月，组织全国知名专家编写《浅表器官超声医学》第二版，2017年9月，出版社发行，全书130万字。

6.《现代超声显像诊断学》

（二）单篇著作

1.《从二维超声心动图看风湿性心脏病、房颤与瓣膜、左房关系》发表于《实用内科杂志》1986年第6期。

2.《房室间隔缺损的二维超声心动图、临床及X线分析》发表于《江西医学院学报》1987年第26期。

3.《二维超声心动图对主动脉瓣关闭不全病变鉴别诊断价值》发表于《江

西医学院学报》1987年第27期。

4.《B超诊断射精管末端囊肿并结石》发表于《中华物理杂志》1988年第10期。

5.《二维超声心动图术前诊断风湿性心脏病瓣膜病二尖瓣钙化的意义》发表于《中国超声医学杂志》1988年第4期。

6.《二维超声心动图诊断动脉导管未闭的价值》发表于《中国医学影像技术》1989年第5期。

7.《风湿性心脏病2—DE、X线检查结果与手术发现对比分析》发表于《临床心血管杂志》1989年第5期。

8.《二维彩色多普勒血流图对诊断先天性心脏的价值》发表于《江西医学院学报》1989年第29期。

9.《二维超声心动图对心腔占位性病变的诊断意义》发表于《江西医学院学报》1989年第29期。

10.《101例胆道疾病B超声与PTC对比研究》发表于《中国超声医学杂志》1989年第3期。

11.《纵隔肿瘤B超与X线对照分析》发表于《实用肿瘤杂志》1990年第4期。

12.《二维彩色多普勒血流图诊断室间隔缺损》发表于《中国医学影像技术》1990年第6期。

13.《胆系疾病B超与手术对照分析》发表于《江西医学院学报》1990年第29期。

14.《胰腺—壶腹部癌B超与CT对比分析》发表于《中国医学影像技术》1990年第6期。

15.《二维彩色多普勒血流图诊断房间隔缺损》发表于《医师进修杂志》1990年第31期。

16.《二维超声心动图如声学造影诊断法洛氏四联症》发表于《中国超声医学杂志》1990年第6期。

17.《二维超声心动图诊断风湿性心肌炎》发表于《中国超声医学杂志》1990年第6期，《美国生物文摘》摘录1991卷。

18.《肾肿瘤与脓肿B超与手术病理对照分析》发表于1991年《实用肿瘤杂志》1991年第3期。

19.《二维彩色多普勒血流图诊断PDA》发表于《临床心血管杂志》1991年第7期。

20.《B超诊断巨大肾上腺瘤》发表于《中华物理医学杂志》1991年第3期。

21.《二维超声心动图诊断主动脉窦瘤破裂》发表于《中国循环杂志》1991年。

22.《彩色多普勒血流图对风湿性瓣膜关闭的诊断意义》发表于《中国医学影像技术》1991年第7期。

23.《胸部肿瘤B超与X线对照分析》发表于《实用肿瘤杂志》1992年第6期。

24.《彩色多普勒诊断全心腔多发性黏液瘤并感染》发表于《中华超声影像学杂志》。

25.《彩色多普勒诊断肝—腔静脉疾病》发表于《中国医学影像技术》1992年第8期（增刊）。

26.《彩色多普勒诊断肺动脉发育异常》发表于《江西医学院学报》1992年第32期。

27.《彩色多普勒对先天性心脏病房室腔内梗阻的诊断》发表于《中国生物医学杂志》1993年第9期，《美国生物文摘》摘录，95卷。

28.《彩色多普勒对风湿性心脏病术后疗效的观察》发表于《中国生物医学杂志》1993年第9期。

29.《彩色多普勒血流显像加下肢静脉声学造影诊断布加氏综合征》发表于《中国超声医学杂志》1993年第9期。

30.慢性日本血吸虫病患者的肝脏超声声像图特征》发表于《中国寄生虫

与寄生虫病杂志》1993年第11期。

31.《PDA并肺动脉高压2—DE造影与X线临床分析》发表于《医师进修杂志》1993年。

32.《彩色多普勒诊断先天性主动脉瓣下膜性狭窄》发表于《临床医学影像杂志》1993年第4期（增刊）。

33.《彩色多普勒诊断室间隔缺损并右室流出道狭窄》发表于《第三届全国超声心动图学术会议宣读》

34.《B超诊断胰管结石》发表于《中国医学影像技术》1993年第9期。

35.《彩色多普勒血流显像诊断血管疾病》发表于《江西医学院学报》1993年第33期。

36.《超声心动图诊断心包巨大囊性淋巴管瘤》发表于《中国超声医学杂志》1993年第9期。

37.《彩色多普勒诊断三尖瓣附着条蒂乒乓球大赘生物》发表于《江西医学院学报》1993年第33期。

38.《右肾发育不良并输尿管巨大囊性扩张1例报道》发表于《江西医学院学报》1993年第33期。

39.《肝脏肿物彩色多普勒与CT对比研究》发表于《全国影像学术会议宣读（1994年）临床医学影像杂志》1994年第4期。

40.《彩色多普勒诊断急性淋巴性白血病双侧乳房转移》发表于《江西医学院学报》1994年。

41.《彩色多普勒对风湿性心肌炎诊断的研究》发表于《中国超声医学杂志》1994年第10期，并在第三届全国超声心动图学术会议宣读。

42.《B超对肾上腺肿块的诊断价值》发表于《临床医学影像杂志》，1994年第5期，第八届中日友好超声医学国际学术会议宣读。

43.《二维彩色多普勒诊断三房心》发表于《第七届中日友好超声医学国际学术会议》《中华超声影像学杂志》，1994年第7期。

44.《彩色多普勒诊断原发性肝癌》发表于《临床医学影像杂志》1995年

第5期。

45.《彩色多普勒加心脏声学造影诊断冠状静脉窦缺损并左位上腔静脉永存》发表于《中国超声医学杂志》1995年第11期。

46.《胆囊息肉样病变的B超诊断》发表于《江西医学院学报》1995年第35期。

47.《B超引导下穿刺注射无水酒精治疗复发性肝癌》发表于《中国医学影像技术》1995年第11期，在江西超声医学工程学会第四次学术年会宣读并获优秀论文一等奖；第四届亚洲超声医学生物学联合会学术大会（1995年8月）。

48.《彩色多普勒诊断1例左室巨大脂肪瘤》发表于《中国超声医学杂志》1995年第11期增刊。

49.《彩超测量肺动脉内血流速度对肺动脉瓣狭窄鉴别诊断的意义》发表于《中国超声医学杂志》1995年第11期；《美国生物文摘》摘录1995卷。

50.《彩色多普勒血流显像对动脉瘤的诊断价值》发表于《中国超声医学杂志》1995年第11期。

51.《彩色多普勒诊断左室脂肪瘤》发表于《中华心血管杂志》1995年。

52.《彩色多普勒对风湿性心脏病瓣膜关闭不全的诊断意义》发表于《医师进修杂志》1995年第18期。

53.《实时超声显像诊断输尿管囊肿》发表于《中国超声医学杂志》1995年第4期。

54.《连枷样三尖瓣3例报告及文献复习》发表于《中国超声医学杂志》1995年第01期、第05期、第11期。

55.《彩色多普勒对先天性三尖瓣病变的临床意义》发表于《中华医学影像杂志》1996年第1期。

56.《彩色多普勒对先天性三尖瓣发育畸形的诊断价值》发表于《中华超声影像学杂志》1996年第5期。

57.《彩色多普勒血流显像诊断右房内先天性索带梗阻》发表于《中国超

声医学杂志》，1996年第12期。

58.《彩色多普勒对睾丸疾病鉴别诊断的价值》发表于《中国超声医学杂志》1996年第12期；《美国生物文摘》摘录（1997年）香港国际中西医结合学术会议宣读（1996年11月），曾参加第十届中日友好超声医学国际学术交流会（1996年）。

59.《临床病例讨论：间断性发烧伴腹部胀痛》发表于《山西医药杂志》1996年第04期、第08期、第15期、第25期。

60.《术中B超诊断胰岛细胞瘤1例》发表于《中国医学影像技术》1997年第13期。

61.《B超诊断1例盆腔合并膀胱脓肿》发表于《中国超声医学杂志》1997年第13期。

62.《彩色多普勒对诊断急性附睾炎的价值》发表于《中国医学影像技术》1997年第13期。

63.《彩色多普勒对先天性三尖瓣病变的临床意义》发表于《中国超声医学杂志》1997年第13期。

64.《弥漫性甲状腺肿的B超和临床诊断》发表于《中国医学影像技术》1997年第13期。

65.《彩超对先天性主动脉瓣下狭窄的诊断价值》发表于江西省医学会超声医学专业第六次学术年会宣读。

66.《彩色多普勒血流显像对冠状动脉瘘的诊断价值》发表于《中国超声医学杂志》1997年第13期。

67.《风湿性心脏炎治疗前后的彩色多普勒的评价》发表于马来西亚国际中西医药学术研究会宣读并评为优秀论文。

68.《老年性主动脉瓣钙化35例分析》发表于《江西医药》1997年第32期。

69.《B超对急性阑尾炎的诊断价值》发表于《江西医学院学报》1997年第12期。

70.《彩色多普勒对风湿性心脏炎的诊断价值》发表于《中国超声杂志》1997年第12期。

71.《彩色多普勒对主动脉窦瘤破裂的定位及血流动力学变化的研究》发表于《中国超声医学杂志》1997年第12期。

72.《彩色多普勒超声心动图诊断感染性心内膜炎的价值》发表于《中国超声医学杂志》1997年第12期。

73.《二维多普勒超声心动图诊断部分型肺静脉异位引流至右房2例》发表于《中国超声医学杂志》1997年第12期。

74.《右心扩大的超声心动图诊断分析》发表于《中国超声医学杂志》1997年第12期。

75.《超声诊断右室受压综合征2例》发表于《中国超声医学杂志》1997年第05期。

76.《彩色多普勒超声诊断腹股沟斜疝1例》发表于《中国超声医学杂志》1997年。

77.《彩色多普勒血流显像对门静脉病变的诊断价值》发表于《中国超声医学杂志》1998年第14期。

78.《彩色多普勒对主动脉窦瘤破裂的定位及血流动力学的研究》发表于《中国超声医学杂志》1998年，《美国生物文摘》摘录1998年。

79.《经直肠彩超对前列腺病变鉴别诊断价值》发表于《中国超声医学杂志》1998年第14期。

80.《超声显像诊断后腹膜囊性淋巴管瘤1例》发表于《中国医学影像技术》1999年第15期。

81.《彩色多普勒观察肺动脉血流对诊断房间隔缺损的价值》发表于《中国超声医学杂志》1999年第15期。

82.《探讨彩超对部分性心内膜垫缺损诊断的临床意义》发表于《中国医学影像技术》1999年第15期。

83.《风湿性心脏炎治疗前后的彩色多普勒的评价》发表于《中国医学影

像技术》1999年第15期。

84.Role of Transrectal Color Doppler Flow Imaging in differential diagnosis of prostate diseases.Journal of C.A.U.M.E.Vol.5.no.2:86-88.

85.Color Doppler in diagnosis of Ebstein anmaly, 2nd WCEVU' 96:94.

86.The clinical sinificance of color Doppler flow imaging in diagnosis of pulmonary stenosis, 2nd WCEVU' 96:104.

87.《存底超声图片质量提高与复制方法的初步研究》发表于《中国超声医学杂志》1999年第15期。

88.《一种新型声学造影剂的临床应用》发表于《中国超声医学杂志》1999年第15期。

89.《高频探头对肝胆浅表病变的诊断价值》发表于《中国医学影像技术》2000年第16期增刊。

90.《彩超引导下注射沸蒸馏水治疗肝癌》发表于《中国超声医学杂志》2000年第16期。

91.《彩超引导下注射消痔灵治疗肝海绵状血管瘤》发表于《中国超声医学杂志》2000年第16期。

92.《彩超对黄色肉芽肿性肾盂肾炎的诊断价值》发表于《中国超声医学杂志》2000年第16期。

93.《彩超诊断肾外生型错构瘤1例》发表于《中国医学影像技术》2000年第16期。

94.《经直肠彩超在诊断前列腺肉瘤中的价值》发表于《中国超声医学杂志》2001年第17期。

95.《多普勒超声心动图测量肺动脉血流速度对判断肺动脉狭窄程度及鉴别诊断的价值》发表于《中国医学影像技术》2001年第17期。

96.《彩色多普勒在心肌梗塞后室壁瘤诊断中的应用价值》发表于《江西医药》2001年第36期。

97.《超声显像对腺性膀胱炎的诊断价值》发表于《江西医学院学报》

2001年第41期。

98.《彩超研究主动脉和左室关系预测法洛氏四联症手术效果》发表于《江西医学院学报》2001年第41期。

99.《超声对主动脉窦瘤破裂的瘤体形状及合并室间隔缺损频谱特点的研究》发表于《中国超声医学杂志》2001年第17期。

100.《右房巨大黏液瘤致下腔静脉广泛血栓1例》发表于《中国超声医学杂志》2001年第17期。熊华花，李泉水等。

101.《彩超对法洛氏四联症血流动力学变化的研究》发表于《临床超声医学杂志》2001年第3期。

102.《法洛四联症手术效果与主动脉和左室关系的彩超研究》发表于《中国医学影像技术》2001年第17期。

103.《彩超对动脉导管未闭封堵术的指导及疗效观察的价值》发表于《中国超声医学杂志》2002年第18期。

104.《壶腹部和胰腺肿瘤超声诊断的临床研究》发表于《临床超声医学杂志》2002年第4期。

105.《彩色多普勒超声对动脉导管未闭血流速度与导管内径、长度和形态关系的研究》发表于《中华超声影像学杂志》2002年第11期。

106.《经食管超声心动图在二尖瓣狭窄手术方式选择中的价值》发表于《中华超声影像学杂志》2002年第11期。

107.《多平面经食管彩超引导Amplatzer封堵治疗房间隔缺损的价值》发表于《中国医学影像技术》2002年第18期。

108.《肾错构瘤声像图特征与病理学基础关系的研究》发表于《中国医学影像技术》2003年第19期。

109.《彩超对颌面颈部血管瘤与血管畸形的诊断价值》发表于《深圳中西医结合杂志》2002年。

110.《彩色多普勒对法乐氏三联症血流动力学的研究》发表于《中华超声影像学》2003年第12期。

111.《多平面经食管超声对中老年人房间隔缺损的诊断价值》发表于《中国超声医学杂志》2003年第19期。

112.《脉冲多普勒组织成像在冠心病诊断中的应用》发表于《临床超声医学杂志》2004年第6期。

113.《超声新技术在左室舒张功能评价方面的应用》发表于《临床超声医学杂志》2004年第6期。

114.《结节性甲状腺肿声像图特征与病理关系的分析》发表于《中华实用医药杂志》2004年第4期。

115.《彩色多普勒超声在急性主动脉夹层动脉瘤诊断中的应用》发表于《中华医学超声杂志》2005年第2期。

116.《甲状腺癌的超声诊断进展》发表于《中华医学超声杂志》2005年第2期。

117.《脉冲多普勒组织成像评估冠状动脉病变的临床价值》发表于《中华医学超声杂志》2005年第4期。

118.《彩色多普勒超声造影在诊断乳腺和甲状腺肿瘤中的应用》发表于《中国超声医学杂志》2005年第21期。

119.《心肌造影超声心动图对冠心病的研究进展》发表于《中华超声影像学杂志》2005年第14期。

120.《脉冲组织多普勒评价冠状动脉病变的研究》发表于《中华实用医药杂志》2005年第5期。

121.《彩色多普勒超声造影在乳腺良恶性肿瘤诊断中的价值》发表于《深圳中西医结合杂志》2005年第15期。

122.《神经生长因子与周围神经再生》发表于《江西医学院学报》2005年第45期。

123.《高频彩超对深度电烧伤的研究进展》发表于《临床超声医学杂志》2005年第4期。

124.《高频彩色多普勒超声在腮腺多形性腺瘤诊断中的应用及其病理学对

照研究》发表于《中华医学超声》（电子版）2006年第6期。

125.《神经电损伤模型的制备》发表于《江西医学院学报》2006年第46期。

126.《甲状腺癌的声像图特征研究》发表于《中国医学影像技术》2006年第22期。

127.《彩超在乳腺癌筛查中的价值》发表于《中华超声医学杂志》2006年第6期。

128.《彩色多普勒超声对甲状腺癌的检测价值》发表于《中华超声影像学杂志》2007年第16期。

129.《高频彩超预测乳腺癌淋巴结转移的相关因素探讨》发表于《中国超声医学杂志》2007年第23期。

130.《高频彩色多普勒超声诊断乳腺导管内乳头状瘤及误诊原因分析》发表于《中国医学影像术》2008年第24期。

131.《组织多普勒成像评价GHb异常的糖尿病患者左室舒张功能的研究》发表于《深圳中西医结合杂志》2008年第4期。

132.《应变率成像技术评价GHb异常糖尿病患者左室舒张功能的临床研究》发表于《现代诊断以治疗》2008年第4期。

133.《彩色多普勒超声诊断甲状腺癌的再探讨》发表于《临床超声医学杂志》2008年第10期。

134.《超声显像对亚急性甲状腺炎的诊断及误诊分析》发表于《中国超声医学杂志》2008年第24期。

135.《亚急性甲状腺炎二维及彩色多普勒血流显像特征及误解诊原因分析》发表于《临床超声医学杂志》2008年第10期。

136.《脉冲多普勒组织成像评价冠心病左室功能的应用》发表于《深圳中西医结合杂志社》2008年第18期。

137.《超声在急腹症诊断中的应用诊断理论与实践》发表于《诊断学理论与实践》2008年第7期。

138.《实时心肌声学造影结合腺苷负荷试验定量评价犬急性心肌缺血》发表于《临床超声医学杂志》2008年第10期。

139.《彩超测量法洛四联征过隔血流速度及持续时间预测与手术效果的研究》发表于《江西医学院学报》2008年第48期。

140.《乳腺错构瘤的超声与病理表现对照观察》发表于《胸部影像学》2008年第11期。

141.Ultrasonic Visualization of Splenic Autotransplant Survival and Growth Following Traumatic Splenic Rupture 中国组织工程研究与临床康复 2008 12（53）10575-10577。

142.《超声显像对桥本甲状腺炎的诊断价值》发表于《中国超声医学杂志》2009年第25期。

143.《成人心脏超声探头在胎儿先天性心脏病诊断中的应用》发表于《临床超声医学杂志》2009年第11期。

144.《乳头状甲状腺癌的超声表现及特征》发表于《中国超声医学杂志》2009年第25期。

145.《超声检查在胰腺淋巴瘤和胰腺癌鉴别诊断中的价值》发表于《临床实验医学杂志》2009年第58期。

146.《腺苷肌荷实时心肌超声造影检测犬不同程度缺血心肌血流灌注》发表于《中国医学影像技术》2009年第25期。

147.《超声显像与甲状腺癌病理类型关系及良恶性结节并存的鉴别诊断》发表于《中华医学超声杂志（电子版）》2009年第8期。

148.《甲状腺微小癌超声特征的研究》发表于《中国超声医学杂志》2009年第10期。

149.《超声显像鉴别甲状腺癌结节的价值》发表于《中国超声医学影像技术》2009年第10期。

150.《浅表脂肪瘤的超声分型及病理对照的研究》发表于《临床超声医学杂志》2009年第11期。

151.《乳腺癌声像图中微钙化与肿瘤生物学行为关系的研究》发表于《临床超声医学杂志》2009年第11期。

152.《Papillary thyroid carcinoma on sonography.Clinical Imaging》发表于2009年第34期。

153.《超声引导下经皮肾镜碎石术治疗复杂性肾结石》发表于《中国介入影像与治疗学》2010年第3期。

154.《乳腺原位癌与浸润癌声像图特征比较》发表于《中华超声影像学杂志，2010年第19期。

155.《缺血心肌区域纵向应变与圆周向应变特点》发表于《中华医学超声杂志（电子版）》2010年第8期。

156.《超声对乳腺导管原位癌的诊断价值》发表于《中国超声医学杂志》2010年第26期。

157.《肾癌三维彩色血流能量成像及微血管密度检测与肿瘤转移》发表于《临床超声医学杂志.》2010年第12期。

158.《乳腺导管原位癌的诊断：超声与数字钼靶X线摄影对照》发表于《中国医学影像技术，2010年第26期。

159.《二维斑点追踪成像对缺血性心脏病的临床应用进展》发表于《临床超声医学杂志》2010年第12期。

160.《超声生物显微镜斑点追踪成像评价正常小鼠左心室内、外膜心肌应变》发表于《中国医学影像技术》2011年第27期。

161.《乳腺导管内癌的超声图像特征分析》发表于《中华医学超声杂志（电子版）》2011年第8期。

162.《超声造影微血管显像与磁共振成像测量乳腺癌肿块大小的对比研究》发表于《临床超声医学杂志》2011年第30期。

163.《高频彩超与钼钯X线诊断乳腺癌分析》发表于《中国超声医学杂志》2012年第28期。

164.《高频彩超在研究慢性肾衰竭患者颈动脉斑块及相关危险因素的应用

价值》发表于《中国超声医学杂志》2012年第28期。

165.《产前超声心动图在胎儿右室双出口诊断与鉴别诊断中的应用价值》发表于《临床超声医学杂志》2012年第14期。

166.《乳腺癌超声造影定性与定量分析与p53表达的相关研究》发表于《中国临床医学影像杂志》2012年第23期。

167.《二维超声斑点追踪评价重型地中海患儿左心室内外膜心肌旋转运动的初步研究》发表于《中国临床医学影像杂志》2012年第23期。

168.《甲状舌骨囊肿的超声造影特征与病例对照研究》发表于《中国超声医学杂志》2012年第28期。

169.《浅表血管脂肪瘤的超声造影特征及病理成像技术研究》发表于《中国超声医学杂志》2012年第28期。

170.《高频彩色多普勒超声再经外周静脉置入中心静脉导管术后随访中的应用》发表于《中国介入影像与治疗学》2012年第9期。

171.《声脉冲辐射力弹性成像检测乳腺良恶性肿块硬度的初步研究》发表于《临床超声医学杂志》2012年第14期。

172.《超声对甲状腺癌漏误诊原因的探讨》发表于《中国超声医学杂志》2012年第28期。

173.《甲状腺结节声晕对甲状腺癌的诊断价值》发表于《中国超声医学杂志》2013年第29期。

174.《睾丸附件扭转的超声诊断》发表于《临床超声医学杂志》2013年第15期。

175.《颈动脉粥样硬化超声表现与同型半胱氨酸及MTHFR基因多态性的相关性》发表于《中国医学影像技术》2013年第29期。

176.《声脉冲辐射力弹性成像VTQ在鉴别诊断甲状腺良恶性结节中的应用》发表于《中国超声医学杂志》2014年第30期。

177.《超声在乳腺癌患者腋窝淋巴结转移相关因素分析中的应用》发表于《临床超声医学杂志》2014年第16期。

178.《声触诊组织成像鉴别诊断TI-RADS4级甲状腺良恶性结节的临床研究》发表于《中国超声医学杂志》2014年第10期。

179.《VTI对不同大小甲状腺结节的鉴别诊断价值》发表于《中国超声医学杂志》2014年第2期。

180.《超声在乳腺癌患者腋窝淋巴结转移相关因素分析中的应用》发表于《临床超声医学杂志》2014年第6期。

181.《甲状腺结节VTI弹性成像与纤维含量的相关性研究》发表于《中国超声医学杂志》2014年第11期。

182.《超声成像结合超声造影鉴别甲状腺良恶性病变》发表于《中国超声医学杂志》2015年第10期。

183.《超声成像结合VTI弹性成像在甲状腺良恶性结节鉴别诊断中的作用》发表于《中国超声医学杂志》2016年第1期。

184.《椎间隙段椎动脉频谱形态异常对于血管病变的诊断价值》发表于《中国超声医学杂志》2016年第6期。

185.《超声显示甲状腺不同类型钙化鉴别良恶性结节的价值》发表于《中国超声医学杂志》2017年第1期。

186.《超声弹性成像在肝移植术后中的应用价值》发表于《通信作者：李泉水中国超声医学杂志》2019年第35卷第7期。

187.《超声弹性成像联合血生化指标评估慢性乙型肝炎肝纤维化程度》发表于《通信作者：李泉水：中国超声医学杂志》2018年第34卷第7期623-626页。

附录4

其他在三甲医院的硕士研究生

以下所列为前文未提及的其他在三甲医院的硕士研究生，都是医院超声技术的佼佼者，与读者共同分享。

第1个研究生徐翔，南昌大学95届硕士研究生，毕业后被分配到南昌大学第二附属医院工作，现为超声科主任医师、教授、硕士研究生导师。

第2个研究生许晓华，1999届南昌大学硕士研究生，现担任香港大学深圳医院超声科学科带头人，教授、主任医师、科主任，硕士研究生导师。积极开展新技术新项目，得到医院和科室人员好评，被评为中国超声医学工程学会浅表器官及外周血管超声专业委员会委员，全国肌骨超声专业委员会委员等职务。

第3个研究生李建辉，2000届南昌大学硕士研究生，在南方医科大学中西医结合医院担任超声科主任，副教授、副主任医师，专业技术全面，在科里有很高威望，得到医院领导好评。

第4个研究生董常峰，2001届南昌大学硕士研究生，在深圳市第三医院工作，超声科教学主任、主任医师、教授、硕士研究生导师，专业技术扎实，是医院超声科的主要力量，医院疑难病人会诊基本上都由他负责，特别在肝病方面做了较深研究，撰写了较高水平论文，担任全国多个学会委员。

第5个研究生方凡，2001届南昌大学硕士研究生，现任深圳大学第一附属医院超声科副教授，副主任医师。

第6个研究生陈胜华，2004届南昌大学硕士研究生，现任深圳大学第一附属医院超声科副教授、副主任医师。

第7个研究生邹霞，2006届南昌大学研究生，现任深圳大学第一附属医院超声科副教授、副主任医师。

第8个研究生姜健，2007届南昌大学硕士研究生，现任浙江大学第一附属医院超声科副教授、副主任医师。

第9个研究生童红玉，2000届南昌大学硕士研究生，现任广州市红十字医院超声科副主任医师。

第10个研究生邓水平，2008届南昌大学研究生，现任深圳大学第一附属医院超声科副教授、副主任医师。

第11个研究生王晶，2009届南昌大学研究生，现任深圳大学第一附属医院超声科副主任医师。

第12个研究生李清山，2010届南昌大学硕士研究生，现任深圳市中医院超声科主治医师。

第13个研究生刘倩，2010届南昌大学硕士研究生，现任深圳南方科技大学（深圳市人民医院）超声科副主任医师。

第14个研究生罗长锐，2010年南昌大学硕士研究生，现任深圳大学第一附属医院超声科主治医师。

第15个研究生徐细洁，2017届南昌大学硕士研究生，现任广州医学院第一附属医院超声科主治医师。

当好学科带头人

李泉水

2002年开始邀请中国超声医学工程学会会长郭万学教授及全国超声界知名专家到科室指导工作。中国超声医学工程学会领导认为我们科各方面条件达到全国一流水平,同意给我们科室挂全国超声人员培训基地的牌子,并开始了每年举办两期全国超声人员学习班,每期150人左右,我是课程主讲老师,并邀请了一些全国名校超声专家授课。

我在江西省超声医学诊断方面已经作出了突出贡献,解决了全省很多临床疑难病人的诊断问题,在肝脏、胰腺、肾脏疾病诊断符合率达95%以上,尤其是先心病、风心病、心肌病诊断率符合达98%左右,根据我检查的超声诊断进行先心病手术,术中所见与超声检查结果基本相符。在全省产生了很大影响,为了尽快普及和提高超声在全省的应用,省卫生厅委托我们医院每年举办两期超声医师进修班,由卫生厅发结业证书。

进修班上进行系统讲课,在检查病人时也认真讲解,特别对异常病人,把图像特征向进修人员讲清楚,抓住诊断要点,讲后反复提问,尽量使每个学员看过病例就能掌握。像先天性心脏病房间隔缺损,首先讲血流动力学,左心房血经房间隔缺损射入右心房再到右心室,引起右室负荷加重,右心室增大,右心室血量增多,射到肺动脉的血流增多,速度增快,肺动脉扩张,左右心房水平压差很小，虽然有左向右分流，但速度很慢，不会产生杂音，房缺杂音产生部位是肺动脉血流速度增快引起的，边向学员讲解，边叫学员看左心房经房缺流入右心房血流频谱和肺动脉内收缩期血流速度频谱。学员看了实际测量的速度，觉得生动易懂，不容易忘记。

我在2001年12月调到深圳前，在江西省举办了32期超声医师进修班，培养医师近500人。

我被引进到深圳作为学科带头人，觉得担子更重，要带领科室人员让医教研走在深圳市前面，必须要做一些有影响的工作。

首先在科室里必须抓好几项工作：第一，提高业务水平，坚持每周业务讲课，疑难病例讨论，每位医师要有随访登记本，抓新技术新项目开展，鼓励大家积极撰写学术论文，参加全国超声学术会议；第二，办好高水平全国超声学习班，认真听取学员意见，提高办学质量；第三，抓特色和强项，2007年11月在深圳市召开第一届第一次中国超声医学工程学会浅表器官及外周血管专业委员会第一届第一次成立大会暨学术会议，我光荣被选为主任委员，决心在甲状腺癌和乳腺癌超声诊断方面走在全国前面，于是深入到甲乳外科、病理科，要求与他们合作，提高早期甲状腺癌和乳腺癌的诊断水平，撰写出了一系列论文，发表在专业刊物上；第四，抓专业著作撰写，为了提高浅表器官及外周血管超声诊断规范，组织全国各名校知名专家编写出版《浅表器官超声医学》，受到了超声界的高度评价，是一本最受超声人员欢迎的工具书，已出版第二版。

我的主要研究方向是超声显像对心血管病、甲状腺和乳腺疾病的研究，在国内首先发明维生素B6+5%碳酸氢钠作为右心造影剂，在国内外推广应用，在全国超声大会作了专题报告，得到了高度评价，被评为江西科技成果奖。彩色多普勒对先天性心脏病进行了深入研究，系统阐明了血流动力学变化超声显像表现，提出了血流速度与病变大小、部位及肺动脉压关系。

近几年来，超声显像对早期乳腺癌和甲状腺癌进行了深入细致的研究，全面系统地论述了早期乳腺癌甲状腺癌的超声显像特点，提出了诊断标准，使很多3毫米大小的乳腺癌和甲状腺癌得到诊断，特别早期乳腺癌的患者，得到了及时治疗，不少病人感动地掉下眼泪，说感谢您的救命之恩。

我被邀请到全国20多个省市多次作专题学术报告。现在每天找我检查的病人很多，要求提前在网上预约，有些外省病人想早点确诊疾病，从吉林、哈尔滨、内蒙古等地坐飞机来找我检查。山西太原一位男病人朱某某，39岁，甲状腺左右叶出现结节，到了北京多家医院检查超声诊断不一致。经全国甲状腺乳腺病友网推荐，乘飞机从太原到深圳找我检查，我明确告诉他左右叶各有一个甲状腺微小癌，从超声显像特点看是低度恶性，暂时不需要做开刀手术，半年复查一下彩超就可以了。河南洛阳赵某某，女性，31岁，当地医院诊断左侧乳腺恶性肿瘤，不放心，一定要找全国知名专家确诊，专门乘飞机找我检查，诊断为乳腺纤维瘤，良性，病人看到是良性，激动地掉下眼泪，说太感谢了，从这么远来值得。

按规定，每天上午预约检查20个病人，有时加班检查到50多个病人，病人网上预约时间要一个多月，近两年网上粉丝达20000余人，病友群达30多万人，送锦旗及网上好评达600多人。

后 记

　　本书主人公李泉水是农村出身的苦孩子，是中国共产党教育培养成长起来的高级知识分子和技术人才，是充满传奇的新闻人物。他高中毕业后下放，成为回乡知识青年，接受贫下中农再教育。由于表现突出，被大队选去担任后垅小学赤脚老师。他见到村里文盲多，主动组织农民学文化，开展扫盲工作，成绩斐然。

　　担任赤脚老师后，发现班里1/3学生因家庭经济困难而失学，他就请求生产队划两亩田种饲料，一年养4头猪，学校实行半工半读，其养猪收入由生产队教育委员会主任管理，统一分配，补给学校，实行穷困学生免费上学，保证学生全员上课，提高教育质量。结果，学校教育质量评为全社、全县第一，受到江西教育厅的肯定与表扬。

　　在农民扫盲工作中，开展学习毛主席著作，帮助夜校学员遇到问题到毛主席著作中找答案，扭转不尊敬老人的不良风气，成为村里（生产大队）活学活用毛主席著作的积极分子，被选送到省里参加全省宣讲团，先后分赴南昌、抚州、景德镇等地宣讲，受到江西省委主要领导的接见。

　　1972年7月，被公社、玉山县推选送到江西医学院读书。

　　在大学里，他努力学习，刻苦钻研，自觉地学习毛主席著作，学习雷锋做好事，政治思想上迫切要求进步，学习成绩优秀，到大二时就被吸收入党，成了一名光荣的共产党员。

　　大学毕业时，由于突出表现，被江西医学院留校当老师，被分配到江西医学院第二附属医院内科工作。

李泉水穿上白大褂后，没有忘记党组织的培养，爱岗敬业，工作埋头苦干，吃苦耐劳，刻苦钻研医学业务，同时又在科里开展做好事，为病人打饭，打开水，倒痰盂，见不能起床的患者，就扶他下床上卫生间。

他在内科工作，热爱病人，极其认真负责。有一次，一位老年病患者被浓痰堵住喉管，生命危在旦夕，李泉水没有考虑自己的生命，毅然俯在病人身上用嘴把患者浓痰吸出来，救了他的生命。李泉水抢救病人的行动，病人和家属非常感动，在场同行也为之高度赞扬。

1981年10月开始学B超，仅8年多时间，他已快速成长为江西省顶尖的有突出贡献的医学超声专家。进入90年代后，几乎每年都上一个台阶，破格晋升为科副主任和副主任医师、教授和主任医师，江西医学院科技新星，江西省高等院校中青年骨干教师，江西医学院优秀研究生导师等等，享受国务院政府特殊津贴。

在此同时，李泉水边工作边研究、边写作，以第一作者陆续发表学术论文187篇，入选中国超声医学名人录。1991年6月和1995年11月，他曾两次被选派前往美国短期学习彩超，学习期满，完成任务，准时回国，不留恋美国，回到祖国开展科技工作，显示了一名共产党员的骨气和热爱祖国的情怀。

1992年9月21日，被评选为江西省超声医学工程学会会长，同年被选为中国超声工程学会常务理事。2000年4月29日连任江西省医学会超声专业委员会第四届主任委员，2008年7月1日起，又连任江西省超声医学工程学会第3届学会会长等等。这是他在江西省深入开展医学超声诊断心血管疾病活动中作出的巨大贡献。

2001年12月30日，李泉水被深圳市卫生局引进到第二人民医院（三级甲等医院）为超声学科带头人，从此走上第2次创业道路。在这期间，李泉水为深圳市第二人民医院超声医学诊断开创了新的局面，促使超声医学大发展。

李泉水精湛技术和影响力是怎么来的？这里以书中两个病例来说说李泉水给病人治病的影响力。

早在1990年11月6日，江西省南丰县一位85岁女性患者，肝左叶一个80×120毫米肿块，经他彩超检查是112×108毫米的肝左叶囊肿，患者瘦骨嶙峋。当时医生只考虑手术治疗，但手术治疗风险大，要花好几万元钱。李泉水考虑患者承受不了，家属也不同意，他想出一种应用超声引导下硬化治疗的方法更安全，且能省不少费用。结果按照他的方法治疗，费用只花了300元，病人安全治疗成功。两个月后病情大大好转，变成另外一个人。第2年到医院复查，完全恢复健康，震动了江西一片天。

另一次是2006年7月20日，李泉水接诊江西省玉山县一位21岁男性患者，左手小指头肿胀得比大拇指大了3倍，跑了江西、浙江、上海等3省市10多家医院，其中很多是大医院，花去1万多元。有的大医生说，万一没办法，就把小指头切掉。患者听后不同意，连连叫苦！在这些大医院之间周转了8个多月的患者，受尽了痛苦的折磨！

最后又在江西一家大医院做了超声检查，患者父亲手里拿着报告单沉浸在无奈的绝望中，脸上挂满了泪珠！其中一位超声医生同情地告诉他，去深圳第二人民医院找超声科李泉水主任。

李泉水接诊后对患者做了全面检查，人们意外地听到检查结论：是结核病！李泉水说："我给他小指头进行穿刺，让他按结核治疗。"结果，过了一个月，这个患者的小指头明显好转，6个月小指头全部消肿，恢复了健康。消息传出，这个简单的疾病，引起了人们心中很大的震动，他们说大医院大医生连一个结核病都看不出来，人家李泉水一看就做出准确诊断，没切除小指头，保护了患者10个指头完好无缺！

李泉水就是以医者的仁爱之心，精心检查，不放过任何蛛丝马迹，治好了患者。从此李泉水的精湛技术和影响力誉满华夏。

李泉水在走上第2次创业道路之后，发现深圳患甲状腺、乳腺等浅表疾病的人很多，他就以浅表疾病为中心，以浅表器官专业委员会主任委员的身份，带领专家学者，主攻甲状腺、乳腺等疾病，受到深圳市高度赞扬，被评为全市医德医风十佳，2010年1月15日，在深圳市政府市民中心大礼堂召开全市卫生系统大会，市长给李泉水戴上大红花。

2016年元月1日，深圳市罗湖区医院在全国首先要开展公立医院集团化管理试点，进行医改，实行资源共享，为了加强超声学科发展，提高超声医生的诊断水平，要引进一名全国知名超声学科带头人，征求超声界专家意见，认为李泉水是最佳人选。于是，李泉水又被罗湖区医院集团聘为特级超声专家和学科带头人，走上了第3次创业道路。

李泉水到任后，对罗湖区医院集团超声科进行装修，各个项目都达到全国一流水平，然后开展了新技术、新项目，影响很大，吸引了不少疑难病人。原来深圳市遇到的疑难病人都介绍到广州市大医院做彩超检查诊断，现在广州大医院的超声科医生和手术医生却把疑难病人介绍到罗湖区医院来检查诊断，至今，黑龙江省的哈尔滨市，山西的太原，河南的洛阳，广西的北海，湖北的武汉，宁夏的银川，新疆的乌鲁木齐以及香港等地都有疑难病人到深圳市罗湖区医院集团超声科作检查，甚至上海的疑难病人也找到罗湖区医院集团的李泉水教授检查诊断。现在，深圳市罗湖区集团超声名医中心已成为全国甲状腺、乳腺浅表疾病超声诊断中心。根据160就医网数据，近两年，网上粉丝达20000余人，病友群达30多万人，送锦旗及网上好评达600多人。

同时，李泉水集医疗、教学、著书于一身，在以第一作者著述单篇187篇的学术论文外，又主编6部超声医学巨著686.7万字，其中《浅表器官超声医学》出了第二版，是一位医界具有超声医学多方面的科技传奇人才，被称为当代浅表器官疾病的超声巨匠，是全国知名的教授、学者和博士生导师。

2020年，李泉水又风尘仆仆地应邀回到玉山县，分别在玉山县黄家驷医院（县人民医院）和玉山县中医院设立名师工作室，定期去坐诊，帮助开展新技术新项目，回馈敬爱的故乡人民。

综上所述，李泉水医学超声影像诊断技术和他在社会上的影响已融为一体。

这本书在采访中，对于某些故事，因当时的社会文化水平和环境条件，主人公无法提供资料，摄取图片，特告读者谅解。

本书是广大医学超声工作者，大中专学生，以及其他爱好医学超声的读者喜爱的读物，全书文学性强，语句流畅，饶有趣味，读来轻松愉快。但由于医学超声专业的个性，会有一些生僻词语，影响读者的阅读速度，只要认真阅读，细心体会，会收到很好的效果。

　　由于作者知识肤浅，水平有限，书中存在不当之处，敬请读者批评指正，表示深切感谢。

作者　陈光富

2024年7月12日